公元787年，唐封疆大吏马总集诸子精华，编著成《意林》一书6卷，流传至今
意林：始于公元787年，距今1200余年

 意林幻青春
开 启 你 的 传 奇

我的左相大人

WO DE ZUOXIANG DAREN

素手一心 著

吉林摄影出版社
·长春·

图书在版编目（CIP）数据

我的左相大人.1/素手一心著.--长春:吉林摄影出版社,2018.5
（意林幻青春）
ISBN 978-7-5498-3563-8

Ⅰ.①我… Ⅱ.①素… Ⅲ.①长篇小说—中国—当代 Ⅳ.①I247.5
中国版本图书馆CIP数据核字(2018)第073474号

我的左相大人 1
WO DE ZUOXIANG DAREN 1

著　　者	素手一心
出 版 人	孙洪军
主　　编	顾　平　杜普洲
责任编辑	王维夏
总 策 划	蔡　燕　李　岚
统筹策划	李　岚
设计总监	资　源
执行编辑	肖依然
封面设计	资　源
美术编辑	徐　丹
发行总监	王俊杰
开　　本	700mm × 1000mm 1/16
字　　数	300千字
印　　张	16
版　　次	2018年5月第1版
印　　次	2018年5月第1次印刷

出　　版	吉林摄影出版社
发　　行	吉林摄影出版社
地　　址	长春市泰来街1825号
	邮　编：130062
电　　话	总编办　0431-86012616
	发行科　0431-86012602
网　　址	www.jlsycbs.net
经　　销	全国各地新华书店
印　　刷	晟德（天津）印刷有限公司

书　　号	ISBN 978-7-5498-3563-8	定　价：29.80 元

版权所有　翻印必究
（如发现印装质量问题，请与承印厂联系退换）

目录

第一章 ◈ 沉睡醒来 …… 001

第二章 ◈ 司命青鸟 …… 012

第三章 ◈ 公子归来 …… 024

第四章 ◈ 笔墨纸砚 …… 037

第五章 ◈ 安家侍女 …… 049

第六章 ◈ 她的别扭 …… 062

第七章 ◈ 尘封真相 …… 074

第八章 ◈ 竹叶劝说 …… 086

第九章 ◈ 红袖墨迹 …… 099

第十章 ◈ 红线缠腕 …… 113

目录

第十一章 ◎ 黄金书屋 …… 126

第十二章 ◎ 青鸟古树 …… 139

第十三章 ◎ 河灯相赠 …… 151

第十四章 ◎ 他的生辰 …… 164

第十五章 ◎ 定情信物 …… 177

第十六章 ◎ 独自启程 …… 189

第十七章 ◎ 不辞而别 …… 198

第十八章 ◎ 似笑非笑 …… 211

第十九章 ◎ 殃及池鱼 …… 224

第二十章 ◎ 她的秘密 …… 237

第一章

沉睡醒来

挽碧醒过来的时候,发现自己置身于一片黑暗之中,身下是柔软的绸缎,空气里有股淡淡的檀香味。

她怔愣了好半晌,才后知后觉地想起来自己此刻到底身在何方。不是在某间房里,也不是身处某片黑夜中。

她此刻身处的地方,是一方狭小逼仄的檀香盒子。

挽碧朦朦胧胧地回忆起了自己沉睡之前的事情。

那时候的她,还只是一块有灵识的玉,跟随在一位裴姓的主人身边。

裴姓主人是一位富甲一方的商人,喜好收藏古物,而收集的古物中,又以玉佩饰物为他的最爱。

在遇到那裴姓主人之前,挽碧最初只是一块璞玉,未经任何雕琢,既无任何光彩,亦无神奇之处,灰扑扑的,被人从西璞山里开采出来后,频繁地辗转于商人之手。后来,在某处喧闹的集市里,被裴姓主人一眼相中。

裴姓主人独具慧心,捧着她多番思量之后,把她从一块璞玉,精雕细琢成了一块玉佩。甚至,还有些拟人化地给她取名"挽碧"。

给玉取名,这似乎是闻所未闻的事情。但是是否有名字,并非挽碧最关心的事情。于挽碧而言,比名字更重要的是,她有了自己的新样貌。

挽碧被雕琢成玉佩后,样貌发生了翻天覆地的变化。没有了那层灰蒙蒙、脏兮兮的外壳,她净透空亮的碧色以及内在的致密细腻完完全全地得到了展示。而她的价值,也噌噌噌地往上涨。

那裴姓主人显然也对她的造化很是满意,时常在家里捧着她欣赏来欣赏去,有的时候,也会开办宴席,把他的相关好友邀请到家里来,欣赏他的各种珍藏。

挽碧安静地排列在一堆古物中,看着那些风度翩翩的客人挑剔的目光从一件一件古物上掠过后，慢慢地从四面八方向自己靠近。那目光里先有怔愣，随后是惊艳，接着便是掩饰不住的赞叹。

时常有一两个冒昧的客人询问裴姓主人是否愿意以某某价格把挽碧转让给他们，裴姓主人自然是不肯的。他曾扬言，他家中的古物，任何一件都可以商量价格，唯独这一件由他亲手雕刻而成的作品，不可以。

那一刻，挽碧深受感动。她想起虽然裴姓主人对自己精雕细刻的时候，她忍受了不少难以言说的痛苦，念在主人的知遇之恩和爱惜之心上，挽碧也就庆幸自己当初默默地忍受了下来，没有自暴自弃地让自己破碎。

后来裴姓主人行将就木之时，把所有的亲人召集到身边，交代自己的身后事。裴家人才辈出，田产房产店铺什么的，其实早就安置好了。是以，在当时，裴姓主人最放心不下的，便是他的那些宝贝如何处置。

"老爷子，你若是真的放心不下你的那些古物，我们便让它们去陪你可好？"裴家夫人坐在床沿，眼睛红红的，一边抽噎，一边建议。

挽碧感觉到裴姓主人的目光落到了自己身上，霎时有些紧张。

她与别的玉并不大一样，她有灵识，若是裴姓主人让她随棺入葬，她什么时候才有重见天日之时？

也罢，生死有命，缘劫亦是天定。无论裴姓主人做出什么样的决定，她都没有任何选择的余地。

屋子里很寂静，大家都在等着裴姓主人的最后决定。

挽碧想，如果她也像人一样，有呼吸和心跳的话，也许在此刻，她的感觉会是"屏住呼吸，心跳加速"。

裴姓主人看着挽碧的目光很是眷恋。当他把目光从她的身上收回来的时候，他的脸上先是出现了一番纠结的表情，然后才是渐渐地释然。

"我的那些古物，除挽碧外，其余都与我做个伴吧。"

此话一出，众人的表情先是有些惊骇不定，随即又是满脸的疑惑，按理说，这挽碧应该是裴老爷子最喜爱的物件了，可是他不愿意带着它上路，这是为何？

裴姓主人重重地咳嗽了几声后，才慢慢地开始解释。他的声音气若游丝，像是快要被风熄灭的蜡烛一般摇晃："我此生耽溺于玉，虽然一辈子经商，但是心里终究是放不下这些玉饰。挽碧是我此生最好的作品，也是最后的作品，我十分珍爱，正因如此，我希望它可以被更多识玉之人赏析，而不是随着我深埋于地下。"

　　裴姓主人说完这一番话后，便安然离世了。很快地，裴家人按照裴姓主人的意愿安顿了后事。挽碧看着身边的同伴一个接一个地被放进某个贵重的箱子里，然后被下人们小心翼翼地抬离裴姓主人的书房。直到最后在书房的藏宝架上只剩下她一个，惋惜的心绪才漫上她的心头。

　　虽然说裴姓主人的心愿是希望挽碧能够被更多的识玉之人赏析，但是新一任的裴氏家主对玉饰古物无感。出于对裴姓主人的尊重，挽碧还是被装到了一枚精致的紫檀盒子中，被当成了裴氏家族的传家宝，隆重地供了起来。

　　在盒子中的时光，黑暗安静，超然世外。挽碧没有想很多的事情，便安然地睡了过去。她灵识初启，对于这世间事情的了解并不多，是以她只是在想了想她的颠簸经历、裴姓主人，以及裴姓主人的族人和朋友之后，就睡过去了。

　　黑暗和静谧，让人察觉不到时间的流逝。

　　挽碧此刻细细地感受着紫檀盒子里的环境，心里有些好奇。她这一觉，到底睡了多久？突然，她感觉到紫檀盒子微微一动，好像是盒子被人拿了起来？大概是一炷香的颠簸过后，她感觉到紫檀盒子被轻轻地放置下来。

　　脚步声渐渐远去，挽碧正思量着她是不是被人换了一个地方放置的时候，一个低沉的声音响了起来："瑾之兄今日如此慷慨，安某感激不尽。"

　　"沐椋兄此话严重了，沐椋兄是爱玉识玉之人，瑾之在赏玉一事上涉猎粗浅，自愧不如。"

　　随后响起来的这个声音，清醇悦耳，好听是好听，但是这个人说出来的话，怎么听起来都有些慵懒和漫不经心，好像并没有真正把那个人说的话放在心上一般。

　　"瑾之兄谦虚了，在这国都城长安中，谁人不闻裴钰裴大师之名？你作为他的后人耳濡目染，怎么也比我们这些门外汉要好上很多。"名唤安沐椋的男子，声音里带了些许的艳羡。

　　一声轻笑响了起来，名唤瑾之的男子，语气虽善，但是在不动声色间转移了话题："沐椋兄不如先看看盒子里的宝贝？"

　　"好好好。"刚刚还算是沉稳的声音，现在一下子变得有些急切起来。

　　"吱呀"一声，挽碧感觉到紫檀盒子被打开了，她的世界由原来的一片黑暗，变成了一片墨绿色。正想着自己的眼前怎么是一片墨绿的时候，她感

觉到她被人拿了起来。一个宽大温暖的手掌托着她，看似很小心，实质上很随意地展开了包裹在她身上的墨绿绸子。

她的世界逐渐清明。突然之间少了那些逼仄窒息的感觉，慢慢地，有光线落在她的身上。感觉到空气中的温度，挽碧突然感觉到自己活了过来。

作为一件玉佩，说"自己又活了过来"的感觉很是奇怪，但是作为一件有灵识的玉佩，挽碧想，自己会有这样的感觉其实也并没有什么不妥。

挽碧感知到落在自己身上的惊艳目光，听着不时传来的赞叹声，熟悉的感觉涌上心头，她坦然受之。

可是没过多久，挽碧就感觉到，在场的两道目光里，安沐棕的目光满含惊羡，而另外一道目光算得上是不以为意。

挽碧下意识地去看眼前的两位男子，一位白衣白袍，目光牢牢地落在她的身上，想必这位就是安沐棕了；而另外一位，穿着竹青色的衣衫和衣袍的男子，正一脸随意地把她捧在手心里，虽然偶尔看她一眼，但是那古井般的目光里也不见得有什么波动。

"今日得见挽碧一眼，算是了却了一桩心事，多谢瑾之兄。"欣赏良久，安沐棕才依依不舍地把目光从挽碧身上移开，感叹地拱了拱手。

裴瑾之浅笑了一声，把挽碧用那块墨绿绸子胡乱裹住，然后放回了紫檀盒子里，姿态十分随意："沐棕兄过奖了，瑾之很高兴可以帮助到沐棕兄。"

"瑾之放心，你的那件事情，我一定会替你办好的，不出三天，你等我的好消息便是。"

"那瑾之就多谢沐棕兄了。"

"瑾之客气了，兄别无所愿，只盼望以后能常常欣赏到这样美好的玉而已。"安沐棕的目光有些深意地从包裹着的墨绿色上滑过。

裴瑾之的笑意瞬间浅淡了几分："沐棕兄不会不知道，这挽碧是我们裴家的传家宝之一吧？老爷子生前最爱的便是这个了，不能外传，还请你见谅。"

安沐棕的目光顿时有些不悦。

裴瑾之唤来下人，捧出了几个精美的盒子，微笑道："说起来，我近日也收集了好几块上好的羊脂玉，不过还是璞玉，不如就送给沐棕兄打磨好了？如果有沐棕兄的精思妙想，没准儿又会有另外的'挽碧'传世呢。"

言者从容应对，语气轻描淡写，瞬间便化解了困境。而听者虽然先前心有不悦，最后还是心花怒放，连连道谢。

直到安沐椋离开，挽碧窝在盒子里，都在想着那穿着竹青色衣衫的裴瑾之。好像时间也没过多久，他的样貌在她的脑海里已经开始有些模糊了。

裴瑾之是裴姓主人的后人，虽然挽碧不知道裴姓主人是现在竹青色衣衫男子的谁，但是她想起了裴姓主人的忠实厚道，再想想自己刚刚看到的和感受到的竹青色衣衫男子的运筹帷幄和目语额瞬，突然感觉到心里多了一股难以言说的悲凉的情绪。

安沐椋走后，紫檀盒子再次被裴瑾之打开。

裹在挽碧身上的墨绿色绸子依旧好好的，但是不知道为何，即使隔着绸子，挽碧似乎也能够感觉到男人的目光准确地落在了自己的身上。

那是一种异常锐利的目光，带着些许的审视，也带着明晰的探究，但是却没有温度亦没有好奇。裴瑾之根本就没有再次把绸子展开的打算。

盒子再次被合上，大约是男人的手势太过于随意，盒子合上的时候，发出了不大不小的声音。这声音，于意料之外地吓了挽碧一跳。她一直以来都被人精心呵护，已经许久没有听过这样粗鲁的声音了，导致现在只要听到一点儿稍大的声音都能被吓得一惊一乍的。

挽碧的世界再次陷入了黑暗之中，但是现在的她一点儿都不想要再次睡过去。睡了那么久，她想到自己并没有随那裴姓主人深埋于地下，那说明上天还是对她满怀慈悲的。她现在需要好好地想想，作为一块有灵识的玉佩，她未来的日子到底要怎么过才好。

虽然说，世间万物各有灵性，但是迄今为止，挽碧在这府上，尚未看到哪一个静物是和她一样有灵性的。这也使她有了烦恼，却不知道应该向谁求助。

挽碧冥思苦想了许久，也没能想出来什么像样的头绪来。

暂时把那些凌乱的思绪抛掉以后，她认认真真地听了好一会儿盒子外面的动静。好长的一段时间里，外面竟然一点儿动静都没有。

她不知道自己此刻身处何方，努力回忆了一下，想起来不久前自己的墨绿色绸子被裴瑾之拿掉的时候，她好像看到了房间里有好几个大大的书架子，好几层高的书架子，上面密密麻麻地摆满了书。

犹记得裴姓主人的书房里，书是很少的，因为他的书架子上大多是她们这些古物。而这个裴瑾之，并不像裴姓主人一般爱玉，所以他的书房里古书比较多一些？

一想到裴瑾之非爱玉惜玉之人，挽碧就更加烦恼了。玉器饰物最怕的便

第一章 · 沉睡醒来

是得不到主人的爱护，稍不留神就容易面临破碎的命运。挽碧感觉到，眼前的每一个时刻都特别珍贵，因为她必须要想好自己以后的日子应该怎么办。

就在此时，盒子外面突然传来了敲门声，然后是书房门被推开的声音。

"瑾之？"

又是男人的声音，不过他的语气随和熟稔，没有任何拘谨，想来是和裴瑾之相熟的人。

等等，难道裴瑾之一直都待在书房里？他也太安静了吧？她几乎都感觉不到他的存在。

"于临安，我说过让你进来了吗？"裴瑾之的声音淡淡的，让人听不出来其中的真实情绪。

"你金屋藏娇了？"于临安的声音不怀好意。

"没有。"裴瑾之的声音开始泛冷。

"我打断你的好事了？"于临安的声音透着玩味。

"没有。"裴瑾之声音中的温度明显下降。

"这两者皆无，那你又何必那么在意我的不问自入呢？"于临安的声音里透露出一种靠强词夺理胜利后的理直气壮。

"啊！"于临安突然尖叫了一声，吓了挽碧一跳，"裴瑾之，你做什么？"

"一不小心，手滑了。"裴瑾之的声音中突兀地带了些许浅浅的笑意。

"鬼才相信你！"于临安的声音十分不满，"你手滑了，毛笔为什么不是掉到地上，反而是飞到我的脸上来呢？你这借口也太没有水平了。"

"噢？你看出来我找借口了？"裴瑾之淡定自若。

"是！"

"哦。"

书房里静默了好一会儿后，于临安的声音突然提高了几个声调："裴瑾之，难道你不应该向我道歉吗？"

"我不认为有这个必要。"裴瑾之的声音不紧不慢的，"毕竟那毛笔也并没有真正落到你的脸上。"

"裴瑾之，你怎么能那么讨厌呢？"于临安的声音里带上了咬牙切齿的味道，停顿了一会儿后，发现对方并没有什么反应，他的语气一转，改为挖苦加调侃，"啧啧，这么让人讨厌的性格，怪不得现在都尚未娶妻，哪家的大人愿意把女儿嫁给你啊？"

不知道裴瑾之听此言论后有什么表情，因为挽碧并没有听到他的任何回答。

于临安大约是因为在言语上占了一两分便宜，心情稍稍愉悦了些许，再次开口的时候，他的语气也跟着平静了许多："听说你今日终于愿意把挽碧拿出来了？在哪里？我看看？"

书房里微微一声细响，听起来像是毛笔搁在笔架上的声音。

"你怎么也来凑这个热闹了？"

"你又不是不知道，你们家挽碧，都被你们裴家藏起来许久许久了。这长安里，当年见过挽碧的人，都已经去世了，它几乎成为一个传说。知希之贵，你们家挽碧现在算起来可是价值连城啊。"

你们家挽碧？

些许怪异的心绪涌上心头，挽碧觉得有些不自在了。毕竟她熟悉的人，只是裴姓主人而已，现在被突然出现在书房里的于临安一口一个"你们家挽碧"地说起，还是对着裴瑾之说的，好像她真的和这个人有多熟悉似的。

紫檀盒子突然间又被打开了，挽碧看到眼前朦朦胧胧的两个人影，裴瑾之宽大的衣袖落在了她的绸子上。

他的声音平淡如水："这就是挽碧，你爱看就看吧。"

高大的人影默默远去，而留下来的人影则默默地、小心翼翼地伸出手来，展开包裹着挽碧的墨绿色绸子。

于临安小心翼翼地展开绸子，连呼吸都不自觉地放轻了几分。

当挽碧再次清晰地看到眼前一切的时候，映入眼帘的，是于临安有些怔愣的脸。他看了她好一会儿后，才偏过头去，很是疑惑地问道："瑾之，这玉那么好看，你怎么就那么不待见呢？"

挽碧心里暗暗惊奇，原来这不是她的错觉，连刚进来的于临安都能感觉出来，裴瑾之是不待见她的！

"我也不懂玉，但是感觉这玉看上去和别的玉不大一样，它的绿，好像是活着的一般，很柔软，会流动。"于临安啧啧称赞，"玉质那么细腻，不知道摸上去会是什么样的感觉，难道会比女儿家的肌肤还要滑腻吗？"

"你可以试试看。"裴瑾之的声音里暗暗地含了几分警告。

于临安微微一笑，多年的好友，裴瑾之话语里的暗示，他不可能听不出来。是以他看了好一会儿玉后，打算合上盒子时，突然又想起些什么，便微微挑

眉问："你说，这挽碧有多少年头了？"

挽碧听到这句话的时候，心里有些小激动。因为她意识到这是一个重大的问题，因为只要知道这个问题的答案，她也就可以知道她到底沉睡了多少年了。

等了许久，她才听到一句平静的话："这玉是从太祖父的时候传下来的，如今已经有三百多年了。"

三百多年？挽碧呆了呆，她居然无知无觉地睡了那么久。

于临安又看了一眼玉，这次倒是笑出了声："这世间不知道有多少女子羡慕这玉呢。"

"怎么说？"

"都已经三百多岁了，面容如昨，丝毫未变，这不就是传说中的长生不老吗？"

"只是一个物件而已。"

"难说难说，你说这玉那么久，会不会成精了啊？"于临安兴致勃勃地继续着这个话题，无意间瞥见好友略微有些冷凝的神色，他微微一怔，下意识地问了一句，"怎么了？"

"于临安，你不去那些小酒楼里讲书真是可惜了。"裴瑾之的声音里难得带了些许的调侃。

于临安瞥了好友一眼，清了清嗓子："我现在在朝为官了，请叫我司寇大人。"

裴瑾之不以为意。

也许是弯腰弯得太久，于临安累了，终于舍得从紫檀盒子前直起腰来，走到裴瑾之的对面坐下："听说右相今天来过了？"

裴瑾之头也不抬："嗯。"

"你到底让他帮你查什么了？连你们家的传家宝都愿意拿出来？"于临安收起先前还有些玩世不恭的脸色，他的表情此刻有些凝重。

裴瑾之终于舍得停笔，抬起头来道："安沐椋可以查到我爹娘当年一事的一些细节。"

"原来是这样。"于临安恍然大悟。

"可是，据说这安沐椋对玉十分痴迷，你们家挽碧那么好，你就不怕他动心思？嗯？"

"安沐椋爱玉成痴，挽碧在他手里也未必不好。但是这是太祖父十分珍爱的玉，我自当全力护它安好。"

"但愿吧。"于临安喝了一口茶，"你和他同朝为相，一左一右的，若是政见不合也没什么，只是在这些方面，还是小心谨慎一些吧。"

"说完了？"

于临安下意识地点点头，没点两下，他又睁大了眼睛："裴瑾之你什么意思啊？"

裴瑾之浅笑："竹叶，送客。"

书房门再次被打开，一道年轻的声音响了起来："司寇大人，请。"

于临安不可置信地看着好友："裴瑾之，你怎么那么讨厌？"

"你太吵了。"裴瑾之的表情有些无辜。

于临安一下子站起来，右手伸出食指，颤颤巍巍地指着裴瑾之，有些说不出话来："你！"

"太阳都快下山了，你还不回去？难道你又想跪搓衣板？"裴瑾之觉得有些好笑。

此话一出，于临安的脸色微微一变。抬首一看，天色确实不早了，于是他安然地收起自己略略有些夸张的动作，稍稍整理了一下衣袖，接着轻咳了一声："那我就先走了。对了，顺便问一下，你什么时候才能'不抱恙'，返朝？"

他这个左相好友，假托身体抱恙就罢朝了三个月，也是够任性的了。

裴瑾之敛目，声音低沉："时候到了，我自然就归朝了。"

天色渐渐暗下来，挽碧看到书房里的光线慢慢变得黯淡，但是这种黯淡在还没有变得完全不可视物之前，就被竹叶点亮的烛光驱散了。

书房里重新变得亮堂起来。

于临安离开的时候，忘记了把紫檀盒子合上，裴瑾之一定也是知晓的，因为挽碧曾经看到他目光浅浅地往这边投过来一眼。他大概是不在意她是否珍重的，所以才会那么随意地对待她，任由她这么毫无遮掩地躺在盒子里吧。

紫檀盒子放在稍高的地方，挽碧可以轻而易举地看到裴瑾之安静地埋首于案头的身影。闲着无聊，挽碧打量着她所处的新环境：书房很大，但是摆设很少，除了那几架子密集的书，还有待客用的一套桌子凳子，其余的地方都是空落落的。

第一章·沉睡醒来

她的新主人安静地坐在书桌后。

挽碧发现裴瑾之的坐姿很优雅，即使是在书房这般私人的地方，他的脊梁依旧如在人前那般挺拔，让人不由自主地想起林间的那一抹修竹，清雅高贵。

新主人和裴姓主人的风格很不一样。裴姓主人爱玉惜玉，生性随和，而眼前的新主人既不爱玉也不惜玉，甚至玉器在他的手里，也只是用于交易，更可气的是，裴瑾之的性格古怪，到现在她对他都没有什么大概的认识。就直觉而言，她觉得他应该是一个比较难相处的人。

唉，遇上这样的主人，该怎么办才好？挽碧很是烦恼。

在挽碧纠结着自己烦恼的时候，竹叶敲门进了书房。他端进来一托盘食物，是裴瑾之的晚膳。

感觉到空气中有逐渐弥漫开来的食物的味道，挽碧有些好奇地看了看托盘上的膳食，一荤两素，一饭一汤，裴瑾之的饮食还是比较清淡的，这倒是和裴姓主人一样。

裴瑾之进膳的速度不快不慢，悠然自得，从视觉来说就很好看。

挽碧看了好一会儿，才收回了自己的目光，但是心里对裴瑾之的印象却越发奇怪了。

窗枢外有一轮弯月，挽碧看着它，发了一会儿呆，然后继续想着自己的人生难题——接下来的日子应该怎么办？

挽碧也不知道自己到底想了有多久，当她从自己的思绪中回过神来的时候，发现窗枢外的月亮与先前的相比，已经西斜了不少。因为月亮位置的变化，那原本被拘束在窗枢旁边的月光，现在有一部分落到了她的身上。

清清凉凉的月色落在身上的时候，居然有一种异常舒服的感觉，挽碧对此有些诧异。她以前是见过月光的，但是从来没有出现在月光里，因为裴姓主人对她的异常呵护，她总是好好地、稳稳地待在一个安全的地方。

挽碧享受着月光的时候，那方的裴瑾之已经用完了晚膳。竹叶来把餐具收走后，裴瑾之在书房里又坐了一会儿，然后就带上书房门离开了。

听着那关门声响起，挽碧又感觉到了书房里并未被吹熄的烛火，于是心想裴瑾之大概是有事出去一下，等一下还会回来的。

月光落在身上的感觉太舒适了，久了，有些困意涌上了挽碧的心头。

挽碧心下有些惶恐，自己这样的状态是否意味着会再次沉睡，但是一想到自己尚未解决的人生难题，以及自己日后要应对的莫测难辨的新主人，她迷迷糊糊地认为，其实再次沉睡过去也是一种不错的选择。

思绪一放松，她也就真的睡过去了。

挽碧感觉到这一次的沉睡，似乎和先前的很不一样。因为先前的沉睡中，她除了黑暗什么也感觉不到，可是这一次的，她居然感觉到自己还有意识，她好像置身于另外的一种情形中，在做梦？

她看到了一个长发及腰的女子，青丝松散地只用一支玉簪绾住，似坠未坠，大部分的墨色散落在身后。女子的衣裳碧绿，嫩黄的披帛很长，并坠落在地上，看起来很是飘逸。她缓缓地走着，秀丽的五官中带着七分清润，三分清冷。

挽碧不知道为什么自己会梦见这样的一位女子。虽然她沉睡了三百多年，但是她的记忆力还是挺好的，她记得以前见过的人。而这个在她梦里出现的女子，她先前并未看过。

"你是谁？"挽碧听到自己小小的声音响起。

碧衫女子听到声音，缓缓地停住脚步，她回眸一笑，声音悦耳："我就是你啊。"

"啊？"挽碧有些疑惑了，"你是我？那我是谁？"

碧衫女子往前走了一步："你是我啊。"

她遇到的到底是什么奇怪的人？挽碧有些沮丧，她想要从这个奇怪的梦境里出来，可是她从来没有做过梦，根本就不知道应该怎样才能够从梦中醒来。

"你是不是在烦恼什么？"碧衫女子突然发问。

挽碧很是惊讶："你怎么知道的？"

"因为我就是你啊。你在烦恼的事情，我也会和你一样烦恼。"

又来了，挽碧想要叹气，不过她只是一块玉，叹气这个动作，她是永远不可能完成的吧。

但是她现在有两个烦恼，一个是自己的人生大事，另外一个就是要怎么才能从这个诡谲的梦境里出来。

第一章·沉睡醒来

第二章

司命青鸟

"挽碧,你是有灵性的玉,理应继续修仙,这是上天对你的恩慈,你要好好抓住这个机会。"碧衫女子突然之间一脸凝重。

"啊?"挽碧感觉到女子落在自己身上的目光,怔了怔,"你说什么?"

"我说的是'修仙'。"

"修仙?"挽碧还是第一次听说,她有些惊奇,"我为什么要修仙?"

"修仙可以长生不老,生死不灭。"

挽碧语气平淡地"哦"了一声。

碧衫女子有些惊奇:"你就不好奇?"

"不好奇。"挽碧听到自己的语气很平静。

长生不老、生死不灭有什么好的?

她不知道为什么要活那么久,还有活那么久的意义到底是什么。

碧衫女子蛾眉微蹙,她的语气变得有些试探:"这万千纷扰的红尘寰宇,就没有你想要经历的事情?"

挽碧认真地想了想,半晌后有些犹豫地道:"有的。"

碧衫女子大喜:"快说,是什么?"

挽碧看了碧衫女子一眼:"我想要变成人。"

碧衫女子一怔,然后大笑:"可以可以,只要你修仙,修为够了,就可以变成仙人了。"

挽碧疑惑:"我想要变成的是人,不是仙人。"

碧衫女子皱着眉头想了一会儿,道:"其实仙人和人也没有太大的区别,并且仙人好像比人更好一些,至少仙人可以长生不老、无病无痛的。"

挽碧勉强接受了碧衫女子的解释:"那仙人和人长得一样吗?"

碧衫女子一怔,突然明白了挽碧真正要问的是什么:"你的意思是,你其实只想要化为人形？"

挽碧微微欢喜："对。"

挽碧知道自己长什么样子。她有些好奇的，就是如果自己可以幻化成人的话，会是什么样子。

"仙人和凡人都长得一样，两者的区别不过就是前者没有生老病死，并且与天同寿而已。如果你修仙，修为够了，就可以幻化成人的样子了。"

挽碧不住地点头，表示自己已经理解了碧衫女子说的话。

"那我应该怎么去修仙呢？"挽碧没有遗漏这个最关键的问题。

碧衫女子微微一笑。她扬起宽大的衣袖，一道浅绿的、接近白色的光芒乍起。光芒消退后，一个圆环状的玉佩出现在她的手心上。

玉佩呈碧绿色，用一个做工精致的红绳系着。

"这个是给你的，从今以后，不论何时何地都要带着，不能摘下来，除非你的修为已经够了。"

碧衫女子的话音落下后，手掌向上一拨，玉佩在她的手心里消失了。

挽碧睁大了眼睛："玉佩呢？"

碧衫女子眨了一下眼睛："我已经给你了。"

"在哪里？"

"你的脖子上。"

"脖子？"挽碧感觉有些迷茫，半晌后有些尴尬地说，"我好像，还没有脖子。"

"哦，没有关系，很快就会有了。"

"这玉佩有什么作用？"挽碧忍不住多问了一句。

"帮你吸收天地灵气。"碧衫女子的回答十分简洁。

挽碧"哦"了一声："我必须借助这个才可以修行吗？"

碧衫女子的语气中带了些许压抑的平静："可以这么说。其实你的本体也是可以的，但是它吸收天地精华日月灵气的速度太慢了。本来你在西璞山待足一千年，也就可以幻化了。但是在第九百年的时候，你被凡人开采了出来，如此一番折腾下，损失了不少的灵气，如今在这裴家待了三百多年，也就勉强补回来一些。但若是没有灵物相助，距离你幻化还需要好几百年的时间呢。"

碧衫女子一口气解释了很多，微微有些气喘。

"那个灵物，指的是你给我的玉佩吗？"

"对。你切记要时刻佩戴在身上，不可落入旁人之手。"碧衫女子不放心地又叮嘱了一句。

"那我还要多久才可以幻化成人？"挽碧有了些许期待。

"借助灵物的话，一年多吧。"

"啊？"

碧衫女子皱眉："你嫌弃太慢了？"

"不、不是。"挽碧有些激动，"我是觉得太快了。"

碧衫女子说："我先前说过你在西璞山已经差不多接近幻化了。"

挽碧应了一声，又说："我还有最后一个问题。"

"说。"碧衫女子的声音里多了一丝不易察觉的不耐烦。

"我到时候幻化的模样会和别人的一样吗？"

"不会。"碧衫女子的回答干脆利落，"这世间的万物，每一件都是独一无二的，即使看起来差不多，但是总会有细微之处可以区别开来。"

"还有什么问题要问吗？"碧衫女子的声音不知为何语气有些凶了。

"没有了。"

碧衫女子转身离开的时候，挽碧听到她不耐烦的、有些抓狂的嘀咕声："司命，你这个臭丫头，下次要是再敢派我来接手这些烂摊子，老娘我绝对要跑到你的司命宫去，把那三生石上的名字全部划掉！"

挽碧从梦里醒过来后，虽然对于梦里出现的情景半信半疑，但是她在很短的时间内便察知到梦里发生的事情应该是值得相信的。

窗枢外的月光已经浅淡，但是挽碧还是能够感觉到在那微凉的月光中，似乎隐藏着一缕神奇的力量，而那些力量正慢慢地萦绕在她周围，像是被什么吸引住了一般，慢慢地往她的身体里挤。

挽碧感觉到身体里的某种潜伏已久的力量正在被那些陌生的力量慢慢唤醒，体内的力量一下子壮大了，它们犹如脱缰的野马一般，令挽碧突然感觉到有些惊慌。但是幸好这种失控的情况并没有持续太久，挽碧很快便误打误撞地找到了合适的方法来应对。

说起来，梦境里的碧衫女子并没有告诉她应该怎么修炼。

但此刻挽碧感觉到月光里的幽凉源源不断地进入自己的体内。她的感觉有些飘飘然，似乎要脱离栖身的玉佩一般。

所谓的修炼方式，难道就是像这样的举首戴目地晒月光吗？

当这个有些好笑的念头出现在挽碧的意识里的时候，挽碧一瞬间有些无语，但是她转念一想，似乎也没有什么不对。也许在西璞山的时候，她也是这么修炼的吧，虽然现在她对在西璞山的那段时光并没有十分深刻的印象。

就这样混混沌沌地过了好长一段时间。

某天挽碧从修炼中抽出空来的时候，她感受到了落在窗枢边上的阳光。那阳光不同于月光的幽凉舒适，挽碧感觉到有些不舒服。她想要躲到某个阴凉的地方去，但是她没有任何办法，因为她没有办法移动。

她终于觉得有些奇怪，也瞬间明白了奇怪的地方在哪里——她被搁置在同一个地方太久了，并且，那装载着她的紫檀盒子一直都保持着最初打开的状态。

书房里一点儿声响都没有，不知道裴瑾之到底是在还是不在。

"啪嗒"一声，书房的门开了。挽碧以为是裴瑾之走进来了，静候了须臾，没有想到她听到的却是竹叶的声音。

"你们站在书房门外等我就好了，不必进来。"竹叶的声音里多了些刻意的味道，听起来比先前的要低沉一些。

"是。"

挽碧正想着来人为什么不是裴瑾之的时候，就感觉到有人走到了她的面前。

那是一张陌生的面孔，十七八岁的身形有些单薄的少年。他正低下头来看她，目光平静而略带些许的惋惜。少顷，他缓慢地抬起了手，清秀的眉目却也同时皱起，犹豫了好一会儿，他终究是往后退了一步。

挽碧正疑惑着，便听到竹叶口里念念有词："这檀香盒子敞开着，窗枢也还开着一些，雨水淋不到，阳光却是可以经常照耀到的，玉佩放置在这里，也不知道是好还是不好。

"公子出门已经有半年了，一时半刻也回不来，价值连城的宝贝就这么随意地放在这里，真是有些暴殄天物，可是公子他最讨厌别人动他的东西。"竹叶突然幽幽地叹了一口气："虽然我有心帮助你，但是终究公子才是我的主子，只能对不住你了。"

竹叶说完这些话后，便开始认真打扫起书房。

因为深知自家公子的性情，他并没有动书房里的任何摆设，只是简单地收拾了一下被风吹落到地上的纸张，又擦了擦书桌的桌面和书房里那套待客

第二章·司命青鸟

挽碧听着锁门的声音响起，回忆起竹叶刚刚在她面前的自言自语，才知道裴瑾之出了远门，而且已半年有余。再想到竹叶离开前说的最后一句话，那句话应该是对她说的吧，他看到她被裴瑾之那么随意地对待，有些同情她，本想要帮助她的，却惧于裴瑾之的积威，不敢轻举妄动。

由此看来，裴瑾之不仅性情古怪，而且在下人们的眼中积威甚重，这样的主子，一定不是一个好主子吧。

挽碧突然很迫切地希望自己快速修行，到时候她就可以幻化成美美的模样，脚踏祥云，飞升成仙，离开这个地方。

记得在那个奇怪的梦里，那个碧衫女子说，如果有灵物相助，她在一年多后就可以幻化了。现在时间已经过去了半年多，挽碧心中有些欢喜，看来不需要太久的时间，她就可以实现自己的祈愿了。

当欢喜的情绪微微淡去了一些后，挽碧开始凝神去感觉自己的状态。

似乎是没有以前的那种僵硬感了，她感觉到自己好像变轻软了，像是某种迷雾一般，她似乎可以在玉佩里流动。让她惊讶的是，当她因为在玉佩里流动得太过起劲的时候，一时控制不住自己，竟然就失控地往玉佩边缘撞过去了。

她以为迎接她的将是撞到玉佩壁上的疼痛，没有想到的是，她却穿过了某一层脆弱的限制，眼前突然光芒大亮。

待她从光芒里慢慢地适应过来的时候，她发现，她眼前能够看到的范围和先前的不一样了。

她几乎看到了书房的整体样貌，无论是放置在书架角落边的花瓶，还是搁置在桌子上的还没有下完的棋局，甚至那被打扫得一尘不染的地面，她都一览无余。

因为惊奇，所以她的目光在书房里不停地游移，直至看到那枚熟悉又陌生的紫檀盒子才停止下来。

打开的紫檀盒子中央，略显凌乱的墨绿色绸子上方，静静地卧着一块碧绿色的玉佩。

这是什么情况？

挽碧大吃一惊。她现在已经身处玉佩的外面了？

她下意识地去看自己的身体，然后发现自己的身体只是一个模糊的形状，并非实体。而且，有些奇怪的是，她的身体似乎也和她所看到的那些人的不一样。例如,那些人有双腿双脚,但是她没有。

她的上半身和那些人的差不多,但是她的下半身什么都没有,像是凭空消失了一般。她不知道她是否真的没有双腿,还是说她只是因为修为不够,只能够幻化成目前的这个样子。

挽碧有些惊慌,也有些沮丧,好一会儿后,她才努力说服自己接受后面的那个想法。毕竟相对于前者,后者更加充满希望。

调整好自己的心态后,挽碧慢悠悠地沿着书房飘了一圈。把书房里的摆设看了又看后,她才心满意足地回到玉佩里。

没过一会儿,挽碧便感觉到四周的灵气越来越浓郁了,虽然看不见,但是挽碧想,盒子外面的世界大概到了夜晚时分了吧。只有在夜晚的时候,有月光照射在玉佩上,她才能感觉到灵气涌进她身体里的清凉舒适感。

想起自己今天的新发现,她居然可以幻化成半个人了,想来过了不多久,她就可以幻化成为一个完整的人了吧?而且,她还发现自己居然不用一直被困在玉佩里,只要她想,她随时都可以出去溜达溜达。想到这里,挽碧就有些兴奋了,因为兴奋不利于修炼的进行,她花费了不少时间,才把自己调节到适于修炼的状态上去。

从那以后,挽碧总是会在自己修炼的空隙间,从玉佩里跑出来,到书房里劳逸结合一下。

其间竹叶三次来书房里打扫。

第一次是挽碧还待在玉佩里的时候。她静静地看着竹叶打扫完房间后,眼神复杂地看了一眼自己所在的紫檀盒子,然后关上书房门离开。

第二次是挽碧正在书房里飘来飘去的时候,竹叶来书房打扫。因为竹叶的突然出现,挽碧被吓了一跳。她惊慌地躲在了某个大大的书架后面,直到听到书房门被关上的熟悉声音,才敢悄悄地探出头来,然后在心里兀自庆幸竹叶并没有发现她。

而第三次则是挽碧又在书房里晃来晃去的时候,竹叶不知道怎么突然来了。因为挽碧在书房里飘来飘去地玩得正欢,一个没控制住就撞到了突然推门而进的竹叶身上。

以为竹叶发现自己了,挽碧甚至惊恐地尖叫了一声,紧接着她又迅速把双手捂在自己的脸上,因为她不想闭上眼睛。没有想到,隔着细细的指缝,她看到的却是竹叶仿佛刚刚什么都没看到、没听到一般,直直地从她的面前

走过去。

好一会儿后，挽碧才把手从自己的脸上移开。

她以为自己刚刚眼花了，按理来说竹叶会站在她面前好奇地看着她，可是放下手来，她只看到了竹叶背对着她在打扫书房的身影。

他没有看到她？可是她都已经撞到他的身上了。

他没有听到她的声音？可是她明明那么大声地尖叫了一声。

挽碧奇怪地凝视了一会儿竹叶，用了好一会儿时间酝酿好自己的情绪，然后清了清嗓子，轻轻开口："竹叶。"

竹叶没有任何反应。

挽碧微微皱眉，她又清了清嗓子，加大了一点儿声音："竹叶。"

竹叶依旧没有任何反应。

挽碧再次清嗓子的时候，一不小心岔了气咳嗽起来，在她咳嗽期间，挽碧看到竹叶的身影依旧是背对着她的，没有任何反应。

难道他看不到她？也听不到她的声音？

挽碧觉得为了谨慎起见，她需要再次试探竹叶一下。

接下来挽碧直接飘到了书桌的对面，因为竹叶正低着头擦书桌。

挽碧为了引起他的注意，先是清嗓子，然后是唤竹叶的名字，最后甚至把手伸到了他的眼睛下晃了晃。然后，竹叶的动作突然停顿了一下。

挽碧被吓了一跳。

她正想着竹叶是不是已经发现了她的存在的时候，竹叶突然抬起头来，皱着眉头，眼神直直地看着他的前方。

挽碧被竹叶的行为吓了一跳，正想着来个微笑再握手言和的时候，却听到竹叶有些懊恼的声音响起："公子还有一个月就要回来了，茶庄里还没有把大红袍送过来，万一公子提前回来了，没有茶喝怎么办？我得去催催他们了。"

竹叶带着抹布匆匆忙忙地离开书房的时候，挽碧还有些怔愣地站在原地。原来竹叶看不到她。

刚刚听他说，裴瑾之一个月后就要回来了？

她先前还有些担心，裴瑾之回来，她就只能躲在玉佩里，但是就现在看来，她可以完全抛开这个顾虑了。

自从知道裴瑾之什么时候会回来后，挽碧到书房里溜达的次数越来越多。

虽然她知道裴瑾之和竹叶都不会察觉到她的存在，可是挽碧还是觉得，当属于裴瑾之的书房里空无一人只剩下她的时候，她才是最自在的。所以，她需要在裴瑾之归来之前好好享受一下这种难得的时光。

大概是因为在玉佩里闷久了，挽碧现在最喜欢做的事就是在书房里飘来飘去。

虽然书房里有很多的大书架，可是挽碧知道，自己并不会真的撞上它们。因为她明白自己现在的并没有幻化真实的形体，她的形体还只是一团模糊的雾而已，所以大多时候，挽碧在书房里飘来飘去，并不会顾忌太多。

大大的书房，她全部绕上一圈，都用不了一眨眼的时间。

除在书房里毫无顾忌地玩漂移外，挽碧对书桌上的笔墨纸砚也渐渐生出些许兴趣来。

有的时候，她甚至会坐到裴瑾之的座椅上，依着脑海里残存的记忆，学着他的模样舞弄一番。但是因为她的虚无体态，很多时候，当她不自知地想要拿起书桌上的笔墨纸砚，却又发现自己的手已经毫无阻碍地穿透过去，连触碰的感觉都没有的时候，她会小小地怔愣一下，然后慢慢地收回手来，心头涌出来一丝气馁。

唉，不知道什么时候，她才可以真真切切地触摸到这些在她看来很是有趣的东西。

轻叹了一口气，挽碧琢磨着自己的新烦恼，她以为，也许等她的修为再高一点儿的时候，没准儿她就可以触碰到了吧。

想到这里，挽碧稍稍高兴了些许，然后兴致勃勃地回到玉佩里修炼去了。

日子一天天过去，如竹叶所说，裴瑾之在一个月后回到了裴府。

裴瑾之回来后并没有立即动身去书房，他先是去了净房里沐浴，换上了一身干净的衣衫后，才慢悠悠地往书房的方向走。

竹叶一直默默地跟在裴瑾之的身后，往日里他都是低着头的，但是今日却有些奇怪。他时不时看向自家的公子，清秀的眉眼中时不时掠过一丝显而易见的着急，仿佛是希望自家的公子可以走快一些。

可是裴瑾之和竹叶主仆之间的默契显然并没有达到心有灵犀的程度，相比之下，裴瑾之的步子简直是舒适得过分，他不紧不慢的，仿若是在散步。

好不容易走到了书房的门口，竹叶心里稍稍舒缓了一口气。他推开书房门，身子侧到一边，眼角的余光不由自主地落在那个书架上的紫檀盒子上。他刚

想语气委婉地提醒一下裴瑾之，紫檀盒子被他搁置在书架上日晒风吹了将近大半年的事实，却看到裴瑾之的目光早已落在敞开的紫檀盒子上了。

他心下了然，既然公子已经了解到这个事实，那他也不好再说些什么了。但是一想到自家公子对挽碧的随意态度，他浅浅地吸了一口气后，决定大胆地进言一两句。

"公子，这玉佩已经搁置在书房里许久了，那个位置，风吹日晒的，不如我拿回原先的地方放好？"

裴瑾之没有立即回应竹叶的话，他的目光落在玉佩上已经有好一会儿。

眼下的玉佩，看起来要比大半年前的更有光泽，也更加生动灵润一些。这倒是有些奇怪，按理说，被搁置在这样的环境中，玉佩不该是这样的。

"公子？"竹叶看见公子脸上略微寻思的表情，脑海里不由得想到那紫檀盒子里价值连城的玉佩。

虽然他没有亲眼见过裴家先祖对这块名为挽碧的玉佩有多珍视，可是自家公子对这价值连城的宝贝居然持如此淡漠的态度，心里还是有些惋惜的。

裴瑾之收回目光，在书桌后面坐了下来："这玉佩就先留在书房里，若没有什么其他事情，你就先出去吧。"

竹叶低敛着眉目，声音平淡地应了一声"是"，然后走出去，阖上书房门，离开了。

裴瑾之低下头来处理公务。

看着打开的几本折子上陈，他平静的眼神里带了一丝玩味。他外出的这一段时间里，朝廷似乎是发生了不少的事情。

晋国的当今圣上虽然才年过不惑，但是因为身体羸弱，三天两头缠绵病榻，无法处理朝务，而太子亦是年幼，故而朝政大事全权落在左右丞相的手里。

而裴瑾之作为晋国开国以来最年轻的左相，自打十八岁入朝为官，如今不过二十开外的年纪，却已经站在了一人之下、万人之上的位置。在很多人眼中，他的晋升之路，顺风顺水得让人难以置信。

不过万物有相衡之势，裴瑾之上升的速度太快了，连皇帝都生了提防之心。

于是，在一年前，晋国的朝制依旧沿袭开国以来的一皇一相制，如今却是一皇二相制了。

裴瑾之随手翻开书桌上的折子，一目十行地从字里行间掠过后，他的嘴角微微地勾起了一抹冷笑。

提起毛笔，落笔几行后，他修长的手指缓缓把笔下的纸张折叠，随后又把纸张装进一个信封里，再小心地把信口封好。慢条斯理地做完这一系列动作后，他才唤了一声"竹叶"。

　　竹叶很快推门而入，接过裴瑾之手里的信后，低头看了一眼信封，转身带上门出去了。

　　裴瑾之拿起毛笔继续低头看折子。

　　挽碧躲在檀香盒子里暗暗地看着刚刚发生的一幕，想到裴瑾之的冷笑，脑海里不知道怎么突然想起了于临安揶揄裴瑾之的那一句话："啧啧，这么让人讨厌的性格，怪不得现在都尚未娶妻，哪家的大人愿意把女儿嫁给你啊。"

　　不得不说于临安说得很形象。裴瑾之刚刚的那一个冷笑，就笑得阴恻恻的，好像在算计着谁一般。

　　幸而裴瑾之看不到她，还好还好。

　　挽碧在心里默默地评论了一番，正打算凝聚精神继续修炼，闭上眼睛的那一刻，不知道是不是她的错觉，她好像看到裴瑾之往她所在的方向看了一眼。

　　这莫名其妙的一眼，把挽碧吓了一跳。但是她很快想到裴瑾之和竹叶一样，其实是看不见她的，再者，他那一眼也确实短暂，一瞬间就过去了，想来应该只是他的视线随意流转了一下，并非有心之为。

　　这样想着，挽碧稍稍安心了些许。

　　因为摸不清裴瑾之究竟什么时候会在书房里，什么时候不在书房里，自打裴瑾之从外回来后，挽碧到书房里溜达的次数大大减少，隔很多天才会出来一次。

　　不修炼的间隙里，她会从盒子里偷偷地观察裴瑾之。他或是执笔书写，或是低头看书，或是与人交谈，或是兀自沉思。不经意间，挽碧看到了很多状态下的裴瑾之。

　　挽碧发现，裴瑾之好像大多数时间都是待在书房里的，他就没有出去的时候吗？

　　不出去是不可能的吧，挽碧想。

　　可能是裴瑾之离开书房的时间，与她的修炼时间是一致的。要不怎么每次挽碧不修炼的时候，睁眼巡视，都可以看到裴瑾之在书房里坐得笔直的身影呢？

　　亦是因为有裴瑾之在，挽碧每每都要打消自己去书房转转的念头。

虽然她知晓裴瑾之看不见他,可是不知道为什么,面对裴瑾之,让挽碧觉得很有压力。与其让自己难受,她还不如乖巧地待在盒子里,来个眼不见为净。

终于有一天,挽碧从修炼中回过神来的时候,感觉檀香盒子狭窄难当,她在心里默默地做了一个决定,此次睁开眼睛,无论裴瑾之在不在书房里,她都要去书房里转转。在盒子里待了那么多天,她实在是有些受不了了。

以前在盒子里待习惯了,即使待上很长很长的时间,挽碧也不会觉得这什么奇怪和难受的,她也不会想要去改变什么。可是,不知道为什么,她现在越来越不适应待在盒子里了,只要不是修炼的时候,她几乎控制不住自己地想要往外跑。

往盒子外看的时候,书房里一片寂静,挽碧的视线往书桌后偏移,惊奇地发现那张巨大的书桌后面竟然没有那端坐如松的竹青色身影,这有些出人意料。

挽碧心中大喜,很快便从玉佩里溜了出来。

她先是在书房里酣畅淋漓地转了好几圈,把自己多日来的倦怠消去后,才心满意足地停了下来。活动完后,虽然担心着裴瑾之不知道什么时候会回来,但是她又舍不得那么快就回去玉佩里,于是继续在书房里转来转去。

相对于不久前,挽碧只能幻化为半个人模样,可是现在随着修为的增长,她已经可以幻化成全人的模样了。可自从她可以幻化成全人模样后,挽碧发现有些糟心的事情又发生了,她自己的身体依旧是一片朦胧的模样,像是一团流动的云雾,虽然有个形状,但是始终看不清楚。

直到最近,某次修炼完成后,她低头观察自己,发现自己身上的幻影终于清晰了一些,不但可以看清楚形状,连那颜色都逐渐清晰了。

挽碧低头看着自己浅绿色的裙摆,视线一路往上,直到自己身前的浅色长发。视线到这戛然而止了。

挽碧有些失望,她心里有些奇怪,为什么一个人可以看到别人长什么模样,却看不到自己长什么模样?她现在可以幻化了,心里其实很想看看自己到底长什么模样。

若是长得好看,挽碧自然是高兴的,若是长得不好看,挽碧撇撇嘴,若是长得不好看,不知道成仙后,样子还可不可以改。不过现在的问题是,她要怎样才可以知道自己长什么模样呢?

挽碧的视线在书房里环绕一圈,也没发现有什么东西可以让自己知晓自己的样貌。她这里看看、那里看看,虽然有些不甘心,最终还是无奈地接受了现实。

如果有人可以看见她,就可以告诉她她到底长什么模样了吧?

以前挽碧对别人看不见她这件事情还是很高兴的,可是现在她不这样认为了。

挽碧思考着自己的烦恼太过于深入,丝毫没有察觉到书房的门在不经意间已经被人从外面推开。直到感觉到某种具有形态的东西从自己的身侧移动过时,挽碧才从自己的思绪里惊醒过来。

一看到那个挺拔如修竹的身影,挽碧的心里警铃大作:裴瑾之回来了!

挽碧下意识地便想要回紫檀盒子里,可是才转身,她又改变了注意。

好不容易才出来一趟,她可不想那么快又回到盒子里去,反正裴瑾之也看不见她,她在他的书房里继续待着应该也没有什么关系吧。

想到这里,挽碧紧张地打量了一下书房,当看到大书架旁边摆着的美人榻时,她犹豫了一下,再看看已经埋首于公文之中的裴瑾之,她定了定有些飘忽的心绪,慢慢地移动了过去。

第三章

公子归来

　　挽碧躺在美人榻上,其实也不能说是躺,因为她根本感觉不到躺在美人榻上到底是一种什么样的感觉,但是想到现在的她是以人的姿态,"躺"在这榻上面,挽碧还是得到了一种心理上的愉悦感。

　　挽碧在上面躺了一会儿,其间她的目光一直落在裴瑾之的身上。

　　裴瑾之一直在低头批阅着什么,除了偶尔会皱一下眉头,俊朗的脸上已经持续了相当长的一段时间的面无表情。

　　挽碧不知道自己为什么会一直盯着裴瑾之看,若是真的要深究一下其中的原因,大概是因为书房里所有的摆设她都已经很熟悉了,所以才会一直把目光落在对她而言,还是比较陌生的裴瑾之身上。

　　裴瑾之突然又写了一封信,他把信封封好后,白皙修长的手指搁置在木色的信封上,指尖不经意间沾染了一丝墨色。

　　挽碧看着裴瑾之的手,接着再看着那一丝墨色,顺势而下,她最终看到了信封上面题写的几个小字。

　　其实挽碧并不识字,但是在此时此刻,不知道怎么的,挽碧突然心生迫切之感,想要去看一看信封上到底写了什么字。

　　心念意动间,挽碧飘了过去,很快,她如愿看到了信封上的黑色小字,它们看起来……嗯,挽碧虽然看不懂,但是不知道怎么的,还是感觉到它们看起来挺好看的。

　　挽碧端详着那些小字,好奇地想要伸手摸摸的时候,书房门开了,竹叶走了进来。

　　裴瑾之把信封递了过去:"把信交给于临安。"

　　竹叶接了过去:"是。"

　　挽碧在竹叶要转身离去之前,极快地伸出手来碰了一下信,如期所至的虚无让挽碧既高兴又失落。高兴是因为，她终于如她所愿那般触碰到了要被拿走的信封，而失落的是，她终究未能真切地触碰到这世间的一切。

她这是在做什么？

挽碧轻叹了一口气，想要回到紫檀盒子里，一抬头，却看到裴瑾之站在了她的身边。

他低着头，目光落在自己所在的方向，似乎是在看她？

挽碧被吓了一跳，她下意识地想要跑，于是在下一瞬间，当四周的光线瞬间变得黯淡的时候，她发现自己已经身处盒中了。

她惊魂未定地躲在自己的小盒子里，好一会儿后，才敢往盒子外看。

书房里的一切都和之前没有什么区别，裴瑾之已经落座在书桌后面，面无异色，看起来一切都很正常。

挽碧回忆起裴瑾之刚刚的那道目光，依旧感觉有些心悸。

那道目光，该拿什么词语去形容呢？挽碧搜遍了脑海中的词汇，半晌后，无奈地发现自己词穷了。

话说回来，挽碧觉得今天的这一次劳逸结合，还真有点儿跌宕起伏。

虽然挽碧已经回到了紫檀盒子里，但是不知怎么的，每每不经意间想起裴瑾之的那道目光，她的心悸的感觉会被一次次唤醒。

她努力地想要集中精神，促使自己的思绪回归到修炼上来。大概是因为受到了惊吓，她回复到原来的那种修炼状态，需要的时间比往日里稍长一些。

那日梦里出现的碧衫女子交给她的灵物确实很有用，因为那玉佩能够吸纳更多的灵气为挽碧修炼所用，并非虚言。

但是自从那一梦后，挽碧在后来的日子里，再也没有梦到过那个女子。

若不是脖子上时刻挂着的玉佩提醒着她，那个梦并不仅仅只是一个梦，挽碧都觉得自己都有些分不清楚究竟何为梦、何为现实了。甚至有的时候，她还会莫名其妙地觉得那个碧衫女子是她脑海里凭空捏造出来的人物罢了。

挽碧这一次按例又是修炼了许久才从中清醒过来。她不用进食，是以每每修炼起来都是顺着自己的心意，直到自己想要休息了，才会停止。

她往盒子外一看，书房里一片黑暗，静悄悄的。烛光不亮，月光落在了地面上，一片皎洁。

对挽碧而言，夜晚才是修炼的最好时机，相较于日光的炙热，她其实更喜欢月光的幽凉，她修炼起来会更加舒服。而今，她已经修炼了一段时间，

正好裴瑾之不在,挽碧想到书房里溜达溜达。

她确实也这样做了。

当她从盒子里出来的时候,直接落到了那一片月光之中。不知道是不是她的错觉,她感觉到自己的身体在接触到月光的那一刻,似乎比先前要清晰许多。她惊喜于这样的发现,心里高兴,便尝试着在月光里打坐修炼。

感觉到在月光之中修炼的速度快于往常的时候,挽碧心里又惊又喜。她没有想到自己意外地想要偷一下懒,却发现了更好的修炼方式。

修炼需要循序渐进,引导着新吸收进来的灵气炼化后,挽碧平静地睁开了眼睛。

书房里的灯不知道何时亮了,而裴瑾之正默默地坐在书桌后,定定地看着她,或者说,看着她所在的方向。

在他的目光下,挽碧感觉到自己不自觉地屏住了呼吸。

两厢僵持了一会儿后,挽碧最先从自己的状态中惊醒过来。她把手放在自己的心口处拍了拍,试着缓和一下自己的紧张心情。

裴瑾之明明看不到她,可是不知道为什么,裴瑾之一旦出现在书房里,挽碧就感觉到自己连呼吸都有些困难。

裴瑾之依旧定定地看着她所在的方向,挽碧小心翼翼地往右边移开了一点儿距离,她一边移动,一边小心地仔细观察着裴瑾之的神色,发现他依旧保持着刚刚的表情。挽碧怔愣了一会儿后才恍然大悟,原来裴瑾之是在发呆。

话说回来,这个人怎么连发呆都可以保持着一本正经的模样?真的有些吓人。

挽碧从地上站起来的时候,裴瑾之也收回了他的目光,转而从书桌后站起来。

挽碧看着裴瑾之往自己所在的方向走过来的时候,心里又有些恐慌,以至于裴瑾之才迈出一步的时候,挽碧安静而又迅速地往书房门的方向飘过去了。

裴瑾之在那一面大大的书架前停了下来,伸手从某一层里抽出来一本书。因为手势向上,他宽大的衣袖滑落下来,露出了一小截手臂。

挽碧看着那截小臂,似乎比她的大一些,骨骼清瘦,看起来还有些苍白。

裴瑾之转过身来,挽碧在自己的目光快要撞上他的目光时,迅速把头低下去了。虽然他看不见她,可是不知道为什么,挽碧总是感觉自己有些害怕与裴瑾之对视。

裴瑾之拿了一本书后，又回到书桌后去坐着了。

他神情认真地打开书，每隔一段时间便会翻上一页，偶尔还会拿起笔架上的毛笔，在旁边的本子上勾勒一两笔。

挽碧在门边站了一会儿后，抵不过心里的好奇，决定去看看裴瑾之到底在本子上记录了些什么。

虽然她知道即使看到了，也不一定能知晓裴瑾之到底在上面写了些什么，但是她心里就是好奇，就是想看一看啊。

小心翼翼地飘到裴瑾之的身后，挽碧慢慢地探头去看裴瑾搁置在书本旁边的纸张，上面确实是写了几行黑色的小字。嗯，挽碧确实看不懂那些字到底表达了什么意思，只好撇撇嘴，打算去看一些别的东西。

目光循着纸张滑过，挽碧向左边看去，摊开的书页上面依旧是棱角分明的黑字，裴瑾之的手指就搁在书页的边角处，稍稍压住了翘起的纸张。书桌上面还有墨砚，整整齐齐的折子，还有几块看着并没有什么生气的碧玉饰品。

挽碧想起那日裴瑾之和那个名为安沐棕的男子之间的交易，突然就明白了书桌上的这些玉器的用途。看着那几块躺在书桌上等待着被利用的同类，挽碧默默地叹了一口气。

"你叹什么气？"突兀而至的一句问话。

挽碧没有察觉到什么奇怪的地方，语气很是惆怅，自然地回道："这些玉器太可怜了，总是被人利用，都没有人好好爱惜它们。"

"与其说是利用，不如说是拥有价值。"

"对凡人而言，玉器当然只有利用的价值了，那些凡人根本就不懂。咦？"

挽碧张张嘴，不可置信地盯着书桌上的碧玉饰品："刚刚是你们在和我说话？"

碧玉饰品毫无动静。

细想一下，又似乎不对，那声音明明是从挽碧的左侧传过来的。

左侧，是裴瑾之所在的地方。

挽碧咽了咽口水，艰难地抬起头来，然后动作极为缓慢地把视线往左偏转，入目的男子，烛火映衬着他精致的五官，一时之间，那张脸，好看得有些过分。

"你、看得见我？"挽碧怔愣了许久，才怯生生地问出一句话。

裴瑾之点了点头，修长的身子向后一倾，有些懒散地靠在了椅背上。

第三章 公子归来

"那你不害怕吗？"挽碧不自觉地皱了皱眉头。

裴瑾之上下打量了挽碧一番，狭长的桃花眼微微一眯，脸上浮上了一种似笑非笑的表情："嗯？"

挽碧以为他没有听明白自己的话，只好把话说得更加具体一些："我的意思是，我不是人，你不怕我吗？"

裴瑾之嘴角微勾："不怕。"

挽碧说不上心里此刻到底是怎样的一种情绪。她不是人，裴瑾之还可以看得见他，他难道就不怕她对他怎么样吗？

"你住在什么地方？"裴瑾之的手指落在了书桌面上，指尖敲击桌子，发出了规律的声音。

挽碧低着头道："我住在一个盒子里。"

"哪个盒子？"

挽碧刚想要伸出手指去指搁在书架上的檀香盒子，但是心头某个念头掠过，她的动作在半途中中止了。

"不在这个房间里。"

裴瑾之的目光很锐利，这让挽碧有些无所适从。他道："如果你的盒子不在书房里，那你怎么天天在书房里出现？"

天天？

裴瑾之的话语让挽碧大吃了一惊："你、你是从什么时候看见我的？"

"在你以为我看不到你的时候。"

裴瑾之的语速很快，这句话又有些绕，挽碧想了好一会儿，在心里默念了这句话好几次，才想明白了裴瑾之的意思。

所以说，从她一开始出来的时候，裴瑾之就已经看到她了？那他是怎么保持这种视而不见的姿态的？

挽碧轻咬了一下嘴唇，想了想，还是决定老实招供。裴瑾之却是把目光落在了书架上，问："你的盒子是在书架上？"

书架上只有一个盒子，那是紫檀盒子，可是书桌上的一角还堆积着好几个盒子呢。

挽碧惊讶地抬起头来。裴瑾之是怎么知道她的盒子就是紫檀盒子的？

裴瑾之半眯着眼睛，脸上的神情看起来有些意味深长："你叫什么名字？"

名字？

"妖怪有了灵识之后不都是会给自己起一个名字的吗？你呢？你的名字是什么？"

挽碧一时间不知道说什么才好。

裴瑾之都已经猜中了她的盒子，为什么不知道她叫什么名字呢？难道是因为他并没有把她和搁置在盒子里的那一块玉联系起来？

还有，妖怪是什么？她是妖怪吗？

裴瑾之皱眉："你没有名字？"

挽碧猜不透裴瑾之到底想要做什么，只好保持沉默。

书房里敲击的声音一下子停止了，裴瑾之坐直了身子："既然你不肯说，那我只好让人把盒子放回原来的地方了。"

挽碧睁大了眼睛："不可以！"

裴瑾之挑眉，像是发现了什么有趣的事情一般："为什么？"

"因为……"挽碧开始支支吾吾。

她可以说出真实的原因吗？

她可以对裴瑾之说，她不想离开书房，是因为书房这个地方灵气充沛，有助于她的修炼吗？

那个碧衫女子不是说了，在这里好好修炼，她只要一年多就可以飞升了。若是再回到原来的那个地方，谁知道会需要多长的时间呢？

"嗯？"

"因为书房这里有助于我的修炼。"挽碧闭上了眼睛，一副豁出去的神情。

裴瑾之点了点头："原来如此。"

挽碧看到此景，心里萌生了一些希望，看样子裴瑾之也不是很坏的人，不知道他可不可以允许她在书房里修炼呢？

"那你可以允许我待在书房里吗？"

"不可以。"

"为什么？"

"因为我不喜欢有人在我的书房里乱动。"

书房里静默了好一会儿。

"以后我不乱动了，这样可以吗？"

"不可以。"

"为什么还不可以？"

"因为我不喜欢在我办公的时候,书房里还有别人。"

"那以后你办公的时候,我不出现在你的眼前不就可以了吗?"

反正在夜晚修炼可以事半功倍,那时候估计裴瑾之都已经离开书房回到自己的卧室了,他自然是看不到她的。

裴瑾之不语,但是皱着的眉头显示出了他的心情不悦。

挽碧转了转眼珠,回想了一下裴瑾之的话,又加了一个理由:"再说了,我也不是别人,我都不是人!"

裴瑾之的脸一下子黑了,连目光都锐利了几分。

挽碧也不知晓自己说错了话,无辜地看着裴瑾之。

"你在别处的地方也是一样可以修炼的。"裴瑾之的语气里罕见地带了几分规劝。

这会儿轮到挽碧不说话了。

好一会儿后,挽碧再次开口:"其实,我叫挽碧。"

如果无论她说什么话都不可以让裴瑾之留下她,那么这个身份,不知道可不可以让裴瑾之松口?

"挽碧?"裴瑾之的眼眸中果然带了几分波动。

"是。我就是那块玉佩。"挽碧抬起头来直视着裴瑾之,"看在裴姓主人的面子上,你可不可以让我留在书房里大约半年的时间?"如果事情一切顺利,距离她飞升,也不过剩下大概半年的时间了。

"裴姓主人?"

"是,你们裴家的先祖。"

裴瑾之思考了一会儿,才语气缓慢地开口:"让你留在书房里,也不是不可以,但是你拿什么来报答我呢?"

挽碧无言以对。

她发现她突然很想念她的裴姓主人,若是眼前的人是她的裴姓主人的话,她想在哪里就在哪里,哪里还用谈条件?

"你不同意?不同意的话就免谈。我待会儿会吩咐竹叶,让他待会儿就把盒子送回原来的地方。"

这世事还真是无常。

裴姓主人那么正直的一个人,却把毕生的精力投放于风云诡谲的商场中;而眼前的裴瑾之,明明是那么精明狡猾,却投身于为民请命的朝堂之中。他看起来虽然一身正直,但是也难保不是徒有其表,也不知道是不是一个好官。

若说是在书房里修行,其实也并不叨扰裴瑾之什么,可是他居然还要她报答他!作为一个男子居然这般斤斤计较,挽碧想想就有些手足无措。

无声的对峙中,挽碧最先投降。

看着眼前面无表情的男人,她拿出了一种壮士断腕的气势,道:"我答应你。那你想要我怎么报答你?"

"你答应就好了,至于怎么报答我,此事容后再议,毕竟你现在什么都干不了。"

挽碧张张嘴,有些气结:这个人怎么这样说话?就一点儿都不顾别人的心理感受的吗?

"谁、谁说我现在什么事情都干不了的?我可以……"

裴瑾之漫不经心地打断她的话:"可以什么?你现在的状态,看起来只能算是一团清晰的雾气,可以做些什么?"

一团清晰的雾气?这、这是什么形容?

她试着伸手去抓书桌上面的东西,如裴瑾之所言,她的手确实从物体中穿过去了。

见此,裴瑾之轻笑了一声:"所以,你看,你这个样子可以做些什么呢?"

挽碧有些失落地收回了手。

书房里静默了一会儿。

裴瑾之看了一眼由于正耷拉着脑袋,所以看不见面容的那一团雾气,抿了抿唇:"你现在只是修为不够而已,再高一些,就可以真正地接触到那些东西了。"

挽碧惊讶地抬起头来,问:"真的?"

裴瑾之抬手轻揉眉心,恶劣一笑:"谁知道呢?"

挽碧无话可说。

书房里又静默了一会儿。

挽碧看了一眼裴瑾之,他轻阖着眼睑,似乎在闭目养神。

这个人心态真好,这就可以当她不存在了吗?

挽碧伸手在裴瑾之面前晃了晃,想着他既然可以看见自己,是不是也可以感受到自己的动作?裴瑾之轻皱眉头道:"拿开你的手。"

他的语气硬邦邦的,温度要多低就有多低。

第三章·公子归来

挽碧动作一僵，随后又是惊喜又是无奈地把自己的手放下了。

裴瑾之居然可以感受得到她的存在！

她正打算回自己的小盒子里，才刚飘出了一段距离，突然感觉到四周的气氛有些怪怪的，回头一看，被吓了一跳。原本假寐的裴瑾之不知何时睁开了眼睛，正定定地看着她所在的方向。

目光两两相触，裴瑾之皱眉皱得更厉害了："我先前说过什么了？"

挽碧低下头，嗫嚅："不、不许乱动。"

"知道就好，下次不可再犯。"

"哦。"

"傻站在那里做什么？"

挽碧抬头看他，目光里有些疑惑："我没有傻站着啊，我是静静地站着。"

突然想起了什么，挽碧一激动，直接飘到了裴瑾之的面前。虽然裴瑾之的脸色在一瞬间黑沉得可怕，挽碧随之在一瞬间感到头皮有些发麻，她还是抑制不住心里的激动："你知道我长什么样子吗？"

裴瑾之闭了闭眼睛，面色似乎有些隐忍："不是刚刚才说过了不许飘的？"他的话像是从牙缝里挤出来的。

挽碧轻咳了一声："不好意思，不好意思，我不是故意的。"

"你不是故意的，难道我是故意的？"

挽碧有些委屈："我真的不是故意的。我只是太激动了。你可以告诉我，我是什么样子的吗？我想知道自己长得好不好看。"

裴瑾之的眉毛直跳，这是什么问题？

"你可以自己去照镜子。"

"镜子？什么是镜子？啊，我想起来了，可是你的书房里并没有镜子啊。"

裴瑾之抚额，顿了一会儿后，吐出了一个字："丑。"

挽碧有些没反应过来："什么？"

裴瑾之不理她。

少顷，挽碧尖叫："你才丑！"

虽然她不会读书，不会写字，但是不代表她不能理解字的意思。

这个人，怎么可以对一个姑娘这样直白地说她长得丑？

真、真讨人厌！

书房里空无一人。

挽碧从盒子里跑了出来，慢悠悠地在房间里飘了一圈后，身姿轻盈地落在了裴瑾之常坐的坐位上。

桌面被竹叶收拾得很整齐，没有丝毫紊乱的模样。

她盯着放在一旁的笔墨纸砚良久，脑海里不由自主地想起裴瑾之手里攥着毛笔，低头认真处理公务的好看模样，心里一动。

她也想那样。

伸手去触碰搁在桌面上的纸张，她本来有些期待，但是事与愿违，她的手最终还是从中穿过去了。轻叹一口气，她有些无奈地收回了手。

依旧如此。

这段时间里，因为有裴瑾之的允许，她比以前更加勤奋地修炼了。虽然感觉到体内的灵气有了一定的提升，或许是因为修炼还不到家，她现在的形态，依旧是一团雾状。

虽然可以乐观地想，她也许很快就有实体了，但是谁能保证现在距离那个"也许"到底还有多长的时间呢？

她真的很想知道自己到底是什么模样。

问裴瑾之，他只会皱眉看着她，然后简洁又伤人地吐出一个字："丑。"

哪怕她把同样的问题问十遍，裴瑾之每次的答案都不曾改变。

不知道修炼可不可以使她的容貌变得美丽一些呢？

多想无益，还是好好修炼吧。挽碧飘回盒子里，开始专心致志地修炼。

虽然说白天的修炼效果不如晚上好，但是闲着也是闲着，与其百无聊赖，不如努力修炼。

不知道修炼了多长时间，挽碧是被一阵聒噪的声音干扰到了，不得已才中断了修炼。

因为修为日渐增长，挽碧现在已经不用飘出盒子，就可以看到盒子外面的光景。

现在的她只要待在盒子里，开启灵识探查，便可以一清二楚地知道外面到底发生了什么事情。

此刻她开启灵识，一眼便看到了书房里除了裴瑾之的身影，还多了两个跪在地上，类似于侍卫打扮的男子。

那两个男子都把头垂得很低，看不清楚面容，但是看他们对裴瑾之表现

出来的臣服模样,难道是裴瑾之的手下?

裴瑾之倚在椅背上,姿势看起来有些慵懒,但是眼神很凌厉。

此刻他盯着跪在地上的两个人,无声冷笑:"都半个月了,你们就只给我带回来这么一点儿消息?"

第一次看到这样的裴瑾之,挽碧倒吸了一口冷气。

然后,她看到裴瑾之的眼神好像有意无意地往这边扫了一眼,挽碧下意识地缩了缩脖子。

这样的裴瑾之好恐怖。

裴瑾之突然揉了一下眉心:"你们自行去领罚。再给你们十天时间,若还是没有什么进展,你们就不用回来了。"

"是。"两个侍卫齐齐应了一声。

"出去吧。"

"是,大人。"

书房的门开了又合上。

挽碧中途看了一折戏,其实并不明白其中的缘由。但是看见裴瑾之脸色阴沉,她想了想,打消了去书房逛一逛的念头,决定好好地待在盒子里修炼,免得一不小心,被裴瑾之当作出气筒。

她敛定心神,打算再次开始修炼的时候,裴瑾之的声音直直地传进了她的耳朵里:"出来。"

挽碧思绪一滞,这是对她说的?她睁开眼睛,裴瑾之依旧保持着刚才的姿势,只是那眼神已经对准了她。

挽碧小心翼翼地从盒子里出来了。

裴瑾之看了她一眼:"你动我桌面上的东西了?"

挽碧使劲摇头:"我没有,我没有。"

裴瑾之不语。

挽碧皱眉,有些焦灼地解释:"我都没有实体,怎么可能碰得了你的东西?"

就算她想碰,她的手也是直接从物体那里穿过去了。

裴瑾之也皱眉。

过了一会儿后,他点点头:"你过来。"

挽碧有些警惕地看着他:"你想做什么?"

裴瑾之不发一语。

两厢对视，须臾，挽碧慢吞吞地似走似飘地过去了："叫我过来干什么？"

"按照我的指令行事。"

挽碧表示不满："我为什么要按你的指令行事？"

裴瑾之安静地看着她，突然扬声："竹叶！"

竹叶很快推门而进："公子，有何吩咐？"

"那个紫檀盒子……"声音突然消失了。

竹叶有些疑惑地抬头，看见自家主子沉默地坐在书桌后面，薄唇紧抿，眉头紧皱，脸色却阴沉到了极点。

他心里一惊，正思索着自己是不是做错了什么事情的时候，他突然看到主子挥了挥手。

这是让他退下的意思。他轻舒了一口气，如获大赦地走出了书房。

书房里，裴瑾之依旧死皱着眉头。

挽碧心里有些后怕。她慢慢地后退了一步，有些手足无措地解释："我、我不是故意的。"

刚刚裴瑾之在说话的时候，她一时冲动，就直接用手把裴瑾之的唇捂住了。然后，她完全没有想到现在的情况。

现在的裴瑾之，他的脸色看起来比刚才还要恐怖好多倍。

咦，不对，她不是一团雾气吗？她怎么就可以触碰到裴瑾之了呢？

难道她现在可以触碰一些东西了？

不过，那是什么样的感觉？刚刚太紧张了，她完全没有留意到那是一种怎样的感觉，要不要，再去捂一次？

裴瑾之眸色沉沉地看着眼前那个直勾勾地盯着自己看的女子。作为一个女子，她刚刚对他那样无礼，难道就没有一点儿羞耻之感吗？

挽碧正想往前一步，裴瑾之已经极快地开口喝住了她："你给我站住。"

挽碧站在原地不动，道："怎、怎么了？"

"回你的盒子里去。"

挽碧不动，一双眼睛盯着他。

"看着我做什么？如果还想留在书房里，现在就给我滚回盒子里去。"

好凶。

挽碧回到盒子里，有些无辜地看着依旧脸色难看的男人，他有必要那么

生气吗?不就是让她给碰了一下嘛。她又不知道她原来可以碰到东西了。

他这样迁怒于她,她何其无辜啊。

正想着,挽碧又听到了一句冷冰冰的话:"做你自己的事情,不许看我。"

"哦。"

明明隔着个盒子,他是怎么知道她在看他的?难道是直觉?

这种敏锐的直觉也太厉害了些。

第四章
笔墨纸砚

就在挽碧兀自修炼的时候,裴瑾之安静地坐在书桌后。桌面上的古籍孤本已摊开很久,自始至终未翻过一页。

裴瑾之拧着眉头,眼眸掠过书页,字句入眼,却难入心。

他凝思良久,微微扬声:"竹叶。"

竹叶在外应了一声,推门而入:"公子,有何吩咐?"

裴瑾之合上古籍:"给我打一盆洗脸水来。"

竹叶说:"是。"

洗脸水很快便被竹叶端来了。裴瑾之弯腰洗了脸,然后随手接过竹叶递过来的巾帕。

竹叶端着水盆转身要走,却又有些犹豫地停了一下脚步。

裴瑾之察觉到,淡淡地开口:"何事?"

竹叶低着头回答:"无事。"

转身出了书房后,竹叶有些疑惑地回头看了一眼。他站在书房外面的时候,好像听到了书房里面有谈话的声音。

可是有些奇怪,他只听到了公子一个人的声音,难道公子是在自言自语吗?这不大符合公子的风格啊。

可是如果不是公子在自言自语,那公子又是在和谁说话呢?明明书房里,就只有公子一个人在。

今晚的月亮特别特别圆,从窗枢里看出去,还显得特别大。月光清辉皎洁,灵气浓郁。挽碧以一种打坐的姿势,惬意地飘浮在月光里。

裴瑾之并不在,书房里只有她一个人。

前日里,大概中午的时候,她躲在盒子里休憩,听到竹叶和裴瑾之的谈话。

裴瑾之吩咐竹叶去准备中秋节那天进宫参加国宴的事宜。

今天他不在书房里，大概进宫去参加那个什么国宴了吧。

月光里的灵气被吸收，沁凉的感觉在四肢之间蔓延，挽碧引导着灵气在身体里周转，突然感觉到脖子上，贴着皮肤的玉佩在微微发热。

她睁开眼睛，从衣领里拉出那块玉佩，发现往日里通体碧绿的玉佩此刻居然热得微微泛出些红色的光芒，这到底是怎么一回事呢？

挽碧本想把这点儿小意外抛诸脑后，继续努力修炼的，但是她发现，她体内的灵气不知道怎么滞住了，无论她怎么引导，好像都没有办法炼化。而她脖子间的玉佩，在发烫了一会儿后，其上的热量就慢慢地退去了。

她没有办法继续修炼了。无奈之下，她只能收起了修炼的念头。

不修炼，她可以做些什么呢？挽碧在书房里转悠了一圈，目光从一排排书架上掠过后，慢慢地停了下来。

她看到了书桌上面摊开的那本书。

裴瑾之每天待在书房里的时间都很长，不处理公务的时候，他就会读书。眼下的这一本，应该是他近日里在读的吧。

不知道其中说的是什么内容，反正裴瑾之最近读起它来的时候，神情总是平和而认真的，没有处理公务时常有的阴沉和戾气。

挽碧忍不住伸出手翻了一页书，书页的背面和正面都是密密麻麻的字体，她看了一会儿，有些惋惜地放下了。

她真的好奇这本书讲些什么。可惜她还不识字，根本读不懂。

桌面上还有笔墨纸砚和镇纸。挽碧犹豫了一下，还是忍不住取了一张纸，再把镇纸压在纸角上，然后取了毛笔，微微凝眉思索了一下裴瑾之往日的行为，有模有样地学他用毛笔蘸了墨汁，在纸上颤颤巍巍地画下一笔。

她还不会写字，正愁着要写什么的时候，旁边的书本进入了她的视线。

她微微一笑，一个念头浮现在心头：虽然还不会写，但是她至少还是可以按图索骥的，就照着书本上的字来描写好了。

皎洁月光之中，一辆马车从远处驶来，安静地停在了左相府门前。

马车的门帘被一只五指修长的手拨开，一身紫色官服的男人从马车上下来。

竹叶手里拿着一件银色的披风，正要为裴瑾之披上的时候，却看到裴瑾之右手扬起："不必了。"

车夫赶着马车去了左相府的后门。裴瑾之和竹叶一前一后地进了左相府。

今晚的月光太过明亮，不用点灯笼，借着月光，也可以把府内的情况看得一清二楚。

主仆之间一路沉默。就快到书房的时候，竹叶开口了："公子，厨房里应该有准备食物，我去拿一些来。"

每次参加国宴，应酬太多，自家公子总是吃不上什么东西，所以相府的厨房里总会准备好食物，等着公子回来后食用。

裴瑾之应了一声，推开了眼前书房的门。

一推开，他就愣住了。

书房里没有点灯，但是因为月色太明朗，他还是一眼就看见了坐在书桌后面，抓着毛笔，不知道是在写字，还是在画画的，玩得很开心的人。

他眉毛使劲地跳了跳。

跟在他身后的竹叶看见自家主子似乎怔住了，半晌没有动作，只得轻咳了一声："公子，怎么了？"怎么突然就停在书房门口不动了？

难道书房里有什么吗？

他好奇地想要往里看的时候，裴瑾之却突然转过身来。

他眉头微皱，面色难看，嗓音低冷："把披风给我就好。"

竹叶把手里的披风递过去，虽然有些不解，还是忍住了想要把问题问出口的冲动，"那、那我先去厨房了。"

裴瑾之点点头，然后转身进了书房，并且关上了门。

竹叶沉默地看着这一切。以他对公子的了解，书房里肯定发生了什么。

在裴瑾之踏进书房的那一刻，挽碧就已经乖乖地把座位让出来了。

她看着朝着她一步一步走过来的面无表情的男人，讪讪一笑，有些不自在地想要把双手叠在一起，却忘记了自己的手上还抓着毛笔，这么一弄，把双手都染上了斑斑的墨汁。

她有些惊讶，慌乱地去抹，结果沾染了一手的墨痕。

书房里突然变得亮堂起来，挽碧抬头看去，发现裴瑾之已经点亮了书房里的烛火。

借着那橘色的灯光，她才发现原来不仅她的手上，连牡丹绿色的衣裙上也沾染了不少墨色。

牡丹绿是一种近似于白色的浅绿色，那墨色的斑点在衣裙上显得格外明显。大概是她刚刚太高兴了，没注意，没想到把裙子弄脏了，一时之间，她

有些心疼。

只是还没有从那弄脏了裙子的心疼之中缓过神来,她便感觉到眼前覆下了一片阴影,抬眸一看,裴瑾之面无表情地站在她的面前,好看的眉目间似有薄怒。

"你这是在做什么?"他的声音冷冷的,像是质问。

挽碧被他的气势吓到,说话有些结结巴巴的:"没、没、没做什么。"

她就是贪玩,用了一下他的笔墨纸砚和镇纸而已。

裴瑾之扫了一眼书桌桌面,上面一片凌乱,画了不知道是什么鬼画符的纸张几乎铺满了他的书桌,砚台的四周被墨汁染得一片乌黑,四周还有几滴尚未干涸的墨汁。而他摆在桌面上的那本孤本,上面也有一大片墨痕,简直不堪入目。

裴瑾之的太阳穴突然有些涨涨地疼,他不在书房期间,她到底都做了些什么"好事"!正要开口,却看见她怯生生地往桌面上递交给他一根东西。

扫了一眼那几乎看不出原形的东西,他怒极反笑:"这是什么?"

挽碧不自觉地吞了一口口水,声音小小的:"你、你、你的毛笔啊。"

裴瑾之冷笑一声,他当然知道那是他的毛笔!

那还是他平日里用得最为顺手的毛笔!

那支羊毫,笔尖上的每一根毛用的都是上好的细毛,笔杆用的是紫檀木,一支笔下来,她知道值多少钱吗?

可如今,那支搁在他桌面上的,类似于快要报废的如扫帚一般,笔尾已经四分五叉的东西,就是他的笔?

裴瑾之再次冷笑了一声,她也真是有能耐。

挽碧低头看着自己的脚尖,心里有些乱。

她没想到裴瑾之居然会那么生气。虽然在用他的文房四宝之前,她就有想过,要在他回来之前把一切恢复原样,可是她太过于投入,完全没有注意到时间。裴瑾之突然出现在书房面前时,她根本来不及做出任何反应。

她偷偷抬头瞄裴瑾之一眼,发现他也在看她,挽碧吓得把头垂得更低了一些。他的脸色黑黑的,看起来真的好生气。这一次,他该不会要把她赶出书房吧?

就在气氛僵滞到了极点的时候,书房里的门突然被轻轻地敲响了。

竹叶的声音在门外响起:"公子。"

挽碧下意识地看向门外。裴瑾之皱着眉头："你先去躲起来。"

挽碧摇摇头。竹叶根本就看不见她，她其实并不用躲。

裴瑾之抿了抿唇："我不是在征求你的意见。"

挽碧说："哦。"

竹叶在门外等了又等，才等来了自家主子一句硬邦邦的"进来"。

他推开门，端着手里的托盘走进去，发现自家主子正坐在书桌的后面，而书桌上，是少有的凌乱。

书桌上散落着好多纸张，每一张都写着一两个字，或者是画着些让人看不懂的东西，还有桌面上也沾染着一些墨汁，裴瑾之坐在椅子上，搁在扶手上的手肘屈起来，用食指和中指支撑着额头。

竹叶默了默，这样的混乱明明是自家主子制造出来的，为什么他却表现出那么明显的嫌弃呢？

把手里的托盘搁置在书桌的角落上，竹叶伸手去收拾凌乱的桌面，指尖尚未触及纸张，却被裴瑾之出言阻止："不用收拾，放着就好。"

竹叶收回手："是。"

"那么晚膳放置在哪里？"

"放在那张待客的桌子上吧，你也去用晚膳吧，我这里暂时没有别的事情。"

"是。"

竹叶走后，裴瑾之继续冷着一张脸。他看了一眼躲在书架后的身影，声音里的温度只降不增："出来。"

书架背后的身影动了动，虽然有些不情不愿的，还是慢慢地从里面挪了出来。

裴瑾之站起来："在我用完晚膳之后，把书桌整理好。若是还没好，哼，你知道会是什么后果的。"

挽碧有些惊喜地看了一眼裴瑾之，如果她把桌面收拾好了，他就不会赶她走了吗？

她还以为他会直接赶她走的，躲在书架后面的时候，她都已经做好心理准备了。

因为竹叶端来了食物，书房里有一股淡淡的香味。

挽碧本来很专心地收拾着自己弄出来的烂摊子的，可是鼻尖闻着那股淡

第四章 · 笔墨纸砚

淡的香味，时间久了，她的注意力就有些分散了。

裴瑾之在吃什么呢？她有些好奇，感觉闻起来好好吃。

虽然她不需要吃东西，可是，她也想吃。

桌面上的纸张已经被她一张张地叠起来了，笔墨纸砚和镇纸也被她摆回了原来的位置，还剩下桌面上的一些墨汁。

挽碧思索了一下，用袖子往桌面上擦了擦。

做完这一切后，她看了一眼整洁如初的桌面，满意地点了点头，很好，她已经完全收拾好了。

裴瑾之正低头用着晚膳，突然感觉到眼前的光线被遮住了。

他抬起头来，挽碧正站在他的面前，怀里还抱着一沓沾染着墨迹的纸张，不但袖子脏兮兮的，脸上也脏兮兮的，不知道什么时候又多了几笔墨色。

更重要的是，她居然在对他笑。

他冷淡地皱了皱眉头。

"这是你的晚膳？"挽碧的脸上满是好奇。

裴瑾之没有任何反应，他伸出筷子，正想要去夹虾饺的时候，感觉到有人在自己的身旁坐了下来。

他的筷子在空中顿住。

挽碧正盯着那瓷盘里的盛放着的胖乎乎模样的食物发呆，看见裴瑾之的筷子顿住了，她偏头去看他，疑惑道："你怎么不吃了？"

裴瑾之定定地看了她一眼，眉头又皱起，语气不耐烦地道："你又想做什么？"

听他语气不善，挽碧默默地低头，有些委屈："我没想做什么啊。"

她只是有些好奇他的晚膳是什么样的，吃起来又是什么味道的而已。不知道他为什么一看见她就那么生气。

算了，她还是乖乖地回她的盒子里藏好吧，免得他越看她越生气。除了刚刚的那件事情，她也没在别的地方招惹他，他凭什么一直对她没什么好脸色？

虽然她不是真正的人，可是她也会感觉很难受啊。

挽碧就坐在他的旁边，裴瑾之视而不见，低头用膳，忽而耳边微微有气息流动，他偏头看去，身旁的人已经不见踪影，桌面上只留下一沓鬼画符。

他看了一眼书架上的盒子，低头继续用膳。

挽碧回到自己的盒子里后，本来想要继续修炼的，可是稍稍运行了一下体内的灵气，她便发现，灵气依旧处于受阻的状态。

她找不到别的方式突破，只好放弃。

她这是遇到了"瓶颈"了吗？

她突然很想见到那个碧衫女子，只是不知道她什么时候才会再次进入她的梦境之中。

对了，梦境之中。她首先要睡着了，然后做梦，才有可能见到那个碧衫女子。既然现在不修炼了，不如好好地休憩一下。

挽碧是真的睡着了。只是在睡着期间，她的梦境是一片漆黑的，换言之，她并没有做梦。

从梦境之中醒过来后，她习惯性地开启灵识看一看书房里是什么情况。

咦，书架呢？书桌呢？她现在居然不在书房里了，那她现在是在什么地方？

挽碧从盒子里出来，发现她自己正处于一个完全陌生的房间里。

而这个房间，好像也是一间书房。和裴瑾之的书房不一样的是，这个书房里，除了那一套大大的桌椅，靠墙的一侧还有很多架子，上面摆放着好多的盒子。

挽碧过去打开了其中的一个盒子，发现里面躺着一块玉佩，再打开隔壁的那个盒子，发现里面也是一块玉佩。

她微微挑眉，连着几行盒子掀下来，她震惊地发现，她掀开的，全部是装有玉佩的盒子。想来，这个书房里的主人，应该是一个爱玉成痴的人。

挽碧想起裴姓主人还在的时候，她早已经声名在外，很多爱玉的人，不惧舟车劳顿，赶来裴姓主人的府上，只为了见她一面，了却人生一愿。

记得那时候，好像也有人心怀不轨，企图顺手牵羊，但是裴姓主人看得紧，很多不好的事情最后都是半途而止了。

不过她的现任主人裴瑾之却不怎么珍视她的价值，随随便便把她扔在书房的一隅，也不怕她被盗了。

不过，现如今，她真的被盗了，不知道他会是什么样的表情？他会找到她，然后把她带回去吗？

挽碧正在胡思乱想的时候，身后突然响起了门被推开的声音。

她回过身来，发现进来的人，有些眼熟。

第四章 笔墨纸砚

她努力地想了想，好一会儿才想起来，眼前的人，是见过的。

她在裴瑾之的书房里见过眼前的这位男子。他好像姓安？还是当朝的右相，只是，好像和裴瑾之的政见不大一样。

安沐椋俯身拿起放在桌面上的盒子，小心翼翼地打开，看着绿绸掩映下的碧玉，他屏住了呼吸。他苦心筹划了那么久，终于把这块玉弄到手了。

玉佩挽碧，价值连城的宝贝。自从在裴瑾之的书房里见过一面，他就一直心心念念，即使他后来或明或暗地提出了各种交换条件，奈何裴瑾之一直不愿意相让，他实在是没有办法，只能出此下策了。

他本不寄希望于此，但是出人意料的是，最最下策的计划，居然成功了。

他的手有些颤抖地抚上玉佩光滑细腻的碧身，心头尽是得偿所愿的满足感。突然间想到了什么，他唤来一直守候在书房外的仆人："等下无论是谁来了，你就说本相今日身体不适，不宜见客。"

门外的仆人谨慎地应了一声后，他才满足地把目光移回玉佩上。

安沐椋端详着盒子里的玉佩的时候，挽碧一直站在他的身边。

她看着他有些痴迷的目光，心头掠过一阵熟悉感，但是不知道为什么，她又有些反感。裴瑾之从来不会用这种目光来看她。

咦，她怎么又想起裴瑾之来了？

不过，裴瑾之对她不重视，也许到现在，他还没有发现她被盗了吧。

又或者，他已经发现了，但是认为她没有找回来的必要，所以干脆当作什么事情都没有发生过一样？

眼前的这个安大人，要成为她的新主人了？

想不出来什么让她觉得开心的事情，挽碧甩甩头，决定不再钻牛角尖了。

无论她的主人是谁，这对她的飞升之旅来说，并没有太大的影响。

她只须吸收足够的灵气，让自己飞升就行了。

因为她的修炼好像是到了"瓶颈"期，所以待在安大人书房的这几天里，她并没有好好修炼。

和在裴瑾之府上不一样，在安大人的府里，她会四处走走，而不是把自己局限于书房里。

其实在裴瑾之府上的时候，她早就有出去逛逛的想法，只是那时忙于修炼，而且裴瑾之也不大喜欢她，她不大敢造次，才一直待在书房里。

后来，她的修炼遇到了瓶颈，当她想在裴府里转转的时候，已经没有机会了，因为她一觉醒来，发现自己已经身处安大人的书房中了。

挽碧来到安大人府上的第三天。这天晚上，月光皎洁，天边的那一轮明月圆得像个……挽碧也不知道像什么。

她坐在屋顶处，头顶是那一轮明晃晃的明月，月光充沛，灵气充裕，不用来修炼想想都觉得有些可惜，可惜她什么都做不了。

就在她对着月亮幽幽地叹了一口气的时候，夜风吹过，她突然听到安大人隔壁家的不知道是哪位大人家的小公子在流畅地背着一首诗，声音有些稚嫩，但是听起来很可爱："小时不识月，呼作白玉盘，又疑瑶台镜，飞在白云端。"

她脑海里突然灵光一闪，忍不住微微一笑，刚刚还在疑惑的问题，此刻已经有了答案。天边的那一轮明月，就像白玉盘啊。

夜色之中，风又在微微地吹着，挽碧安静地坐了一会儿，站起来打算回玉佩里休息的时候，忽然听到屋顶下方一个清润温和的声音。

"这位姑娘，正是夜深露重的时候，你怎么独自一人坐在我家屋顶上？"

挽碧低头看去，发现底下站着的竟是一个十七八岁的白衣少年。那少年披散着头发，正仰头向她看来，漂亮的眉眼在月光之中显得越发温润。

挽碧眨了眨眼睛，四处张望一番，发现整个屋顶，真的只有她一个人。她低头看向那位白衣少年："你是在和我说话？"

白衣少年点了点头，笑了："屋顶上只有姑娘一个人，我自然是在和姑娘说话了。"

挽碧惊讶地睁大了眼睛，他，他居然可以看见她？

"你、你是谁？"

白衣少年又笑道："你坐在我家屋顶之上，你说我是谁？"

挽碧托着腮帮想了想："你是安大人的儿子？"

白衣少年笑着点点头。

这个少年怎么那么爱笑？

挽碧有些疑惑地看着他："你叫什么名字？爱笑吗？"

白衣少年一怔，然后又笑了："我不叫爱笑，我姓安，单名一个瑜。"

挽碧点点头："安于现状的安于？"

她好像听过安于现状这个成语，不过她不知道是什么意思。

安瑜笑得有些无奈："非也，是王字旁的瑜。"

挽碧似懂非懂，不知道他在说些什么，但是还是点头应答："哦。"

"你是哪家的姑娘，怎么跑到我家的屋顶上去了？你会武功吗？"安瑜大概是仰着脖子仰累了，后退了好几步，才重新开口说话。

挽碧摇摇头："我不会武功。"

安瑜惊讶地睁大眼睛："那你是怎么跑到屋顶上的呢？"

挽碧是个诚实的人："我走上来的啊。"

"啊？"

挽碧笑了笑，然后摆出了一副无辜的神情："我也不知道。"

安瑜不知道怎么摇了摇头，样子似乎是有些无奈："那，姑娘可需要梯子？"

挽碧先是摇头，然后又点头："要的。"

"那你稍等一下，我去找人搬个梯子来。"

"哦。"

安瑜的身影消失在门廊之后，没过一会儿，他一个人搬了个大大长长的东西过来。只见他费劲地把手里的东西斜搭在屋顶上，然后扶紧了下方，抬头朝她点点头："你下来吧。"

"哦。"

挽碧顺着梯子的结构往下走，屋檐太高，她落到梯子上时，梯子颤抖了起来，她吓得赶紧用双手抱住了梯子："啊！"

安瑜的声音也有些吃力："你别怕，我会扶紧的，你放心踩下来吧。"

挽碧没有作声。

在这么摇摇晃晃的情况下，要她如何放心地往下踩？万一摔下去了呢？

"姑娘，你、你再不下来，我可就要支持不住了。"安瑜的声音越来越吃力了。梯子抖得越发厉害，好像还有往一旁倾斜的趋势，挽碧更加使劲地抱住梯子，声音也有些发软："我、我有些怕。"

安瑜抓稳梯子后，道："现在梯子不晃了，姑娘赶紧抓住机会下来吧。"

"好。"

挽碧顺着梯子一级一级地往下走，走到半路的时候，不知道踩到了什么，脚下一滑，还没反应过来，整个人就已经往下坠了……

耳边风声呼呼地刮过，挽碧还没反应过来，便已经摔到了地上。

安瑜急急忙忙地过来扶她："这位姑娘，你没事吧？"

挽碧感觉自己有些头晕，眼前的安瑜一摇一晃的，好像变成了两个人。她微微皱眉，伸出手来捂住了他的脸，语气有些痛苦："你不要晃，我看得眼都快要花了。"

安瑜不解。他并没有动啊，难道是摔着什么地方了？

安瑜脸色一白。

挽碧坐在一张美人榻上，纤细白皙的手腕处，一条红线细细地缠住她，然后牵引至幔帘外的大夫手里。

幔帘阻隔了她的视线，好一会儿后，她才听到大夫有些苍老的声音响起："并无大碍，只需要卧床休息几天就好，切记不要随意走动。"

"多谢大夫。"安瑜的声音听起来像是松了一口气。

挽碧伸手正要掀开幔帘，却听到安瑜问她："请问姑娘，你家在何方？"

"家？"挽碧发出一声疑惑的声音，"什么是家？"

帘外的安瑜大惊："姑娘，你没事吧？"

她不会是，摔傻了吧？

安瑜正想说话，却又听到里面传出话来，带着几分的疑惑和不确定："裴家？安家？不知道算不算呢？"

安瑜掀开幔帘，映入眼帘的便是挽碧有些迷茫的小脸。她似乎是在努力思索着，一张白净的小脸皱成了一团。

安瑜一怔。先前在月色之下，他便察觉到她的肤色晶莹透白，此刻在烛火之下，她的面容更是五官精致，秀丽异常。

到底是哪家的女儿呢，又为何突然出现在他家的屋顶之上？

心一动，安瑜微微作了一个揖："请教姑娘的芳名？"

"芳名？"挽碧想了想，微微一笑，"你是说我的名字吗？"

安瑜点点头，"正是。"

"我叫挽碧。"

挽碧？安瑜想了想，心里有些奇异，在他的所闻之中，国都城里并未有姓挽的人家，而名字为挽碧的，除了那块价值连城的玉佩。也许只是同音吧。

挽碧看见安瑜沉默，有些好奇："你怎么了？"

安瑜回过神来，浅笑："无事，你的名字很好，和一块玉佩的名字同音呢。"

挽碧有了些许的思绪，因为有些好奇，还是继续追问："什么玉佩？"

"在我们国都城里，裴家先祖裴钰大师雕制而成的玉佩啊，据说那玉佩

的成色极为漂亮,见过的人无不赞叹,只可惜裴家从不轻易示人。几百年过去了,那玉佩都成了国都城里的一个传说。

"对了,听说那玉佩还有名字呢,和你的名字同音的,它也叫挽碧。

"因为那挽碧太珍贵,所以国都城里,女子取名的时候,轻易不敢与她同音。你的父母倒是大胆,给你取了这么一个名字。"

挽碧扯了扯嘴角:"哦。"

"现在夜深了,姑娘再努力想想,到底家住何方,我好送姑娘回家,如何?"

烛火映衬下的白衣少年,面容温润,嘴角犹带着一抹浅浅的笑意。挽碧看着看着,也忍不住跟着笑了。

眼前的安瑜也长得很好看。嗯,是她见过的所有人中,第二个那么好看的。

"你真的要送我回去?"挽碧仰着头问。

安瑜点点头:"自然是要的。姑娘尚未及笄,可不能因为安瑜坏了姑娘的闺誉,再说了,这么晚了还不回去,你的家人会担心你的。"

挽碧张张嘴:"哦,好。"

他说得好有道理,她除了答应,根本没有别的选择。

第 五 章
安家侍女

"姑娘可是已经想起来家在何方了?"

挽碧沉思了一会儿,自她苏醒过来,她待过的地方也只有两个,一个是裴瑾之的书房,一个是现在的安府。

可是安瑜是安大人的儿子,就算她想要留下,那也是不可能的事情。

既然如此,她就只能回裴瑾之那里了。想到这里,挽碧点点头:"裴府。"

"裴府?"安瑜的脸上先是有些疑惑,但很快那些疑惑就被一种名为惊讶的情绪所替代了,"你是说,你是裴左相府上的小姐?"他好像没有听说过裴大人还有个妹妹啊。

"小姐是什么?"挽碧又有些疑惑了。

"你不是裴大人的妹妹吗?"

她长得那么漂亮,除了给人的感觉太过天真单纯了些,看她的穿着也不像是侍女。

挽碧摇摇头:"我不是裴瑾之的妹妹。"

裴瑾之那个人脾气那么不好,她怎么可能是她的妹妹!

"那你是什么人?"

挽碧突然间感觉到了些许的烦恼,她不知道安瑜为什么要那么执着地问她是谁。

她有些抗拒,也没有什么耐心了,可是一看到安瑜那张温润的面孔,她不知怎么的,还是压着自己心中翻滚的小情绪,慢慢地答了:"他是我的主人。"

安瑜恍然大悟:"原来你是裴大人府上的小侍女啊。"

小侍女?那是什么?

挽碧不懂,也不想去弄懂这其中的问题了,免得安瑜又有了其他的疑惑,非要再三追问她,要个答案。

于是她胡乱地点头，企图结束这个话题："是。"

安瑜笑了笑："既然如此，那我送姑娘回裴府吧。"

"好。"

因为挽碧前不久才从屋顶上摔下来，安瑜谨记着医嘱，送挽碧回裴府的时候，用了一辆马车。

马车里铺着柔软的坐垫，国都城里的道路宽阔平坦，挽碧坐在马车里，一点儿都感觉不到颠簸。

没过多久，马车便停下来了。车夫的声音从帘外传过来："公子，裴府到了。"

安瑜先下了车，然后掀开马车的帘子，把手递给她："攀着我的手下来吧，免得再次摔倒了。"

挽碧看了看马车与地面的距离，犹豫了一下，还是把手递给了安瑜："谢谢你。"

"不用谢。"

下了马车，裴府的府邸看上去气势恢宏，面前还有两盏大大的，很漂亮的花灯。

有两个侍卫站立在门前，身姿挺拔，面无表情。

挽碧撇撇嘴，脑海里想起了裴瑾之那几乎没有什么表情的脸，心想有句话说得不错，不是一家人，不进一家门。

那些侍卫，果然是裴瑾之家里的。

安瑜见裴府已经到了，便说："挽碧姑娘，既然裴府已经到了，那安瑜就回家去了，你自己进去吧。"

"哦，好的，谢谢你。"

挽碧学着安瑜的模样，朝他作了一个揖。

安瑜忍俊不禁："挽碧姑娘，那是男子的礼仪。"

"哦。"挽碧愣愣地点头，"那女子的礼仪应该是怎样的？"

安瑜闻言有些诧异："你家主人都没有教过你吗？"

挽碧表情有些无辜："没有。"

裴瑾之怎么可能会教她这些？而且，她忙于修炼，怎么可能有时间去学这些礼仪？不过她现在修炼遇到瓶颈了，生活无聊，学一学这些礼仪，好像也挺有趣的。

安瑜皱起了眉头，眼前的姑娘，除了长得好看，连礼仪都不会，身份又是侍女，在裴府里，到底是怎么生存下来的？

难道是裴相看上了她？等她及笄之后，要把她纳为侧室？

挽碧本来以为安瑜会给她示范女子的礼仪，但是见他突然怔住，似乎在思考些什么问题，于是伸手在他的眼前晃了晃：“你怎么了？"

安瑜回过神来，看向挽碧的目光顿时有些复杂：“你……"

听说裴相的年纪只比他爹安沐椋的年纪小几岁而已，可是他爹都有他这么大的儿子了，裴相依旧未娶。

难道裴相有些什么见不得人的癖好？那眼前的这位姑娘，岂不是可怜？

"我什么？"

安瑜深吸了一口气：“你若是不愿意待在裴府，来我安府如何？"

挽碧的表情有些意外，但是她不知道应该怎么把话接下去，所以保持了沉默。

安瑜见她没说话，以为她是惧于裴相的积威，于是再次劝她：“挽碧姑娘，此时不走更待何时？"

挽碧正要说话，忽然听到身后响起了竹叶的声音。

"公子，那边好像是安相家的小公子。"

挽碧回过头去，发现几天不见的裴瑾之的视线正落在她这边。

安瑜的脸色不知怎么就有些发白了。

挽碧不知道怎么地笑了笑：“安瑜，谢谢你送我回来，我家主人回来了，我要过去了。"

安瑜动了动嘴唇，想要说些什么，但是挽碧已经转身走了。

安瑜站的地方和裴瑾之站的地方，有挺长的一段距离。

挽碧估摸着自己走到中间的时候，回头一看，安瑜已经上了马车，车夫挥了挥手里的鞭子，然后催赶着马匹掉头了。

她回过头来，然后发现裴瑾之和竹叶已经走到了大门前，守门的侍卫正在替他们开门。

她小跑上去，想要跟随他们进去，却被侍卫拦住了。

侍卫一脸的刚直不阿，声音平直：“你是何人，敢胆冲撞裴相？"

挽碧看看横在自己身前的长剑，再看看已经进去了头也不回的裴瑾之，有些着急地大喊：“裴瑾之，你给我站住！"

刹那之间，天地一片静寂。

竹叶看着突然停下脚步的主子,心里一顿。

再想到被拦在门外的那个姑娘,他忍不住回头看了看,那姑娘依旧被侍卫拦在门外,正有些可怜兮兮地看着他们。

他有些心软了,忍不住开口:"公子,门口的那位姑娘……"

但是话没说完便被裴瑾之打断了:"闭嘴。"

竹叶吞了吞口水,乖乖地闭上了嘴。

随着主子去书房的路上,他想了又想,忍不住笑了。

自家公子,好像还是第一次被一个女子追上门来呢。

不知道被拦在门外的那位,有没有可能成为日后的左相夫人。

不过自家公子,也是时候娶一位夫人啦。

综观国都城里,与自家公子同龄的大人都已经娶了夫人,就算没有夫人,也纳了几个妾,有的官员,都已经办了好几次孩子的满月酒啦,可是自家公子,还是一点儿动静都没有。

书房门尽在咫尺,竹叶先一步,为自家主子推开了门。

可一推开门,抬头看见里面笑意盈盈的女子,他就愣住了。

公子的书房里怎么有个女子?而且,那个女子还是刚刚被侍卫拦住门外的那个。她到底是怎么进来的?

裴瑾之虽然不能看见竹叶的表情,可是一看他的表现,便知道书房里到底发生了什么事情。

他紧抿着薄唇,道:"竹叶,你先下去。"

竹叶应了声"是",赶紧退到了裴瑾之身后,在他进入书房时,还谨慎地关上了书房的门。

书房里。

裴瑾之面无表情地直接路过了自他走进书房来便一直盯着他傻看的某人,走了几步后,他蓦地止住脚步,声音冷得可以结冰:"不许跟着我。"

挽碧被他的声音吓了一跳,连忙收住了自己的小碎步。

他都没有回过头来,怎知她跟在他身后的?

看着裴瑾之落座,她抬眸看他:"你为什么老是对我那么凶?"

在安府的时候,安瑜一直是对她笑着的,早知道这样,她就耍赖在安府不走了。而且,安瑜也问她愿不愿意去安府。

不知道现在去找安瑜,安瑜还愿不愿意收留她?

裴瑾之不理她，慢条斯理地端起了书桌上的茶盏，低头轻啜了一口。

挽碧一瞬间觉得有些尴尬。

她的视线在书房里打转，目光掠过那一排书架的时候，发现上面空荡荡的。

对了，那个紫檀盒子，连同那块没了灵魂的玉佩，还在安府的书房里呢。

挽碧往前走了一两步，裴瑾之稍稍抬头，她吓得赶紧止住了脚步。

挽碧清了清嗓音："那块玉佩，现在在安大人的府上。"

裴瑾之终于舍得开口了："我知道。"

"那你会把玉佩拿回来吗？"

"这与你有很大的干系？"

这与她没有干系吗？

挽碧觉得自己现在的情绪有点儿复杂，哭笑不得，但是又不知道应该怎么形容。

思索了一会儿后，挽碧咬了下嘴唇："你这个问题很奇怪。"

裴瑾之挑眉。

"那玉佩不是属于裴家的吗？你怎么就让人随意拿走了呢？难道你一点儿都不着急吗？"

"不着急。"

挽碧不由自主地在衣袖之下，暗暗地握起了小拳头。

这个人，这冷死人的态度，真是没法交流了。

挽碧瞪了裴瑾之一眼，转身出了书房。

竹叶正好奇着自家主子和那姑娘在那书房里干什么的时候，却看到书房门一下子开了，然后一个身穿牡丹绿色衣裳的姑娘气冲冲地从里面走了出来。

待看清了那姑娘的模样，他愣了愣。

那姑娘长得也是很好看的，可以看出来是个美人坯子，只是面容尚未长开，过几年，应该会很好看吧。

而且，她的头发是披散在肩上的，头上并没有簪子，应该还没有行及笄之礼。

自家的公子行冠礼都有好几年了。

没想到，自家的公子喜欢这种类型的女子，可是她的年纪也太小了。竹叶正在心里感叹着，正好那姑娘也看见了他，本来还在气头上的鼓鼓包子脸，突然一下子瘦回了瓜子脸。

第五章 安家侍女

只见她朝他微微一笑,声音悦耳地朝他打招呼:"竹叶,你怎么在门外啊?"

眼前的姑娘,居然认识他?

竹叶心里暗暗惊奇,然后又忍不住猜测眼前的姑娘和自家公子的关系到底到了哪种程度。

不过这位姑娘都已经自己找上门来了,难道待这个女子过了及笄之礼后,公子便把她迎娶进门吗?

挽碧看了看正在发呆的竹叶,打算从他的身边路过。

看来,她在裴瑾之的府上真的很不受欢迎呢。

那她,要不要去安府呢?

竹叶从自己的思绪中回过神来的时候,已经看不到那姑娘的身影了。

他急匆匆地推开书房门禀告,却看见自家的公子一脸的古井无波:"走就走吧。"

竹叶不禁思考:公子为何这般冷淡?难道心里不喜那个女子吗?

好不容易才看见公子身边多了个女子,公子怎么就无动于衷?

安府的府邸前和裴瑾之的府上一样,大门的左右两边分别有一个侍卫守着。

挽碧本来想上前去让他们通报一下的,但是想起在裴府门前受过的待遇,她止住了脚步,然后绕到安府的后门,让自己飘过了围墙。

安府很大,走了好一会儿后,挽碧发现自己迷路了。

眼下她好像走到了一个花园里,但是花园里的路况比较复杂,而且四周的植物又高又大,她不知道她现在身处何方,只能漫无目的地沿着小路走。

走了好久好久,才终于走出了花园,但是再一看眼前的游廊蜿蜒,挽碧便觉得眼前有些止不住地发昏。

她到底要在这地方转多久,才能找到安瑜啊?

"安瑜,安瑜,安瑜,安于现状!"忍不住地,挽碧用手搭成喇叭,叫了几声。

有一个笑声在身后突兀地响起。

挽碧回过头来一看,是一个把头发捆成类似两个包子的小丫头,她似乎被自己逗笑了,正用一只手捂住了嘴巴,肩膀还一耸一耸的。

挽碧眼睛一亮,走过去问:"你认识安瑜吗?"

小丫头眨了眨眼睛:"你是在找我家公子吗?"

挽碧点点头："对。"

"公子在书房里读书呢，我出来是给他拿梅花香饼的。"

听到小丫头的话，挽碧这才留意到她手上还有一碟梅花香饼。

"姑娘若是要找公子，就请随我来吧。安府的布局有些复杂，不熟悉的人很容易迷路。"

挽碧深以为然地点点头。

小丫头一点儿也不怕生，性子活泼得很："对了，你叫什么名字啊？我叫湄菏。"

"我叫挽碧。"

"挽碧？啊，你居然和那块价值连城的玉佩同名啊。"湄菏惊讶地睁大眼睛，不过她随后又笑了出来，"不过姑娘长得那么漂亮，也配得起这个名字。"

挽碧记得昨晚安瑜听到她的名字时，他的第一反应，也是这样的。

看来她在国都城里，已经出名到了家喻户晓的程度了。

跟随在湄菏身后，不知道绕了多少弯，在挽碧有些头昏脑涨的时候，湄菏终于停了下来。

"就是这里了，公子住在菏泽园。"湄菏伸出一根手指，指了指头顶上的牌匾。挽碧点了点头，随她进了院子。

院子里也有走廊，湄菏从廊子上走过，最后在一间房间门外停了下来。

她没有敲门，直接推门而入，声音里带着几分欢喜："公子，我拿了梅花香饼来，你赶紧趁热吃吧。"

挽碧还没有看到安瑜坐在何处，但是湄菏的语音落后，她便听到他有些无奈的声音响了起来："湄菏，和你说过多少次了，下次进来前记得要敲门。"

"哎，知道了，公子。"

"每次说你，你都说你知道了，下次还是一如既往地犯错。"

"公子，我下次真的会记得的。"

"你上次也是这样说的。"

有些奇怪的对话，但是听起来，让人心情感到莫名愉悦。

挽碧忍不住笑出声来。正在洗手的安瑜听到这突然而至的笑声，有些惊讶地抬头一看，才发现端着梅花香饼的湄菏，身后还站着一个女子。

安瑜拿过巾帕擦干手上的水珠，望向挽碧："你怎么会在这里？"

她当然是来找他的啊。

挽碧有些不好意思地揪着自己手里的衣袖："我可以到你家来当侍女吗？"

安瑜大惊："你被裴相赶出来了？"

赶？

"好像、好像是吧。"挽碧这句话说得结结巴巴的。

虽然裴瑾之没有直接把那个字说出口，可是他明摆着不欢迎她。

这和那个"赶"，也没有什么太大的区别吧？

挽碧可怜巴巴地看着安瑜道："安瑜，你可以让我做你的侍女吗？"

安瑜怔了怔，然后笑了出来："既然裴相把你赶了出来，那是最好的了。你可以留在我这里。"

挽碧很意外。

裴瑾之把她赶出来，为什么是最好的呢？

难道这是一件值得高兴的事情吗？

不过，先不去纠结其中的问题了，反正她现在不想回裴府了，一想到裴瑾之那张面无表情的脸，她就觉得有些气闷。

挽碧眨眨眼睛："安瑜，你真的愿意收留我吗？不会赶我走？"

安瑜点点头："自然，你喜欢在这里待多久便待多久。"

"那你会对我凶吗？"

"凶？"

"对啊，就是整天脸黑黑的那种。"

"不会。"

"安瑜，你太好了。"

"裴相平日里就是这样对你的？"

"嗯嗯嗯。"

听了这来来往往的几段话，湄莴走上来握住了挽碧的手："挽碧，公子对下人都是很好的，你不用担心。"

"下人？什么下人？"挽碧有些疑惑。

"就是府里的小厮、侍卫和侍女。除主子外，其他的都是下人。"

"那、那我也是下人？"

"对啊。"湄莴一脸理所当然。

挽碧认真地思索了一会儿，忽然猛地摇头："不不不不，我不是下人。"

这会儿轮到湄萮惊讶了:"不是下人是什么?"

"我是……"挽碧吐了两个字后,还是沉默了下来。

虽然裴瑾之看起来很讨厌她,可是某天,他对她说:"如果有一天,别的人也可以看见你了,你不要告诉别人你不是人,否则会吓到一些人的。"

虽然她现在可以化成人形,但是她不算真正的人。所以,她不能对湄萮和安瑜说出自己真正的身份。

如果说了,万一吓到他们呢?而且,就算她肯坦白,他们也未必相信她所说的话吧。安瑜那么爱笑,湄萮又那么活泼,她并不想吓到他们。

如果真的要吓人,她想去吓裴瑾之,可惜,裴瑾之早就知道她的秘密,并不会被她吓到。这个想想就让她觉得有点儿遗憾。

"是什么?"湄萮依旧在追问。

挽碧有些不适:"就、就是和你一样的啊。"

湄萮松了眉头,笑了:"那就是下人啊。"

下人,下人,怎么听起来感觉有些怪怪的,而且让人感觉有些不舒服。

挽碧虽然不喜欢这个叫法,却没有再反驳。

"挽碧,既然你已经入了安府,以后就不能穿这身衣服了,还有,你的头发也要梳成和我一样的才好。"

湄萮手里捧着一套浅粉色的衣裙,走进房间里,放在挽碧的床上:"这衣服是全新的,明天你就换上这一套吧。"

挽碧点点头:"好的。"

"头上的两个包子,你会梳吗?"

挽碧的目光落在湄萮的头上,然后默默地摇摇头:"不会。"

"啊?"湄萮笑了笑,"那好吧,明天我给你梳,你自己看一看,很快就可以自己梳了,这个很容易的。"

"好的。"

第二天,天色尚未亮透,天边刚刚泛出鱼肚白,湄萮已经醒过来了。

她一边打哈欠,一边下床来到挽碧的床边,伸手推了推挽碧:"挽碧,我们要起床了。"

挽碧在她醒来的时候就已经醒了,于是顺从地从床上爬了起来。

梳好包子髻,换上粉罗裙,铜镜里倒映出来的女子略带着些许迷茫的神情。

湄萮在一旁拍手赞叹:"挽碧,你长得真好看,我第一次见有女子穿这

粉罗裙还能这么好看的。"

挽碧伸手摸了摸自己的脸，有些不大确定："我真的好看吗？"

可裴瑾之老说她很丑。

湄葙点点头："是真的好看呢。啊，不说这个了，公子也快要起床了，我们赶紧过去吧。"

"好。"

安瑜每天很早就会起床。因为他习武。

洗漱完毕之后，他会在院子里舞剑，大概半个时辰后，他会用早饭。

早饭完毕后，会有夫子到府上来教他学习文章。

对于舞剑一事，挽碧并没有多大的兴趣。但是当夫子来到菏泽园的时候，挽碧的眼睛亮了。因为她也想要跟随夫子认字。

她跑去夫子授课的房间外偷听。湄葙也跟在她身边，声音压得低低的对她说："公子很早以前就已经认过字了，现在的夫子，讲的都是有关治国安邦之类的书，也有的是讲修身养性之类的，我也偷听过，但是听不懂。"

怕惊扰到房间里的人，挽碧也把声音压得低低的："哦。"

过了一会儿，两个人离开，到院子里去了。湄葙的声音回复到原来的音量，她打量了挽碧一眼："挽碧，你是想认字吗？"

挽碧点点头："对啊，你怎么知道的？"

湄葙哈哈一笑："因为你刚刚的样子。我曾经也是这样的。"

"哦。"

"湄葙，你会认字吗？"

"会一点儿，公子教我的。"

"哦。那你说，如果我想要学，公子会愿意教我吗？"

"应该会的吧，公子那么好的一个人。"

"真的吗？那我等下就和公子说说。"挽碧有些激动。

湄葙脸上的微笑不知怎么就迟滞了一下："好啊。"

夫子离开菏泽园后，挽碧走上前去，在安瑜面前，把她想要认字的想法告诉了他。安瑜几乎都没有思考，就微笑着答应了。

吃过午饭后，挽碧和湄葙一起来到了安瑜的书房。

安瑜已经为她们空出了一张桌子，上面还放了两套新的笔墨纸砚。

挽碧欢喜地在其中的一个位子坐下，兴致勃勃地拿了毛笔要蘸墨的时候，却被安瑜打了个手势阻止了。

只见他在自己的书架上找了找，然后从中抽出一本书来："我当年认字的时候，夫子用的也是这一本书，如今你们要认字，也用这一本吧。"

挽碧点了点头。

这边湄稍已经一脸的兴奋："我知道这本书是什么。"

安瑜笑："那湄稍你来说说这本书是什么？"

湄稍清了清嗓子，然后慢慢地念出了三个字："《三字经》！"

安瑜赞许地点了点头："许久不见你写字了，没想到你还记得。"

湄稍低头一笑："公子说过的，我都记在心上呢。"

安瑜的目光转向挽碧："挽碧，你看，这书面上有三个字，它们分别是'三，字，经'。你学会认字的同时，还要记得它们是怎么写的，日久天长，积累得多了，你就可以自己看书，遣词造句，写文章了。"

挽碧点点头，眼睛里带了一丝向往："哦，我知道了。"

安瑜又道："其实认字的过程是很枯燥无味的，没有什么趣味可言，可是你要想自己能够读书写字，就要在认字上下一番苦功夫。"

挽碧明白他的意思，继续点头："我会坚持下去的。"

安瑜笑了笑："那就好。"

湄稍也笑："公子，这次我也会坚持下去的。"

似是想起了旧事，安瑜笑得有些无奈："以前让你认字，你就找各种理由，如今绝不可重演，若是再这样三心二意，恐怕就真的学不会了。"

湄稍闻言娇嗔地看了一眼安瑜，然后才拖着长长的声音答道："知道了，公子。湄稍会谨遵公子教导的。"

"好，那我们现在就开始吧。"

安瑜教她们认字的方法就是，先念一页《三字经》，讲解完句子的意思之后，再一句一句地教她们读，重复好几遍之后，待她们可以跟着念，差不多背熟了句子后，再让她们逐个地认字。

一下午的时间就这么悄悄地过去了。

当挽碧伸手揉着自己发酸的脖颈的时候，她的面前已经铺列了很多张写满了字的纸张。

安瑜正巧也在这个时候放下了正在看的书，走到她们的面前来，查看她们的学习进度。

两边都看过了后,安瑜点点头,问她们:"上面的字,你们全都会了吗?"

湄褃先前就学过,还有一些印象,回答的声音很响亮:"全都会了。"

相比之下,挽碧的声音小小的,还带着些许的不确定:"差不多了。"

安瑜多看了挽碧一眼,然后笑着说:"现在是会了,过一段时间可能就忘记得七七八八了,要想真的学会,你们就要经常回顾才是。圣人有云,'温故而知新'。时常温习,不但可以巩固自己学到的东西,还可以发现新的东西呢。"

挽碧和湄褃表示受教,齐齐点头。

夜晚将近歇下的时候,挽碧依旧拿着那本《三字经》,临摹上面的字。

湄褃在她身旁坐了一会儿后,突然伸手把她手里的毛笔抓了过来。

挽碧有些奇怪地看了她一眼,她的脸似乎有些鼓鼓的,似乎有些生气?

"怎么了?"她一直都在默默地看书,湄褃怎么就突然不高兴了?

湄褃摇摇头:"没、没事,你都已经看了一个下午和一个晚上了,现在还是睡觉吧,毕竟明天还要早起去伺候公子呢。"

"哦,没事,我迟点儿睡觉也没有关系的。"

事实上,她根本就不需要休息,于她而言,休息等同于修炼。

可是不知为什么,在安府里,她的情况好像比在裴府的时候还要糟糕。本来以正事为重,她应该返回裴府去的,可是安瑜难得愿意教她认字,这个是她留下来的唯一的原因。

挽碧想要把《三字经》拿过来的时候,湄褃已经把书放到了一旁,然后拉着她的袖子:"看书看太久了,你的眼睛不累吗?"

挽碧想说她真的不累,可是看到湄褃的表情似乎有些不悦,她也只好把原来想要说的话收回去了。

在安府里,湄褃是她接触得比较多的人,何况她们现在还同住在一间房里,她可不想把她们之间的关系闹僵了。

房间里熄了灯。挽碧躺在床上,眸光静静地落在那一方敞开的窗枢上,从她的角度看去,她可以看到那一轮圆圆的白玉盘。

她试着坐起来,引导一下体内积滞的灵气,还是感觉到了一股阻力。她轻叹了一口气。还是不行。

湄褃睡觉的时候,呼吸声有些重。挽碧睡不着,忍不住又跑到了屋顶上。

屋顶清风习习,挽碧呆坐了一会儿后,拉出了藏在衣服里的玉佩。

记得梦里的青衫女子说过，这块玉可以帮助她吸收天地间的灵气，如今她修行受阻，这块玉也没有什么特别的动静，除了上一次发热变得滚烫之外，它再也没有别的异常之处了。

　　到底是哪里出了问题呢？挽碧自己思索半晌，依旧没有任何的头绪。

　　她双手抱住膝盖，呆坐了一会儿，突然想去裴府一趟。

　　莫非真的是地方的问题？不管了，是不是只要再去一趟裴府，然后两边比较一下，就可以得到答案了？

　　她环顾了一下四周，安府里除了那走廊处的灯笼，能够看到的房间几乎已经全部熄了灯。

　　挽碧身子一跃，轻飘飘地出了安府。

第六章
她的别扭

夜已经有些深了，但是裴瑾之的书房里依旧亮着灯。

竹叶并没有在书房门口。

挽碧直接走过去，本来想要直接推开门的，但是脑海里不知道怎么想起了安瑜说湄稍不敲门就进来的场景。她手上的动作僵了一瞬，然后手指微蜷，在门上轻轻地扣了扣。

"进来。"裴瑾之的声音很清冷。

挽碧推开门，裴瑾之有些冷淡地抬头，见是她，眸光里掠过了一丝惊讶，然后，皱起了眉头："你去安府里做了侍女？"

挽碧有些惊诧地看了他一眼："你怎么知道？"

裴瑾之的眉头皱得更加厉害了，但是他没说什么，只是另起了话题："你回来做什么？"

挽碧被他这么一提醒，立刻想起了自己到此处来的目的："哦，我是来验证一件事情的。"

等了一会儿，发现裴瑾之并没有什么反应，挽碧已经习惯，自顾自地走到了自己往常修炼时打坐的位置上坐下，然后开始修炼。

一会儿后，挽碧睁开眼睛。

果然是地方的问题。在裴府修炼，感觉确实要比在安府里好一些。虽然灵气依旧是凝滞的，但是其中的阻碍感并没有在安府时那么强烈。

挽碧站起来，点点头，然后走到书房门处一把拉开门。

书房外，手里端着一杯热茶的竹叶正保持着一种要敲门的姿势，谁知道门突然开了，他的表情就僵住了。

两个人傻傻地对视了一会儿，然后，竹叶先笑了出来。

这个姑娘，她又回来了。

挽碧有些疑惑地看着竹叶，他为什么突然对她笑啊？

她让到一旁，对竹叶说："你先进去吧。"

竹叶看了一眼她，又往书房里看了看，悄悄地问她："姑娘这是要到哪里去啊？"

"安府。"

"安府？"竹叶的眼眸里浮现出了几分疑惑，"姑娘要去安府做什么？"

既然喜欢公子，不是应该努力留在裴府吗？

怎么要跑去安府了？

而且，这夜色也深了，她一个女子，去安府做什么？

挽碧也没有深究竹叶的神色，只是微微挥了挥手，然后小心地跨过门槛："我在安府里做侍女啊。"

侍女？竹叶愣了愣，还想说些什么的时候，挽碧的身影已经消失在游廊的拐角处。他捧着手里的托盘，又看了看书房里埋首于公务的男人，怔愣了许久。

挽碧回到安府的时候，走在房间外，正要伸手推门的时候，突然感觉有人在看她。

她朝左右看了看，没发现什么人的踪影，手碰上房门，正要推开的时候，身后却突然传来了一句问话："你去哪里了？"声音响起得毫无预兆。

毫无防备的她被吓了一跳，身子一抖，脚下的步子不稳，失了平衡，险些撞在房门上。

稍微定定心神，她转过身来，一眼便看到安瑜背负着双手，站在她几步开外的地方，定定地看着她，向来温和的神色，此刻竟然有些少见的严肃。

挽碧站在原地，不知道该说些什么。

安瑜慢慢地朝她走过来，脸色又比刚刚的严肃一些："你到底去哪里了？"

挽碧看着安瑜，怔怔地不说话。

记得第一次看见他的时候，他站在地上，而她坐在屋顶上。后来她来安府当侍女，时常在书房里，他教她认字，讲解时微微弯腰，她才发现，原来安瑜竟然比她高很多，她只到他的肩膀处而已。

此刻，他靠近她，"白玉盘"被他挡在身后，皎洁的月光也被他遮挡了大半，她的眼前只剩下一大片的黑暗。

"挽碧。"连问两次都得不到回答，安瑜好看的眉头轻轻皱了起来。

第六章 她的别扭

挽碧后退了一小步，终于回过神来："我刚刚去了一趟裴府。"

一听到她的回话，安瑜的脸色更加不好看了。

"你去裴府做什么？好不容易出来了，为什么还要回去？"

安瑜的语速有些快，语气也没有平日里的温和，这样一字一句地砸下来，挽碧只觉得脑海里突然什么都不能思考了，只剩下一片空白。

月光之下，挽碧的一张小脸莹白如月，安瑜的目光落在上方久了，竟然感觉到自己好像有些魔怔了，意识清醒地告诉自己要立即移开视线，但是眼睛好像不受自己的控制，依旧是直直地落在那个人的身上。

此刻的她，眸里映衬着他身后的月光，神情尚有些懵懂。也许是因为刚刚他的态度不算好，她的神色里还带着一丝委屈。

安瑜不由自主地停下了训话。在那一刻，他只觉得，心腔里的某种跳动十分鲜活，连带着四肢百骸的血液都要沸腾起来了。

这种奇怪的感觉，他还是第一次感受到。

"我只是去裴府里弄清楚一些问题罢了，弄清楚后我就赶回来了。"挽碧轻言细语地解释着，解释完后，她抬头去看他，"安瑜你为何总是在夜里起身呢？是睡不着吗？"

第一次看见他的时候，好像也是在这样的时候吧。在整个世界万籁俱寂，月亮从西边滑落至东边的时候，她的眼神清澈明朗，看着他的时候认真专一。

安瑜心中异样浮动，不由自主地开了口："我只是在心中忧虑即将到来的科举考试，如今……罢了，和你说这些，想来你也不会明白的。也不是什么可以哄人开心的事情，挽碧想要知道，还不如不知道的好。"

安瑜这一段长长的话，挽碧虽然完完全全地听了下来，但是心里头还是有些不明白，本来想问问其中的细节，一看见安瑜略微有些惆怅的神色，她便不忍心继续问下去了。

无言地抬头看了一眼天色，想着现在也不是什么授业解惑的好时机，挽碧神色有些担忧地点了点头，想着那些不解，就等到安瑜心情好一些的时候再去问他吧。

安瑜见她有些迷茫的样子，也知道她并没有完全明白自己所说的话，只得笑道："赶紧回房间休息吧。我每天都起那么早，让你们也跟着起那么早，辛苦你们了。"

挽碧摇摇头："还好。"

安瑜又笑了笑："回房间休息吧。"

挽碧点点头，向前走了两步又回头："安瑜，你也早点儿休息吧。心中的忧虑，唯有勇敢地去面对，才能够及早摆脱。"

安瑜一怔，待反应过来，想要说些什么的时候，挽碧已经进了房间。

在原地站了好一会儿，他转过身子，仰头看了一眼天际的明月，轻叹了一口气。

世上本无事，庸人自扰之。挽碧虽然天真单纯，但是比他通透多了。

又到了天色泛白的时候。

挽碧从假寐中睁开眼睛，不远处的湄葙还没有醒过来。她翻转了一下身子，继续闭上眼睛。

没过多久，她听到房间里响起了一阵窸窸窣窣的穿衣服的声音，她转过身来后，佯装刚刚醒过来，慢慢地从床上坐了起来。

湄葙看见她，眉目之间似乎有意外掠过，但是她只看了挽碧一眼，然后就开始催促："你醒了？赶紧穿衣吧，公子差不多要醒来了。"

挽碧应了一声。

穿衣、洗漱、梳包子髻，两个人很快离开了房间。

虽然安瑜每天都是很迟才睡，但是因为年轻，即使睡眠不足，看起来依旧精神很好。

挽碧端着茶盏站在一旁，在湄葙替安瑜更衣完毕后，正要递过去时，茶盏在中途被湄葙截了下来。

湄葙看了她一眼，声音甜甜的："我来吧。"

湄葙的声音虽然甜甜的，但是听在挽碧耳朵里，却漾起了一丝丝不舒服的感觉。

她也不明白这种感觉从何而来。但是，她依言松开了手，看着湄葙带着一丝浅笑，把手里的茶盏柔柔地搁到了安瑜的手里。

用过早饭后，安瑜去听夫子授课了。

挽碧坐在院子里的石凳上，手里抓着《三字经》，正在努力地回想安瑜昨天教她的内容。

"人之初，性本善。性相近，习相远。苟不教，性乃迁。教之道，贵以专……"

湄葙坐在她的对面，目光落在紧紧闭着的书房门处，看样子是在回想着什么，脸上的表情在短时间内有很多变化，一会儿害羞，一会儿微笑，一会

儿懊恼，一会儿娇嗔。

挽碧自学有些累了，抬起头来时，恰好看见了湄稍用双手捧着自己的脸颊，表情有些害羞。

她忍不住笑了，有些好奇地问道："湄稍，你怎么了？"

挽碧突如其来的问话，让湄稍微微一愣。随即，湄稍一改原先的坐姿，端端正正地坐在了凳子上，还刻意地清了清嗓子，才回道："无事。"

"哦。"

挽碧默默等了一会儿，见湄稍并没有和自己说话的意愿，继续埋头认字。

湄稍本来以为挽碧会追问，没想到她居然就这么不理睬自己，又继续低头认字了。

真是无趣的人。难道她就不好奇自己为何会变成这样吗？

难道她就不想知道自己是因为想起了什么事情才露出了这样的表情吗？

挽碧正低头认着字，眼下的纸张上突然覆上了一只五指纤纤的手掌。

她抬起头来，有些疑惑地对上湄稍的目光："怎么了？"

湄稍清了清嗓子："难道你就不好奇我刚刚在笑些什么吗？"

挽碧先是点了点头，脸上纠结了一下后，又坚定地摇了摇头。

湄稍皱起眉头："你这是什么意思？"

把手里的毛笔在墨汁里蘸了蘸，挽碧笑了："以前有人告诉过我，不要知道别人太多的秘密，因为你知道得越多，你的处境就越危险。"

挽碧抿了抿唇。这句话是裴瑾之某天在书房里说的。

他并非对她说的，但是挽碧在心里默默地记下来了。只因为这句话听起来，莫名其妙地给人一种很厉害的感觉。

刚刚湄稍问她，她不知怎么就想起了这句话，随口说出来了。

再看湄稍，她的表情有些呆呆的，大概被自己吓唬住了。

挽碧继续在纸上歪歪斜斜地描着《三字经》原文，对面的湄稍半晌没有出声。

她正想着要不要抬头再看湄稍一眼的时候，湄稍开口说话了。

"我自小便跟在公子身边，公子对我一直很好。"

移动着的笔尖突然顿住，挽碧有些惊讶地抬起头来，湄稍她，难道是要给她讲故事了？

讲她和安瑜的故事吗？

挽碧心里生出一些兴趣，立即把手里的毛笔放下，又把双手搁在下巴上，摆出了一副认真听故事的姿势。

湄菥看了她一眼，看到她兴致盎然地看着自己的时候，嘴唇动了动，却突然扬起了脸，把唇一抿，还哼了一声："我才不要告诉你。"

沉默了一会儿后，挽碧默默地抓起了笔架上的毛笔。

湄菥一看到这样的情景，又不知为何有些急了。她突然站起来，居高临下地看着挽碧，脸上还有些恼怒。

挽碧头也不抬，却微微皱眉，湄菥的脾气似是不怎么好。

湄菥看到挽碧居然一副不想搭理自己的模样，心头的情绪更是强烈。

她算什么？怎么可以对自己摆脸色？

湄菥气不过，忍不住伸手推了一下挽碧的肩膀。

挽碧练字的时候，坐姿是随意而轻松的。突然被湄菥这么一推，她没有丝毫的防备，就这么被湄菥推下了凳子。

手里的毛笔在挽碧摔下去的时候掉落到了她的身上，弹跳起来的时候又落到了她的脸上，擦出了一道大大的黑色条痕。

湄菥没有想到自己这么一推，竟然会出现这样的情景，当下便有些惊慌。

她咬着嘴唇，思量着要不要伸手扶起挽碧的时候，身后自早饭后便一直紧闭着的书房门突然打开了。

声响骤起，湄菥回头一看，安瑜正站在书房外，她的脸色蓦地失了几分红润。

安瑜打开门，送夫子出来的时候，正好看见挽碧摔倒在地上的那一幕。

向夫子道了声失礼后，他快步走到了庭院里。

此时挽碧已经从地上站起来了，因为突然摔了一下，她觉得脑袋有些昏昏沉沉的。

安瑜伸手把挽碧挽住，低头见她有些难受的模样，又把她扶到凳子上坐好。湄菥站在一旁，脸色发白地看着眼前的一切，身子甚至有些微微颤抖。

她走过去，伸手扯了扯安瑜的袖子，声音里犹带着哭意，似乎要立即哭出来一般，听起来有些可怜："公子，我、我不是故意的。"

安置好挽碧，安瑜这才去看湄菥。她正可怜巴巴地看着他，眼眶红红的，里面盛满的泪水，就快要滑落到脸颊上了。

安瑜放柔了声音："刚才发生了什么事情？"

湄茾看了一眼正趴在桌面上的挽碧,见她似乎只想保持沉默,冷眼看她出丑的模样,心里莫名就起了些怨气。

又看到安瑜正在看她,她心里的怨气更加多了些。

但是再开口说话时,湄茾的语气却是可怜兮兮的:"我、我刚刚是和挽碧闹着玩的,没想到挽碧没坐稳,摔下去了。都是我不好。"

"挽碧,对不起,请你不要生气,我真的不是故意的。"湄茾眼睛红红地看着挽碧。

安瑜听了湄茾的说辞,脸上的神色也缓了下来:"既然如此,湄茾也不是故意的,挽碧你就原谅湄茾一次吧。"

挽碧坐直了身子,点了点头,神色间还有些迷茫:"啊?好的。"

"好了,湄茾,你也不要哭了。"安瑜露出一个浅笑,"我肚子好饿。"

湄茾正在用手帕擦眼睛,闻言迅速把手里的手帕收好:"公子请稍等,我去厨房里给你拿午膳。"

挽碧正要站起来,打算和湄茾一起去厨房,没想到湄茾在她站起来之前把她按回去了:"挽碧,你刚刚摔倒了,就多休息一下吧,我去拿就好了。"

"不大碍事的,并没有摔得多疼。"挽碧摆摆手。

"不好不好,"湄茾的眼睛又红了,"就让我来吧,就当给你赔罪了。"

挽碧不明白,自己也没对她做什么,她为什么看着一副快要哭出来的样子啊?

安瑜听着她们的对话,心想她们这么争论下去也不知道什么时候才能有个结果,于是也跟着说了一句:"就让湄茾去吧,挽碧你再歇一会儿。"

挽碧有些诧异地看了安瑜一眼,没留意到旁边的湄茾突然身子一僵,然后有些勉强地笑了:"公子说得对,挽碧你就再歇一会儿吧。"

湄茾脚步匆匆地去了厨房。庭院里只剩下安瑜和挽碧两个人。

此时是正午,因为没有出太阳,天空的蓝色清澈透明。

挽碧看着天空发呆的时候,安瑜突然在她身边坐了下来。

挽碧有些好奇地看了他一眼,安瑜没有立即对她说话,她又把视线挪回了天空。

"其实湄茾很善良的,只是有的时候会闹些小脾气,像个长不大的孩子。还望挽碧你多多体谅,不要和她生气。"

安瑜说这话的语气,听起来很像哥哥对调皮妹妹的纵容。挽碧的视线落在他的身上："听湄萡说，她自小就跟在你的身边？"

安瑜点头："是，虽说她是我的侍女，但是我把她当成亲妹妹一般的。"

"哦。"挽碧点点头。

不知怎么的，她又有点儿失落。

原来她很想听到的故事，好像也没有什么特别有趣的。

"那个，你……"安瑜突然欲言又止。

"怎么了？"

安瑜的眉眼突然带笑："你的脸上，有墨痕。"

那道墨痕恰好落在了挽碧娇嫩的上唇上方，看起来像一撮胡子。

"墨痕？哦……"挽碧站起来道，"那我先回房一趟，擦干净脸再来听你讲《三字经》。"

"好。"

菏泽园的园口处，湄萡皱着眉头，静静地站着，已经有好一段时间了。

庭院里，安瑜眉眼带笑，整个人看起来英俊温柔，而他身旁的挽碧也在笑。两个人之间，只有一臂的距离，靠得那样近。

这种场面，落在她的眼里，只觉得莫名其妙有些刺眼。

她不过是离开了一会儿，挽碧到底和安瑜说了些什么，才会让他笑得那么温柔呢？

湄萡定定地看着院子里的情景，他们依旧自顾自地说着话，完全没有留意到这边的身影。

她端着托盘的手指紧了紧，用力得指尖都有些发白了。

挽碧突然站起来的时候，看到湄萡正端着午膳往这边来。

她朝湄萡点点头，转身朝房间去了。

湄萡把托盘放在桌面上，微微一笑："公子，今天有你爱吃的红烧狮子头。"

安瑜自然是笑容满面："好。"

用过午膳后，安瑜和昨天一样，教湄萡和挽碧认字。认新字之前，他在湄萡和挽碧的面前各自放了一张纸，说是要她们在他把字念出来后，在规定的时间内把字写出来。

挽碧的神色很淡定，因为靠着反复的记忆，她现在可以不看书本就能把安瑜教的那几句给写出来。

但是湄萡的神色就没有那么淡定了。虽然她以前学过，也还有一些记忆，

因为并没有认真学,所以能记住的也不多。

现在安瑜突然要她们写出来,还不能看书,湄葙心里虽然惊讶于这样的方式,但是见挽碧点头,她想着输人不输阵,也只能硬着头皮跟着点头了。

安瑜清了清嗓子,念了第一句:"人之初,性本善。"

湄葙呆了呆,攥着手里的毛笔,下笔写了一个"人"字后,突然发现脑海里一片空白,怎么都想不起来剩下的字应该怎么写。

她偏头看了挽碧,挽碧正低头,拿着蘸了墨的毛笔在纸上唰唰地写着。虽然她写的字看上去还是觉得很丑,但是她记得那些字句怎样写。

湄葙的心跳突然加快了。她的脑海里一片空白,什么都想不起来。挽碧把一句话都写完了,湄葙面前的纸张仍然是空白的。

安瑜微微皱了皱眉头,但是没说什么。估摸着时间差不多了,他继续念了下一句:"性相近,习相远。"

挽碧唰唰唰地写字的时候,湄葙再次怔住了。

一番听写下来,挽碧写了几张满满当当的纸,而湄葙的面前,只有零零落落的几个字。

安瑜把挽碧写的字拿过去看了一遍,称赞了几句,然后找出了几个错别字,让挽碧特别注意一下,下次不要写错了。

而对于湄葙写的,他只是叹了一口气,让她多花点时间记一记。

安瑜拿着《三字经》继续给她们讲新的字。

安瑜讲的内容还算有趣,有故事可以听。挽碧听得很认真,而湄葙在听了一段时间之后,思绪忍不住分散了。她的目光落在自己旁边的女子身上。挽碧托着腮,眼睛紧盯着安瑜,极为认真。

公子也时不时地看向她,向她微微一笑。或者,两人之间好像突然生出了些什么默契,竟然相视一笑。

刹那间,湄葙的心头既有些委屈,也有些失落。

为什么挽碧要来安府呢?为什么挽碧要做公子的侍女呢?挽碧来了以后,公子待她似乎没有以前那么好了。是她做错了什么吗?

可明明她什么都没做啊。

刚刚的听写,挽碧写出来了,她没写出来,公子夸奖了挽碧。虽然挽碧完全写出来了,确实值得夸奖,不知为何,湄葙的心里还是有些不愤。明明只须努力一点儿,她也可以写出来啊,也许比挽碧写得更好呢,可是公子在面对她的时候，神色似乎没有对挽碧那么好。

湄稆怔怔地看着正在微笑的安瑜，心想，如果，挽碧不是公子的侍女了，公子也许就会待她一如从前地好了吧？

裴府。

竹叶敲开书房门，手里拿着一封信，急匆匆地走近了书桌："公子，于大人的来信。"

裴瑾之伸手接过信，拆开，匆匆地浏览了一遍后，清冷的眉目之间染了几分浅淡的笑意。但是这样的笑意让站在旁边的竹叶心底一凉。以他对公子的了解程度，当公子露出这样的笑容来的时候，说明某个人要倒霉了。

竹叶迅速地反省了一下自己这几天的所作所为，发现并没有什么不妥，正要松一口气，便听到自家公子淡淡的声音在书房里响起："竹叶，去备马车。"

竹叶有些疑惑："公子，今天是休沐日。"

平日里公务繁忙，难得休沐，不是应该好好待在府里休息一下吗？为何还要出门？

"那玉佩不见了有一段时间了，我们该去把它带回来了。"对于缘由，裴瑾之只是淡淡地说了这一句。

那玉佩不见有一段时间了？

竹叶闻言如遭雷击，瞬间大惊失色。裴家的传家玉佩居然不见了？

是什么时候的事情，他怎么不知道？难道是那天？

那天来书房的时候，他发现书架上没有了紫檀盒子的踪影，当时的他只是以为自家公子可能看腻了，把盒子转移到别的地方去了，没想到竟然是那盒子被人盗窃去了。

到底是盗窃宝物的人力量太强大了，还是裴府的守卫力量太过薄弱了？若是前者，肯定是个巨大的威胁，若是后者那便是他的失职了。

公子的书房历来都是裴府最最重要的地方，可是放置在其中的紫檀盒子，却轻易被盗了，裴府的守卫力量当真如此脆弱吗？

守在书房明里暗里的侍卫都是他安排的，如今玉佩被盗，公子若是不提，他尚犹不知这样的失职，可不是小失职，公子惩罚人的手段又一向严厉。

一时之间，明明是白日，竹叶感觉到自己的背脊冒出了一层薄薄的冷汗，像是置身于子夜的凉风之中，可是转念一想，不对，玉佩挽碧对于裴家，无异于家传宝物，若是不见了，公子不可能不紧张，可是眼下看公子的神色，

那样淡定,心情似乎还有些愉悦?看来,公子并非不知情。

若是公子是知情的,他纵盗者偷窃是为了什么?

这些,难道从头到尾都是自家公子设下的局?

竹叶正想得出神,突然感觉到一道凉飕飕的目光落在自己的身上。他打了个冷战,想到正事,转身退出书房准备出门事宜了。

马车的轮子骨碌碌地转着,竹叶掀开马车的帘子看了一眼窗外:"公子,我们这是要去哪里?"

"安府。"大约是心情不错,裴瑾之今天难得回答了竹叶的问题。

听到安府两个字,竹叶的眼睛蓦地一亮。

那个喜欢自家公子、还追上门来的姑娘不就在安府吗?

可是一想到那个姑娘的身份,竹叶的目光又黯淡了下来。侍女与左相,这身份距离,差得也不是一般大了。真的只是那个姑娘单方面地缠着自家公子吗?记得当时自家公子的神色是极为冷淡的。

可是那个姑娘,她进了书房啊。裴府里谁人不知,公子的书房是多么重要的地方啊,一般人等是不能进去的。可是,那个姑娘,进去了啊,而且,还不止一次呢!所以,那个姑娘其实还是很有希望成为左相夫人的?

马车停下了。

竹叶看着车外的安府,再看看自家公子淡定的神色,心里头几番情绪涌动,最终只是默默地随着公子下了马车。

安府门外的侍卫在看见马车停下来的时候,早派人去通报了。

裴瑾之一行人还没到府门口,安府的管家便迎了出来。

"裴相这边请,我家老爷正在书房里等候着。"

裴瑾之点头微笑:"有劳安管家了。"

"裴相客气了。"

安管家引着裴瑾之到了书房门口,推开书房门,待裴瑾之走进去后,又合上了门,然后对一直跟随着的竹叶笑道:"隔壁备有茶点,请客人移步。"

竹叶作了一个揖:"多谢安管家,我在门外候着我家公子就好了。"

即使被拒绝了,安管家的脸上也并无不悦之色,他只是点了点头,然后回了一个礼:"在下还有些事要忙,就此先退下了。待客不周,还请客人见谅。"

竹叶连连摇头:"安管家言重了。"

书房里,两个人自见面后,便客气寒暄了一番。

各自落座后，裴瑾之手里捧着茶盏，清隽的脸上是恰到好处的微笑："安相家里的大红袍，味道和市集上售卖的，很不一样呢。"

"此茶是我家夫人的心头好，她爱喝这个，每年都让人从家乡亲运过来。由于不做商品售卖，味道自然是不一样的。"

安沐椋有些猜不准裴瑾之今日登门拜访的原因，想来想去也只想到了那块被自己用下策取来的玉佩，难道裴瑾之今天是为那玉佩而来？

可是，他派去的人，可是江湖上有名的杀手兼盗贼王月半，他能神不知鬼不觉地不留任何痕迹拿来那块玉佩。

但是令他奇怪的是，裴家在玉佩失踪后，虽然也有动静，但是动静并不大。掩住内心的些许不安，安沐椋有些谨慎地开口："裴相此行，所为何事？"

同朝为相，他们之间的关系也仅限于庙堂之上的点头之交。此时裴瑾之突然上门，倒是有些不同寻常了。

裴瑾之闻言，有些疑惑地皱起了眉头："安相这是忘了？前不久托你查的那件事情，怎么样了？"

第七章

尘封真相

"哦，原来是这件事情啊。"安沐椋瞬间松了一口气，但是随后他又面露难色，"裴相，这件事情，时间有些久远了，当时亦没有留下太多的记载，我能够找到的资料，也只是宗卷里零散的几笔。"

他从书桌上拿起了一个薄薄的信封，递到了裴瑾之的手里："就只有这些了。"

裴瑾之的嘴角勾起了一抹玩味的笑意，查来查去，只是查到了宗卷这么一点儿消息？

这个他自己也可以查，还用得着劳烦他？

果然是个老狐狸啊，看起来忠厚，实质上狡猾得很。

放下了手里的茶盏，裴瑾之随手把信封塞进了自己的袖子里："安相花了心思和精力，瑾之会记在心里的。"

安沐椋暗暗地松了一口气："裴相客气了。想来倒是安某有些愧疚，裴相让安某能够目睹家传玉佩的真容已是难得，奈何安某力量有限，帮不上什么忙。"

裴瑾之微笑道："安相客气了。安相的力量虽然有限，但是瑾之有个不情之请，想来想去，这国都城里也只有安相能帮得上忙了。"

安沐椋暗暗警惕："什、什么忙？"

裴瑾之笑得无害："安相肯定知道瑾之在说些什么，试问这国都城里谁人不知，那东西对我们裴家来说多么重要，安相此次的做法，确实是有些欠妥当了。"

安沐椋大惊："你、你、你都知道了？"

裴瑾之微微点头，嘴边依旧噙着一丝微笑："我也是今天才知道而已，安相好手段，若不是瑾之今天突然想起，怕是以后想到也无可奈何了。"

"裴相这话是什么意思？"

"瑾之明白安相的心情，试问这国都城里的百姓若是知道了这件事情，又或者当今圣上知道了这件事情，安相又该如何自处呢？这其中的道理，不用我提醒，安相也定当明白得很。"

安沐椋的手抖了抖。

他有些惊惶地看了一眼眼前的年轻人。看对方的神情，也未必是今日才知道这件事情，但是对方直到今天才说出来，不动声色却又胜券在握，笑意浅浅，却又城府深沉。

是他有错在先，被抓住了把柄，只能打落牙齿和血吞。

安沐椋的眼睛眯了眯，语气凝重起来："裴相此行，到底所为何事？"

裴瑾之忽然轻叹了一口气："当年国都城里，余家一案的主审人，可是安相？"

安沐椋睁大眼睛，一丝惊恐从中掠过："你是，你难道是余家当年失踪的幼子？"

裴瑾之摇头："安相多虑了。"

"那你为何要打听此事？"

"故人所托，只求一个交代而已。"

安沐椋凝眸许久，最终叹了一口气。

说是当年，也是二十几年前的事情了。

当今圣上的皇叔岐王企图谋权篡位，后来计划失败，被赐了鸩酒一杯。岐王的膝下并无子女，他故去后，圣上念着旧情，留下了她府里女眷的性命，但是考虑到影响，把她们送去了道观，打算让她们常伴青灯一生。

他当时还是个七品的小官，余家一家从商，不知怎么就牵涉其中了。上头下了命令，要斩草除根，时间太过于仓促，他只得把此事交给手下去执行。命令执行到最后，他冷静下来，才发现错了。

抓错人了。

不是他错了，是上头的调查，本就是错的。

虽然上头有追错，终究晚了一步，事情已经无可挽回。

此事虽然乌龙，但是代价重大，若是传到民间，其影响也是绝无仅有地恶劣。为了上头的声誉，为了不至于引起民间的骚乱，此事被秘密地压下了。

当年知情的人，在这二十几年间，不是不知所踪，便是老去、病去、死去。

第七章：尘封真相

他时常在想，若非他后来平步青云，是不是也会被悄然掩盖在黄土之中。

当年他虽然是事情实施的最后一环，也是最最没有能力改变的一环。

当年的他，因为这件事情，大病了一场，夜夜梦到那些被冤枉的人，以至于痛苦到恨不得以头撞柱，后来又听说余家的幼子尚存，他才稍稍心安了些许。

这些年来，他其实一直在寻找当年的余家幼子，奈何人海茫茫，消息总是渺渺。如今裴相旧事重提，难道他与余家幼子相识？

只是，这其中的原因，他如何能说。

看着日至正中，湄莼从书本里抬起头来："时间差不多了，我们去厨房里给公子端膳食吧。"

挽碧点点头，随之收拾好了桌面上的笔墨纸砚和书本，随湄莼走出了菏泽园。

"挽碧，公子昨天教的，你都会了吗？"

挽碧想了想，然后点了点头："差不多了。"

这几天学下来，随着对认字方法的熟悉，挽碧感觉到自己认字是越来越轻松了。

湄莼笑得有些勉强："你真厉害。"

挽碧没听出她话里的异常，只是跟着笑了笑："还好，掌握了方法就容易很多了。"

"什么方法？"湄莼睁大了眼睛。

"多看，多念，多写。勤奋一点儿就可以事半功倍了。"

"这是公子告诉你的？"她怎么不知道？

"算是吧，"挽碧认真思索了一下，"公子不是说，温故而知新吗？"

湄莼的脸色有些微微发白："是、是吗？"

"嗯。"挽碧点点头。

厨房里，热气笼罩着整个屋子。

挽碧脚步没有停顿地走了进去，而湄莼走到门口时，止住了脚步。往日里她来拿公子的膳食，只是站在门口，然后让厨房里的良升端出来给她。

她实在是不喜欢厨房，空气那么闷热，里面的厨子也是满身大汗的，看起来一点儿都不舒服。挽碧来了安府之后，良升都是把公子的膳食交给挽碧，然后由挽碧端出来。

挽碧很快就带着午膳从里面出来了，脸上还带着浅浅的微笑，那微笑使她整个人都靓丽了几分，让人的目光在她的脸上忍不住停留。

她先是把手里的托盘放在湄葙的手里，转身又回厨房里了，因为用来盛装午膳的托盘有两个。

湄葙在门外等了一会儿，挽碧没像往常那样很快出来。

厨房里雾气弥漫，挽碧的身影湄葙看得不大真切，但是她却可以听到良升似乎是在和挽碧说着什么话，隐约还可以听到两个人的笑声。

湄葙的眉头皱了起来。

良升和挽碧的关系什么时候变得那么好了？

挽碧还没有到安府之前，她来拿公子的膳食，良升每次都会拿到厨房门口给她，对她却是极为冷淡，爱搭不理。

她也尝试过和他说些什么话，但是良升每次的回答都很简洁，简洁到湄葙后来见了良升，也便不愿多说话了。

厨房里的欢声笑语依旧在持续着。湄葙渐渐失去了耐心。

她端稳手里的托盘，气呼呼地朝厨房里喊了一声："挽碧，我先走了，你说完话了再过去吧。"说完，也不等挽碧的回应，便转身走了。

厨房里，良升小心翼翼地把一盅刚出炉的汤羹放到托盘上，才抬起头对挽碧不好意思地笑道："挽碧，不好意思，让你久等了。"

挽碧摇摇头："没关系，是我们今天来早了。"

良升笑笑："挽碧，你的脾气比湄葙要好很多。女孩子，还是脾气好的惹人喜欢啊。"

"惹人喜欢？"挽碧想了想，"那我的脾气算好吗？"

良升点点头。

挽碧笑着道了声："谢谢。"

良升的脸色突然变得有些不自然起来："挽碧你快回去吧，免得让公子久等了。"

"好的。"

挽碧走后，良升站在原地，愣了好一会儿都没有回过神来。

旁边的厨子看见他半天没有动作，忍不住拍了拍他的肩膀，有些促狭地道："怎么，动心了？"

良升回过神来，眼神有些不安地四处乱飘，语气有些气急败坏："大胡子，

你又在胡说什么!"

大胡子笑了笑:"小伙子不用害羞,挽碧那么好看,你会动心也很正常啊。"

良升的脸涨红了,慢慢地,连脖子处也涨红了,他又羞又怒地瞪着大胡子:"你、你再胡说八道,我就……"

"你就怎样?"

"我就……"

"哈哈哈!"大胡子笑弯了腰,"良升,你真应该打盆水看看你现在的模样有多好笑!"他的脸和辣椒酱的颜色差不多了。

大胡子抹了抹眼角笑出来的眼泪,再次拍了拍良升的肩膀:"若是真的喜欢挽碧,你可以去求公子,让他把挽碧许给你便是。

"我家的婆娘,想当年也是我向夫人求来的呢。

"不过,求人之前,你要问清楚对方心里有没有你,万一错点了鸳鸯,那就不好了。"

良升愣愣地看了他一眼,反应过来后,眼睛睁得比平常大了一倍:"大胡子,你又胡说八道了。"

大胡子好笑地摇了摇头:"去不去,都是你的事,我只是给你个建议而已。"说完,便转身去忙活自己的事情了。

良升依旧站在原地没动,想着大胡子刚刚说过的话,陷入了深思。

挽碧端着托盘急匆匆地走了许久,才追上了已经走到花园里的湄箱。

湄箱只顾着低头快走,并没有留意到前方的拐角处一行人正走了出来。

挽碧张了张嘴,想要提醒一下湄箱,但是话语尚未出口,已然来不及了。

"哗啦啦"。

碗碟摔落在地上,发出了一阵清脆的撞击声音。

湄箱与人相撞,摔倒在地。挽碧快步走上前去,走近了才发现,那一行人,竟然是安大人、裴瑾之。

她有些惊讶地看了裴瑾之一眼,裴瑾之他怎么来安府了?是为了拿回那块玉佩吗?

湄箱摔了午膳,安大人很生气,教训了她几句后,便笑着向裴瑾之赔礼道歉。

裴瑾之低头看了一眼自己银色鞋子上被溅到的菜汁,眸色已是不悦,脸上还是带笑回了句:"无事。"

眼眸不经意间落在正在看他的挽碧身上，粉色的侍女服，真难看。

安大人又看向被吓得坐在地上瑟瑟发抖的湄葙，脸上怒气更甚："混账，坐在地上做什么？还不赶紧去领罚？"

湄葙抬头看了上方一眼，吓了一跳，然后颤颤抖抖地从地上站了起来，或许是太害怕了，不小心踩到了地上的菜肴，鞋子一打滑，她又摔到了地上。

见此情景，安沐椋的神色更差了。

挽碧把手里的托盘放到地上，急匆匆地上前扶起了湄葙。

湄葙已经被吓得脸色苍白，无神的眼睛看了她一眼后，亮了一瞬，然后紧紧地揪住了她的袖子。

挽碧深呼吸一口气，对上神色愤怒的安沐椋："老爷，湄葙她不是故意要撞到贵客的。她只是急着给公子送午膳，走得太急了才会这样。请老爷息怒。"

大约是听到了话中的"公子"一词，挽碧看到安大人的神色微微缓和了一下。

其实她也不知道应该怎么说才能打消或者是让安大人的怒火稍微降下来一些，看到现在这样的情景，她应该是用对了方法。

安沐椋看着眼前神色镇定的做丫鬟打扮的女子："你也是菏泽园的？"

挽碧低头道："是。"

"我为何从未见过你？"

"我，奴婢刚进安府不久。"

"原来是这样。"安沐椋捋了捋胡子，"你叫什么名字？"

"挽碧。"

"挽碧？"安沐椋的神色先是有些惊讶，很快就回复了镇定，"既然是送去菏泽园的午膳，那今天就由你来送吧。"

挽碧点头应了一声"是"。

"至于这个丫头，如此粗心大意，不惩罚一下不足以长记性。"安沐椋的神色突然严肃起来："来人，把她送去柴房，断食一天。"

一直安静的湄葙，身子突然极大地抖动了一下。

几个侍从走上来，把湄葙从挽碧身旁拉开。挽碧怔了怔，然后朝安沐椋施了一个礼："奴婢先告退了。"

安沐椋挥挥手："下去吧。"

倒在地上的菜肴自然有人来收拾，挽碧走几步，端起被自己放在地上的

托盘，抬脚往菏泽园走去。

路过裴瑾之的时候，他并未再看她一眼，倒是他身旁的竹叶，一直看着她，还给了她几个她看不懂的眼神。

挽碧回了竹叶一个疑惑的眼神，然后竹叶怔了怔，然后又给她回了一个眼神。

挽碧敛下眉睫，安心走路，心里想的却是，竹叶今天有点儿奇怪。

自家的奴婢在客人面前出丑，安沐椋在面对裴瑾之的时候，脸色也有些尴尬。他拱拱手："裴相，让你见笑了。"

裴瑾之微笑："无妨。"

"裴相这边请。"

"好，有劳安相了。"

挽碧端着托盘到了菏泽园，正赶上要出门的安瑜。

见是她，安瑜笑了笑，随后神色又有点儿奇怪地问："挽碧，湄萮呢？"

"湄萮不小心撞到了客人，被老爷送到柴房去了，说是要断食一天。"

安瑜闻言眉头都皱起来，绕过挽碧，他急匆匆地往外走："我去看看。"

这边裴瑾之上了马车，竹叶多次看了看他的神色，发现他的神色并无异常。

竹叶在心底里微微地叹了一口气，原来自家公子到安相府上来，真真是为了公事来的。他还以为公子会顺带把那个姑娘带回府上。

不过那个姑娘叫挽碧？这个名字真是意味深长。

在花园里，挽碧姑娘看着公子那种楚楚可怜的眼神，真的让人有些心疼啊。可无奈自家公子不懂怜香惜玉，唉。

马车的车轮骨碌碌地转动了。

裴瑾之斜斜地倚在车壁上，想着自己刚刚从安相那里得来的消息，眸色逐渐沉郁下来。

原来，被掩埋的真相，竟然是这样的。

当挽碧去厨房重新端了午膳回到菏泽园的时候，安瑜已经回来了。

似乎是在沉思些什么，他坐在凳子上，怔怔地看着桌面上的汤盅出神。

当挽碧把午膳放上桌面的时候，他才回过神来，对她笑了笑，然后说："辛苦你了。"

挽碧摇摇头。安瑜在用膳，挽碧坐在旁边，好一会儿才开口问道："你刚刚是去看湄萮了吗？"

安瑜点点头。

"那她……"挽碧想起湄葙那副被吓呆了的模样,突然又有些语塞,不知道该说些什么好。

"已经平静下来了。"安瑜的眉目间隐约有些担忧,"不过她也被吓坏了,我爹很少这样罚做错事的下人。"

"哦。"挽碧点点头。

"虽说我爹让她断食,晚上的时候,你还是拿几块糕点给她吧,要不湄葙会饿坏的。"

"哦,好的。"

见挽碧点头,安瑜不再言语,低下头来安静地用膳。

用完午膳后,挽碧以为湄葙不在这里,安瑜不会教她《三字经》了。就在她拿着书打算找个无人的地方看先前学过的内容的时候,安瑜把她叫住了:"你要去哪里?"

挽碧扬了扬手里的书:"去看书。"

安瑜似乎犹豫了一下,点点头:"也好,今天就不教你新的字了,等湄葙回来了再一起学吧。"

挽碧点点头,自顾自拿书到了一处僻静的地方看。

天色暗下来的时候,安瑜递给她一个小包裹。她有些好奇里面装的是什么东西,安瑜笑着解释:"里面是糕点,芙蓉糕,外面的是手帕。你快带去柴房给湄葙吧,这个时候她肯定饿坏了。"

"当心点儿,不要让别人发现了。"

"哦。"

"若是被发现了,也没有关系。"

"啊?哦。"

挽碧拿着这个小包裹去了柴房。

柴房里黑漆漆的,还没走近,她就听到了从里面传出来的幽幽哭泣声。那声音在黑暗中听起来有些瘆人。

但是挽碧并不惧怕,她停住脚步,在柴房门外敲了敲:"湄葙。"

那幽幽的哭泣声很快止住了。挽碧好像听到有什么东西撞到了房门上,发出闷闷的一声响。

湄葙的声音里带着浓浓的鼻音,她有些不确定:"挽碧?"

第七章 尘封真相

挽碧应了一声，往窗枢处走："你到窗边来，公子让我带了糕点来给你吃。"

"哦，好。"

隔着窗枢把手里的小包裹塞过去，挽碧见任务完成，便说："那我先回去了。"

"你、你别走。"湄葙的手指从窗枢里伸出来，扯住了挽碧的衣袖。

"还有什么事情吗？"

"你、你今天下午，都做了些什么？"

"看《三字经》，你不在，公子并没有教我认新的字。"

"还有吗？"

"没有了，用过晚膳，公子就让我拿糕点给你了。"挽碧有些疑惑，"怎么了？"

"没事。"湄葙慢慢地把手收了回去，刚刚有些紧张的声音此时松懈了下来，"你可以走了。"

第二天中午，湄葙被人从柴房里放出来的时候，安瑜和挽碧都在柴房外等着。不过是一夜不见，湄葙好像完全变了一个人似的，不但面无血色，而且红润的唇变得干燥起皮，甚至还冒出了几条细小的血痕，梳得精致的包子髻也变得凌乱不堪，看起来很狼狈。

从柴房里摇摇晃晃地走出来，湄葙有些虚弱地抬头看了他们一眼，然后就晕倒在地上了。安瑜大惊，连忙走上去抱住了湄葙，然后急匆匆地赶回了菏泽园。

挽碧小跑着跟在安瑜的身后，他的脚步太快，她险些跟不上。

湄葙脸色苍白地躺在床上，虽然明知她是因为体力不支才会晕倒，但是安瑜太过于担心，还请了大夫来。

挽碧站在一旁，看着安瑜如此紧张的神情，突然想起湄葙说过，她是自小就跟在公子身边的。安瑜会如此紧张湄葙，大概是因为和湄葙从小一起长大的缘故吧。

大夫走了，安瑜也走了，屋子里只剩下挽碧和湄葙两个人。湄葙眼睛紧闭着，但是睫毛轻颤，挽碧在旁边看了看，然后吹熄了房间里的灯火。

一夜过去，起来后，挽碧像往常一样洗漱、更衣、梳包子头。当一切都准备妥当的时候，她看到湄葙慢慢地睁开了眼睛。想起昨晚安瑜对她说过，如果今天早上湄葙醒了，就让她继续休息，不用她过去了。

挽碧理了理衣袖，一板一眼地转达了安瑜说的话："安瑜昨天说，如果你今早醒了，就继续休息好了，他那边可以不用过去的。"

湄稍目瞪口呆地看着她，眸光里有几分颤动："你说什么？"

她有没有听错？挽碧刚刚直接称呼公子的名讳了？

她不过是一个下人，怎么可以这样？

挽碧从厨房里端回来早饭的时候，进了菏泽园，发现院子里除了安瑜在，湄稍居然也在。她正笑意盈盈地站在一旁，看着安瑜舞剑。

挽碧走过去，把手里的托盘放在桌面上时，湄稍抬眸朝她笑了笑："辛苦你了，挽碧。"

挽碧摇摇头："不辛苦。"顿了一下又问，"你怎么不多休息一下？"

湄稍摇摇头："我已经好了。再躺下去，公子会担心的。"

安瑜舞剑还没有结束，湄稍和她说了几句话后，目光又回到了安瑜的身上。挽碧侧头看了看湄稍，不懂她为何笑得那么开心。

不过，这种情感是开心吗？挽碧觉得自己形容得不大对，她却找不到另外一个合适的词语来形容。

安瑜用过早膳之后，夫子来了，书房的门再次打开又合上。

挽碧和湄稍坐在院子里，手边依旧是人手一本《三字经》。

挽碧认真地描摹书本上的字迹的时候，忽然听到湄稍说："其实，我喜欢公子。"

喜欢？挽碧抬头，看见湄稍的脸颊上带着淡淡的红晕，看起来，是不胜娇羞的模样。她停下手里的笔，有些疑惑地把自己刚刚听到的内容重复了一遍："你刚刚是说，你喜欢公子？"

湄稍认真地点了点头，脸上的神情除了娇羞，还带了几分坚定，她的眼睛好像也带着一些水意，看起来亮得惊人。

挽碧怔愣了一下，然后点头又摇头，神情有些困惑："什么是喜欢？"

湄稍张张嘴："什么？"挽碧居然不知道什么是喜欢？

挽碧只好重复了一遍："什么是喜欢？"

湄稍从自己的震惊中回过神来："喜欢，大概就是，你喜欢看着一个人，然后看到他笑你也笑，看到他不高兴的时候，你也不高兴，你还喜欢和他待在一起，看见他和别人待在一起的时候，你会不高兴。"

挽碧认真地思索了一下湄稍的话，然后似懂非懂地点了点头："哦。"

湄栯托着下巴问:"挽碧,你有喜欢的人吗?听说厨房里的良升喜欢你。"

挽碧摇摇头:"没有,不知道。"

"昨天我被关在柴房的时候,有几个下人从外面走过的时候,他们说的。"

"听说良升还打算向公子讨要你,把你娶回家去呢。"湄栯笑着说。

挽碧看了一眼湄栯脸上的笑,微微皱了皱眉头。湄栯的笑,总感觉不是发自内心的,而是故意装出来的,让她感觉有些不大舒服。

"你喜欢厨房里的良升吗?那天去拿午膳的时候,听你们还聊得挺高兴的。"湄栯依旧兴致不减。

挽碧低下头,重新描摹字体,但语气已经明显冷淡下来:"不喜欢。"

"哦,那你喜欢谁啊?"

"不喜欢谁,但是好像有不少人喜欢我。"

湄栯脸上的笑容顿时僵住。

挽碧有些奇怪地看了她一眼:"怎么了?"她刚刚说的话有什么不对吗?

她还是玉佩的时候,就有许多人喜欢盯着她看,看着她笑。这不就是湄栯口里所说的喜欢吗?

湄栯勉强地笑了笑:"没事。"

虽然表面上湄栯的神情还算平静,但是心里翻起了惊涛骇浪。

挽碧,她也太不知羞了。

等等,她说有不少的人喜欢她,可是在安府里,她能够接触到的人并不多,难道这个"不少的人"中,也包含了公子?

不不不,不可能。

她被关在柴房的时候,公子还那么关心她,还让挽碧来送吃的给她,公子喜欢的人,明明是她才对。

可是,挽碧的神情那么淡定,湄栯一时之间,也拿不准到底是什么情况。

一想到公子有可能喜欢挽碧,湄栯就觉得心里多了些沉甸甸的郁闷感。她用力地呼吸了一下,心口的郁结非但没有被驱散,反而更重了一些。

袖子中的手掌不自觉地反握成拳,湄栯努力地扯出一丝微笑来:"挽碧,其实良升也很好的,为人忠厚老实,脾气也好,也算是一个良人,嫁与他为妻,你会幸福的。"

既然挽碧说了那样的话,为了以防万一,她也只好寄希望于挽碧了,只要挽碧不喜欢公子,其他一切都好说。

挽碧有些无辜地看着她:"嫁与他为妻?幸福?这些是什么意思?"

湄萡的脸色有些不好看了。挽碧都快到及笄的年纪了,这些事情,怎么可能还不了解?

挽碧是不是真的喜欢公子了,所以才在她的面前装懵懂?

挽碧并非懂装不懂,事实上,她是真的不明白。虽然说挽碧的年纪已经很大了,但是她的心智并不比那十几岁的人成熟,撇去沉睡的几百年,她在人间的经历也不过很短的一段时间。

湄萡努力让自己冷静下来:"嫁给一个人,就是一辈子都和他生活在一起,每天都开开心心的,开心就是幸福。"

"哦。"

"那你……"

"我不会嫁给良升的。"

"为什么?"

"因为我不想嫁人。"

湄萡惊讶地睁大了眼睛。

这挽碧说的是什么傻话,哪有女子不嫁人的?

挽碧有些迷茫,也有些疑惑,不明白湄萡听了她的话后为什么那么震惊,她为什么一定要嫁人呢?她可是要继续修炼,然后飞升成仙的呢。

不过,这个原因,她不打算向湄萡解释。

第七章·尘封真相

第八章
竹叶劝说

挽碧的修为虽然不低了,还是没有办法离开她的本体太久。

那块玉佩现在不在安府,而在裴府,所以挽碧每隔一段时间便要去裴府一趟,回到玉佩里待上一段时间再返回安府。

因为自身的修为阻滞并没有什么好转,她只好更加努力地学习认字,就这样过了一个月,随着认识的字的增多,挽碧现在基本可以自己读下一本书来。

这是值得她高兴的地方。但也有让她不高兴的地方。

随着时间的推移,挽碧发现,湄菏对她的态度,越来越冷淡了。但是这种冷淡,仅限在两个人独处的时候。当安瑜在旁边时,湄菏会和她说说笑笑,就像什么都没有发生一样,两个人的感情仍然像刚刚认识时那样好。

挽碧想不出湄菏如此对她的原因,她也不是那种喜欢热闹的人,所以,无论湄菏怎么对她,她都保持着一贯的态度。

她把这些事说给竹叶听的时候,竹叶在一旁皱起了眉头。须臾之后,他很认真地给她分析:"挽碧,这些不是你的问题,而是湄菏的问题。"

"湄菏喜欢安瑜,她误以为安瑜喜欢你,才会用两种态度来对待你。前一种是她不喜欢你,因为有安瑜在场,她又不能在安瑜面前表现得太明显,才装出来和你和好如初的模样,后者是她对你的真实态度,不在人前,她懒得装,也不用装,所以才会出现这样的情况。"

挽碧似懂非懂地点点头。感觉像是戴了面具一样,这样频繁地切换,湄菏不会觉得累吗?

竹叶又继续说:"所以说,你在安府有什么好呢?你还是来我们裴府吧。我们裴府的人都很好的。"

"来了我们裴府之后,你不但可以天天见到我家公子,而且,这里绝对没有像湄菏那样的侍女,你可以每天都过得开开心心的。"

挽碧没有回答。

竹叶说："真的，不骗你。我像是那种会骗人的人吗？"

挽碧说："不知道。"

竹叶无言以对。

挽碧犹豫道："可是我的《三字经》还没有学完呢。"

这是松口了？希望就在前方，竹叶立即豪爽地拍了拍自己的胸口："没关系，你过来后，我可以教你。"

挽碧有些动摇了："可是，安瑜人很好的。"

她突然要走，会不会不大好？

竹叶突然警惕起来："安瑜好，我们家公子更好！"

挽碧默默地看了一眼竹叶，低下头："他不好。"

竹叶突然有些心虚："我、我家公子怎么不好了？"

但是一想到自家公子的仕途，竹叶的脸上又浮现了几分骄傲："我家公子年纪轻轻便是晋国的左相，很多人，当官当了一辈子都坐不到那个位置上呢。

"我们公子当上左相，只用了五年而已，哦，你知道吗？安相用了几十年呢。"

挽碧眨眨眼睛："可是你家公子脾气不好。"

眼看着自家子的形象在崩坏，竹叶赶紧力挽狂澜："挽碧你有所不知，公子不是脾气不好，而是他、他习惯板着脸而已。"

"板着脸？"

"对啊对啊。"竹叶用力点头，"公子在朝廷做官，又太年轻了，如果不板着脸，很难在百官心目中树立起威信。长时间习惯性地板着脸，板着板着就习惯了。"

挽碧愣愣地道："哦。"

"我家公子除了没什么太多的表情，其余的地方真的是无可挑剔啊。所以，挽碧，你要不要来我们裴府啊？"竹叶笑眯眯地问。

挽碧当作没听见："好了，谢谢你。"

她站起来，道："我要回安府。"

竹叶皱着一张脸，刚要说些什么，听到书房里公子叫了一声他的名字，只好无奈地看了挽碧一眼，然后转身进了书房。

挽碧在书房前的门槛处呆坐了一会儿，看着天边的云层被夜风吹开，露

第八章・竹叶劝说

出了圆乎乎的月亮。

她突然低头笑了笑。

自从她前几次回本体休养,准备离开的时候被竹叶看到,两个人在书房门槛外坐了一会儿,说了会儿话后,此后她每次回来,几乎都能见到竹叶的身影。竹叶每次都会主动和她说话,还会不厌其烦地劝她从安府过来裴府。

而她每次都是笑笑不说话。

其实对她来说,在哪里、哪个地方,有什么不一样呢?

都是一样的。她从来都是一个人。

即使认识了一些别的人,和他们之间也没有什么太深的关系。

无论是哪个地方、哪个人,她随时都可以毫不眷恋地离开。

回到安府,她推开房门,往里一看,有些意外的是,往日里此时此刻早已入睡的湄葙,居然坐在床上。

月光透过窗枢射进屋子里,湄葙就坐在那一块皎洁的光影之中,眸光定定地看着她,看样子,是在等她。

挽碧关好门,有些奇怪地道:"你怎么还没睡?"

湄葙面无表情地道:"你刚刚去哪里了?我发现你每隔几天便会在半夜出一次门。"

挽碧自顾自地走到自己床边坐下:"我睡不着,所以出去散步了。"

湄葙冷笑:"你出门的时候,我就醒过来了。你说你出去散步,那我怎么没有在园子里发现你的身影呢?"

今晚的湄葙咄咄逼人,挽碧皱皱眉头,语气也变得有些不耐烦起来:"我出了府外。"

湄葙冷哼了一声:"你撒谎,守门的侍卫可是收买不了的,他们怎么可能给你开门?"

挽碧没有说话。

湄葙看见挽碧没有反应,以为是自己把她说得哑口无言了,当下更是得意:"怎么了?不说话了?"

挽碧抿了抿唇。

"你到底去做了些什么?不好好交代清楚,我便告诉公子。"

湄葙看了挽碧一眼,挽碧的床榻处于黑暗之中,她看不大清楚挽碧的神色,但是此刻她觉得自己占了上风,心情愉悦得很,便继续道:"要想继续留在安府里，你最好乖乖地交代，要不闹到公子那里，你可就不能留在安府了。"

挽碧轻叹了一口气："湄葙，你是不是讨厌我？"

记得她们刚刚认识的时候，湄葙对她的态度并不是这样的。但是这一段时间以来，她对她的态度改变得如此明显，这是为什么？

湄葙用手紧揪了一下身下的被子："我不知道你在说些什么。"

挽碧笑了笑："看来你确实是不大喜欢我。"

"如果你不喜欢我在这里，我可以离开的。"

挽碧静静地躺在床上，看着头顶上那片黑暗的地方，看来竹叶说得对。

湄葙确实不希望她留在安府。

因为当她说出来那句要离开的话时，湄葙的表情分明有一瞬间的惊喜。虽然湄葙很快就收起来了，她还是看到了。

明天就离开吧。

此刻她心里的感受，也不知道该怎么形容。

——似乎有些遗憾，似乎也有些松了一口气。

第二天一早，挽碧去向安瑜辞别。

她本来想要不辞而别的，但是听了安瑜讲了那么多页的《三字经》，她觉得自己应该向他道个别。

这虽然是一件小事，但是至少说明他说的东西，她认真听了，也算没辜负他的一番苦心。

突然听到她要离开的消息，安瑜看着挽碧，眉目之间是掩饰不住的惊讶："什么？你要走？要回裴府？"

挽碧点点头。

安瑜轻叹了一口气："好好的，为什么突然间要离开呢？是不是在府里受了什么委屈？如果有，你大可以和我说，我替你做主。"

挽碧摇摇头："无事，只是在一个地方待久了，想换一个地方。"

"换地方？换来换去又换回了老地方？"安瑜明显不相信她的说辞，转而看向了湄葙："湄葙，你知道发生了什么事情吗？"

湄葙摇摇头，表情有些慌张："我也不知道。"

安瑜再次叹了一口气："如果你执意要离开安府，我自然不会强留你，但是，你为何要去裴府呢？"

不是好不容易才从裴府里逃出来吗？怎么又要回去了呢？

挽碧保持沉默。

这种沉默在安瑜看来，更像是无奈之中的选择，于是他在心里更加确定，挽碧是因为在安府里发生了什么事情，觉得自己没有办法继续待在安府了，才会回到原来的地方。

他虽然想知道其中的缘由，挽碧明显不愿意提及。他想了想，道："不如这样，我给你找个地方安置，这样你就不用回裴府了，你看如何？"

湄菏的脸色瞬间苍白。她有些不可置信地看了挽碧一眼，眼眸里都是满满的震惊，公子居然要留下她？

她使劲地扣住了自己的手指，使自己不至于全身发抖。

"公子。"湄菏忍不住急急忙忙地开口，"既然挽碧想要回裴府，你便让她回去吧。你若是找个地方给她住下，万一老爷知道了就不好了。"

安瑜一怔，反应过来，明白是自己刚刚说出来的话有些歧义了，便连忙解释："我的意思不是那种。我希望可以给挽碧再找一户主人家，这样挽碧就不用回裴府了。

"当初挽碧会来我们安府，也是因为不想在裴府里。既然如此，现在就算要离开安府，为何又要回裴府呢？"

"这国都城里的人家那么多，挽碧总可以找到一家和善的。"

"不用了。"挽碧突然开口打断了安瑜的话，"安瑜，谢谢你。"

安瑜怔了怔，神色有些复杂地点了点头："好吧。"

"那我走了。谢谢你这段时间教我认字。"

安瑜点点头，继而微微笑了笑："回到裴府之后，也要继续坚持认字哦。不要学湄菏，总是半途而废的，学习效果大打折扣。"

"公子。"

虽然听起来似乎是被批评了，湄菏还是表现出了很高兴的模样。她有些羞恼，于是向安瑜娇嗔了一句。

安瑜笑了笑："难道不是？"

湄菏没有应答，脸却微微地红了。

挽碧淡淡地看了他们一眼，转身出了菏泽园。

离开安府，挽碧直接回到了裴瑾之的书房里。

她寄生的玉佩被人随随便便地搁置在书桌上。挽碧低头端详了一会儿，便化身为一道缥缈的云烟钻进了玉佩。

在玉佩里待了较长的一段时间，在挽碧思量着自己要不要钻出来的时候，便听到一直安静的书房突然有了响动。

她往外看去，果然看到了裴瑾之正坐在案桌前，手里拿着羊毫，微微皱眉的模样。

不知怎的，她脑海里突然想起了安瑜时时带着一丝浅浅的微笑的脸，她有些失落地叹了一口气。

也许她真的是有什么地方做得不够好，所以湄葙才那么恼她吧。不过她现在离开了安府，也许湄葙以后可以开心一些了。

"出来。"裴瑾之的脸色突然阴沉下来。

挽碧有些奇怪地看了他一眼，这个人又怎么了？情绪说变就变，喜怒无常。

竹叶推开书房门，有些疑惑，也有些不大确定地问："公子，你刚刚是在叫我？"

他刚刚在门外走了一会儿神，也没有听清楚里面说什么了，但是他好像听到了公子对他说"进来"？不过公子的神情为何如此生气呢？

"不是，你出去。"裴瑾之的神情依旧没有丝毫缓和。

公子此刻的心情不佳。

竹叶迅速在心里做了一个决断，即使有疑惑，仍心有戚戚地合上了门。

书房的门才合上，裴瑾之阴沉着脸把书桌角落里的紫檀盒子拿起，然后放置在折子之上，声音冷冷地道："出来。"

挽碧一惊，原来刚刚的那两个字竟然是对她说的？裴瑾之他是如何知道她在盒子里的？

"刚刚不是还在叹气吗，现在不敢发出声音了？"裴瑾之的声音带着些不耐，听起来还有些凶。

挽碧心里有些淡淡的委屈，不知道裴瑾之为何每次遇着她，态度都是这般不好，她又不曾得罪他什么。

挽碧想着这些，心情也就有些不好了，于是她气呼呼地说了一句："不，我才不要出去呢。"

"不出来？也好。"裴瑾之的语气更冷了，"那你最好安安静静地待在你的盒子里，不要随随便便地发出些什么声音来吓人。"

挽碧不知该怎么回答，她哪里吓人了？

等等，裴瑾之会突然之间那么恼，难道是因为她刚刚发出了轻叹的声音，

然后吓到他了？原来裴瑾之的胆子竟然那么小。挽碧轻轻地笑了笑。

独属于女子的轻灵笑声突然从盒子里传了出来。

裴瑾之手里的笔尖一顿，在纸上失控地画出了一道深深的墨色。他皱着眉头，目光落在那个盒子里，心里一丝异样涌起。

她到底是在笑什么？

裴瑾之低头继续处理公务，好一会儿后，才感觉到四周有些异样。

他抬眸，挽碧正默默地站在他的身侧。

他的眉心再次猛跳，眼睛迅速闭上又睁开。须臾之后，他的声音像是从牙缝里艰难地挤出来一般："你干什么？"

挽碧并未察觉到他有些异样的神色。她的目光在书桌面上扫过，没看到自己熟悉的书，她这才抬起头来："你这里有《三字经》吗？"

裴瑾之说："没有。"

挽碧的目光移向书架："那书架上呢？"书架上塞满了书本，应该有的吧？

"没有。"

挽碧皱起了眉头。没有书，那接下来的日子，她要怎么认字啊？

"你这里有什么书本是比较适合初学者认字的吗？"挽碧面带期盼地道。

裴瑾之板着脸，头也不抬地道："没有。"

挽碧无奈地说："好吧。"

书房里陷入了寂静之中。挽碧慢慢地走到了书架前，一行书看过来，发现自己认识的字居然没有几个。

她的脸红了红，本来以为自己认字认了那么久，应该认识不少字了，没想到还是不够。她不由得轻叹了一口气，看来自己还差得远呢。

"咚咚咚。"

敲门声响起。

"公子，于大人来了。"竹叶的声音在门外响起。

"嗯，让他进来吧。"裴瑾之随口应了一声，抬起头来，看到站在书架前的身影，他先是一怔，"等等"二字还没有说出口，于临安便踏进书房里来了。

于临安先看到了裴瑾之面无表情的脸，然后才看到了那站在书架前的纤细身影。他微微挑眉，眼眸里带上了几分戏谑："这位是谁？"

裴瑾之放下手里的羊毫，声音如古井无波："侍女。"

"噢？是吗？"于临安的语气很是玩味，"认识你那么久，我从来没见过可以进你书房的侍女呢。"

裴瑾之淡定自若："那么现在，你看见了。"

于临安口里"啧啧"了几声，然后看着那一动不动地站在书架面前，像是在面壁思过的女子，有些好奇："你叫什么名字？"

挽碧转过身来，有些迷茫："你是在和我说话吗？"

于临安说："嗯。"

"我叫挽碧。"

"挽碧？"于临安眼眸里掠过几丝诧异，有些不确定地又重复了一遍，"挽碧？"

挽碧点点头："是的。"

于临安笑："你的名字是谁给你取的？"

"裴……"

"我。"

裴瑾之的声音很突兀地出现在两个人的谈话中间。

于临安一愣，随即看向他的目光有些深究的意味："那么多的名字不取，为何偏偏就挑了这两个字？也不怕被人听到了引起什么误会。"

玉佩挽碧可是一件价值连城的珍宝，珍宝嘛，当然是越珍贵越好的，眼前的女子，何德何能，能够被赐予这样的名字？

裴瑾之合上手里的折子："不过是两个字而已，有必要那么惊讶吗？"

于临安摇头浅笑："那可不是普通的两个字。"

裴瑾之皱了皱眉。

挽碧正想着这两个人的对话她听不懂，不知道该做些什么的时候，裴瑾之的眼风一下子过来了："傻站在那里做什么？还不快去给于大人上茶。"

"哦。"

他真把她当成侍女了。

挽碧从书房里出来的时候，恰好撞上了竹叶震惊的目光。

她一脸自若地笑了笑，还扬手打了个招呼："竹叶。"

竹叶回过神来后道："你什么时候进的书房？"

自从公子回来后，他便一直守在书房的门外，未曾离开半步，她到底是怎么进去的？

"很早之前啊，你和裴瑾之都还没有回来的时候。"挽碧继续保持着微笑。

竹叶点点头,倏尔又有些惊讶地看了她一眼,有些结巴地道:"公子他居然让你进了书房?"

挽碧觉得有些好笑:"我先前也进过啊。"

竹叶怔愣:"那不一样。"

"有什么不一样的?"

"先前是公子在府里,但是,这一次是公子不在府里。"竹叶喃喃道。

挽碧想不明白其中有什么区别。

"对了,你出来干吗?"

挽碧点点头,指了指书房:"裴瑾之让我出来上茶水的。"

竹叶点点头,随后又微皱了眉头:"挽碧,既然来了裴府,以后就要改口叫'公子'了,不要直呼公子的名字。"

"哦。"竹叶说的这句话,和湄梢先前说的差不多。

"你在这里等我一下,我去拿茶水来。"

"哦。"

竹叶很快用一个精致的小托盘端来了两杯茶盏。挽碧接过来的时候,听到竹叶问她:"挽碧,你等下还要回安府吗?"

挽碧摇摇头:"不回了,以后我就待在裴府。"

"真的?"

挽碧点点头:"裴……公子也同意了。"

"那你以后是侍女?"

"嗯。"

"好,那你快进去吧,别让公子和于大人等急了。"

挽碧一推开书房门,里面的谈话声戛然而止。

两个人的目光齐齐落在挽碧的身上。挽碧抿了抿唇,低头把手里的茶盏送上去。

放置好茶盏后,挽碧下意识地抬头看了一眼裴瑾之。他也正在看她:"以后记得敲门再进来。"

"哦。"

"出去吧,没有吩咐不许进来。"

"好。"

挽碧正要离开,一声轻笑突然在书房里响起。她惊讶地抬头看去,不知为什么，于临安在一旁笑得有些乐不可支。

见她看他，于临安微微止住了笑声，说："瑾之，你们家的这侍女还真有趣。"虽然看着她，但是这句话是对裴瑾之说的。

裴瑾之面无表情。

"别老是动不动就摆出这样的表情好吗？像块冰一样，冷死人了。"于临安的笑容止不住，"你这样，很容易吓到挽碧的。"

挽碧不解，好好的，怎么就扯上她了？

裴瑾之继续面无表情。

于临安依旧笑得停不下来。

挽碧有些哭笑不得，端着手里的托盘，正不知道应该怎么办的时候，裴瑾之看了她一眼："你去找竹叶。"

"哦，好。"

从书房里出来，竹叶便走了过来。挽碧把手里的托盘还给他，然后说："公子让我来找你。"

竹叶的神色先是有些疑惑，然后恍然大悟了。他笑了笑："跟我来吧。"

竹叶把挽碧引至一处房门前，然后笑着说："挽碧，以后这便是你的房间了。"

挽碧应了一声，伸手推开门，往里面看了看，回头问："只有我一个人住吗？"

竹叶点头："是的。"顿了顿，他又继续说，"公子的房间便在不远处。若是没有公子的允许，你不要随便闯进去，因为公子不喜欢别人随便进他的房间。"

"哦。"

既然裴瑾之不喜欢别人进他的房间，那竹叶为什么还要安排她到这个地方来住着呢？万一她以后一不小心进错了房间怎么办？

挽碧的疑惑还没有问出口，便听到竹叶说："我不能离开书房太久，现在要回去了，你是在这里，还是想去别的地方？"

"我跟你一起过去吧。"

"好。"

裴瑾之的书房外，有好几个侍卫守着。

竹叶过来之后直接进了书房隔壁的房间里，挽碧跟在他的身后，看到房

第八章·竹叶劝说

间内类似于书房的摆设,笑着问竹叶:"这是你的书房吗?"

竹叶微笑:"可以说是,也可以说不是。"

"啊?"

"公子办公的时候,我会在这里,这样公子有什么需要的时候,我可以及时帮上忙。公子不在书房的时候,我也不在这里。"竹叶耐心地详细解释。

挽碧点点头。

"那我以后要做什么?"

"这个得看公子的意思,等于大人走后,我帮你问问吧。"

这么多年来,公子的身边一直都是他一个人在服侍。现在挽碧进府里来了,公子还允许她出入书房,竹叶想了想,他还真的想不出来府里有什么事务是比较适合她的。莫非跟他一样,在书房外伺候?

可是这里的事务他一个人已绰绰有余了。

"对了,竹叶,你这里有没有《三字经》?"

"《三字经》?"竹叶有些疑惑,"你找这本书做什么?"

挽碧不好意思地笑了笑:"我最近在认字,《三字经》里面的字还没有认完。"

离开安府的时候,她什么都没带走。

本来是想带走那本书的,但是想到这些本来就不是自己的东西,她内心挣扎了一番后,决定空手离开。

虽然离开了安府,但是安瑜说过认字贵在积累。现在回到了裴府,她要努力把这件事坚持下去。

听了挽碧的缘由,竹叶笑了:"你要认字,没有《三字经》也是没有关系的,我这里有几本书,你把里面的字全部认下来,也就差不多了。"

"这样啊,好的。"

竹叶随手拿出来几本书:"这里有几本书,你想要先学哪一本?"

挽碧的目光从书页上掠过,在最后一本书上凝滞了目光。她伸出手来指了指:"这一本。"

竹叶拿起来一看,是《千字文》。他挑了挑眉,问:"你确定要学这一本?"

挽碧认真地点点头:"我要学一千个字。"

竹叶被她的话语逗笑了:"这理由好。"

挽碧手里抓着书本,看起来很高兴:"竹叶,你会教我认字吗?"

竹叶点头:"可以,你有不会的,就问我。"

"真的吗？你真好。"挽碧微笑，脸上带着感激。

挽碧本来就漂亮，眼下这么一笑，她的眼睛微微眯起，让人不由自主地想起了冬日里晒太阳的猫儿眼睛，看久了，整个人都好像陷进去了。

竹叶努力地使自己回过神来，然后不自然地把视线转移到别的地方："嗯，不用谢。"

临近的书房里。

裴瑾之坐姿慵懒地靠在椅背上："我从安相那里得来的消息便是这样的，至于有没有用，你自己思量。"

当年的余家幼子，正是眼前的于临安。

于临安点了点头，脸上再无平常的嬉闹之色，他庄重地拱手道："我欠你一个人情。"

裴瑾之没有说话。

良久，一句话打破了书房里的安静。

裴瑾之支着额："那你打算以后怎么办？"

于临安闭了一下眼睛又睁开，眼睛里浮起了一抹平和的笑意："不怎么办。"

"怎么说？"

于临安比了个手势："也就是说，保持现状，不做任何改变。"

"理由。"

于临安的神色间浮起了一片温柔："事情都已经过去了。我现在很好，而且，我也已经不是一个人了。"

虽然不能任意妄为了，但是比起那些无牵无挂的一时冲动，他心甘情愿地画地为牢，只为了守护自己心中最重要的人。

"以前，还没有遇见她的时候，我一直在寻求真相。我的生活，除了在朝为官，其余的时间都花在了这件事上。后来遇见她，在某一天里，我突然明白，原来生活是由自己选择的。你希望生活是怎样的，它就是怎样的。

"当年侥幸逃脱以后，在遇到她之前，我从不曾知道什么是快乐；但是遇见她以后，我才懂得。此刻拥有的，都是珍贵的。我不想失去它，所以，我愿意放下。

"再说了，安相这个人，虽然与你的政见不合，对你也构不成什么威胁。晋王拿他来与你分权，于我方来说，却是有利的，你又何必在意？"

裴瑾之凝视了于临安一会儿，笑了笑："你做主就好。"

"时间差不多了,我先回去了。"于临安站起来往外走,走了几步后,他又回过头来,"虽说你有自己的主张,但是身边有个知冷知热的人,总好过自己一个人。"

裴瑾之微微扯了一下嘴角,四两拨千斤地回了句:"我身边不是有竹叶了?"

于临安无奈地笑了笑:"你说是就是吧。"

"成亲真的有那么好?迟归了会被妻子罚跪搓衣板,难得休沐也不能自由自在地做些自己喜欢的事情。"

于临安的脚步突然趔趄了一下,他回过头来,脸上的神情有些复杂。

他张张嘴似乎想说些什么,最后只是摆了摆手:"罢了,现在说了你也不明白。日后你成亲了,不,日后你若是遇到了你喜欢的女子,你便能了解其中的滋味了。"

撇下一脸深沉思考的好友,于临安走出书房,路过隔壁房间的时候,看到挽碧和竹叶两个人正凑得很近。他轻咳了一声,然后看到两个人不约而同地抬起头来看他。

他笑了笑,转身离开。

第九章
红袖墨迹

书房里,裴瑾之难得发了一会儿呆。想起于临安在临近离开的时候说的那一句话,他轻笑了一声。

成了亲的男人,思维都会变成这样吗?于临安现在看他的表情,活像是个担忧自家闺女嫁不出去的长辈。

放下手里的羊毫,裴瑾之朝外唤了一声:"竹叶。"

门外并无动静。裴瑾之等了一会儿,依旧没动静。

竹叶跑到哪里去了?往日里他一唤,他总会以最快的速度出现在他的面前。裴瑾之微微抿唇,提高了声音:"竹叶。"

这次没过多久,竹叶便在门外敲门了:"公子,何事?"

"晚膳。"裴瑾之揉揉眉心,惜字如金。

"好的,我这就去厨房,公子稍等。"

挽碧靠在门框处,把裴瑾之和竹叶的对话听得清清楚楚。得知竹叶要去厨房的时候,她放下手里的书本:"我和你一起去吧。"

竹叶摇头:"不用了,我自己一个人去就好。"

"那你什么时候用晚膳呢?"

"等公子用膳完毕后,我再用。"

"在哪里用?"

"这里。"

"好吧,那我在这里等你。"

"嗯。"

竹叶把晚膳端到书房里的时候,想起隔壁的挽碧,于是问了一句:"公子,挽碧她应该如何安置?"

裴瑾之想了想:"让她到书房里来就好。"

其实他也不知道应该怎么安置挽碧。非人,性情又未知,这本是危险,奈何也是没有办法的办法。

虽然照目前来看,她并无伤人害人之举,难保她以后不会做出什么来,还是把她安置在自己的眼皮底下子好一些。

虽然预想到会是这样的答案,但是当这种答案从向来不近女色的自家公子嘴里说出来的时候,竹叶还是稍稍地惊讶了一下:"是。"

"那用完晚膳后,我让她到书房里来伺候。"

"好。"虽然不用进食她也可以生存,但是在安府待了一段时间,挽碧已经习惯了每天的三膳。

当竹叶端着晚膳过来的时候,挽碧惊喜地迎了上去。

饭菜落桌,她发现,裴府的饭菜和安府的饭菜相比,除了卖相好一点儿,还多了一样菜。

挽碧惊奇地把这个发现告诉竹叶的时候,竹叶的脸上几分好笑,几分无奈:"挽碧,听说过食不言寝不语吗?"

挽碧真诚地摇了摇头。

竹叶说:"这句话的意思是用膳和睡觉的时候,不要说话。"

挽碧说:"哦。"

瞥见挽碧脸上略微有些僵硬的笑容和听到她低落下去的语气,明明是在讲道理的竹叶,心里却感到一丝愧疚。挽碧本来是那么高兴的,可是他讲的那句话,好像有些打击她了。

竹叶凝眉思索,最终叹了一口气:"挽碧,在我面前,你自然是可以无拘无束的,但是在别人面前,你就需要谨言慎行,否则犯错了可是要被惩罚的。"

挽碧认真地点了点头:"我知道了。"

她的语气还是很低落,竹叶瞬间有些头疼,又不知道应该怎么去安抚她,只好欲语还休地多看了她几眼,最后发现自己想不出什么适合的话来,才默默地低头吃饭。

用过晚膳,挽碧手里拿着那本《千字文》去了裴瑾之的书房。

裴瑾之看到她手里拿着书的时候,好看的剑眉挑了挑:"看书还是认字?"

"两者都有。"

裴瑾之伸手指了一下他用来待客的桌椅:"以后你若在书房里,便乖乖地坐到那里去。"

"哦。"

"没什么事情，最好不要四处走动。"

"好。"

"那我需要做什么？"总不能一直坐在那里吧？

"坐着就好。"

"可是长时间坐着会很累的。"

"允许你一个时辰走动一次。"

"一个时辰？我怎么知道时间呢？"

"你自己把握。"

"哦。"

"还有什么想要问的吗？"裴瑾之一副耐心即将宣布告罄的模样。

挽碧轻咬了一下嘴唇，有些犹豫："我最近在认字，遇到不认识的字，你可以教一下我怎么读吗？"

裴瑾之的眼睛微微眯起："你说什么？"

他怎么反应那么大？

挽碧吐吐舌头："你若是不愿意就算了，我可以找竹叶的。但是如果我找竹叶教我，我可能就没有办法保持一个时辰走动一次了。"

裴瑾之没有任何表示，挽碧自动把他的反应归结为让她去找竹叶请教。

窗外的天色已经暗下来，书房里被竹叶掌了灯。虽然亮堂了，但是挽碧所坐的地方，光线却是不够充足的。她低头看了一会儿书，眼睛便有些累了。

伸手揉了揉发涩的眼睛，挽碧习惯性地想要描摹书上的字的时候，发现自己并没有把隔壁的笔墨纸砚带过来。她站起来，想要去拿，小腿却不小心撞到了凳子上，疼得她倒吸了一口气。

用手揉了揉痛处，挽碧感觉有道目光落在自己的身上。抬眼看去，裴瑾之眼神淡漠地看了她一眼，然后又低下了头。

嗯，感觉他好像又有点儿不大高兴。

挽碧想不明白了，裴瑾之看起来真的好讨厌她。她的一举一动，无论好坏，他似乎都看不顺眼，对她的表情永远只有两种，不是面无表情就是皱眉。

既然如此，他又何必把她安置在书房里呢，来个眼不见为净岂不是更好吗？看起来那么聪明的人，不会连这点儿道理都不懂吧？

挽碧去隔壁的时候，竹叶也正拿着一本书在看。

第九章·红袖墨迹

灯光映衬着竹叶的眉眼,挽碧突然发现,竹叶长得也挺好看的。

竹叶的眼神没有裴瑾之的锋利,她见了他那么多次,他的眼神自始至终都是很平和的,会让人不由自主地放松,反观在裴瑾之面前,她时时刻刻都得把心提起来。

察觉到有人,竹叶抬起头来,见是挽碧,他的眼睛里掠过了一丝了然。

"怎么了?哪个字不会读了?"

挽碧连忙把手里的书放到了竹叶的面前,然后伸出手指指向那几个自己不会读的字。

"日月盈昃,星宿列张。"竹叶念了一遍,"刚刚不是教过你了吗?"

挽碧的脸颊顿时浮上了一丝微红,声音弱弱地道:"我忘记了。"

竹叶微笑:"没关系,那这句话的意思还记得吗?"

挽碧歪着头想了想:"就是说,太阳升起了又落下,月亮圆满了又变瘦了,星星铺列在天空中。"

"哈哈哈!"竹叶爽朗大笑。

挽碧道:"啊?我说错了吗?"

竹叶摇摇头,但是还是掩盖不住嘴边的笑:"不算错,大体就是这样的意思。"

挽碧不明白,既然她说对了,他为什么会露出像是听到了什么很好笑的事情的表情呢?

看见挽碧的脸涨红了,竹叶把手指蜷起来放在嘴边轻咳了一声,然后说:"应该说是月满了又缺,不是瘦了,不过月亮圆圆的时候,看起来确实是有些胖的,所以不圆的时候也可以说是瘦的。"

"哦。"

"还有哪一句不会读?"

"这个。"

"嗯,海咸河淡,鳞潜羽翔。这一句的意思是,海水是咸的,河水是淡的,淡也就是不咸,我们平常喝的水,没有味道的,也就是淡水。接下来的意思是,鱼儿在水中潜游,鸟儿在空中飞翔。"

"哦。"

"还有不会读的吗?"

挽碧摇摇头:"暂时没有了。"

"嗯。"

"你这里有多余的笔墨纸砚吗？我想写字。"

"没有多余的，要不你在这里写吧，遇到不认识的，我可以立即告诉你。"

"啊，也好。"

隔壁书房里。

裴瑾之看着桌面上的折子，手里的紫毫已经悬停在上方有一段时间了，墨汁在笔尖凝结成滴，只要微微一晃，便会弄脏桌面上的折子。

自从听到隔壁传来的声音，他的注意力便没办法长时间凝聚。虽然他们只是在讨论《千字文》的内容，但是不知为何，他的心情变得有些烦躁。

"啪嗒。"紫毫搁置在笔架上的时候，发出了清脆的一声响。

裴瑾之沉了声音："竹叶。"

隔壁的声音静了一瞬，然后竹叶的声音在书房门外响起："公子，有何吩咐？"

"你们太吵。"

竹叶说："是。我会注意的，下不为例。"

"嗯。"

"公子，还有何吩咐？"

"无事。"

隔壁果然安静下来了。

裴瑾之满意地点点头，重新拿起了笔，但是没过多久，他又听到隔壁响起了窸窸窣窣的声音。那声音就像是他们在压低声音说话。

刚刚好不容易压下去的浮躁又起来了，裴瑾之再次搁下毛笔。目光往书架后面的那堵墙看去，听着那些让人烦扰但又听不清楚其中内容的声音时，他抿了抿唇。

到底有什么好说的？说了那么久还不停止？

竹叶本来是正在哈哈大笑的，但是因为自家公子叮嘱过他不能太吵，所以他哈哈大笑的时候，只有表情没有声音，整个人看起来有些夸张。

竹叶之所以会笑，是因为挽碧在读的时候，理所当然地把自己想到的意思说出来了，可是她认为的意思与正确的意思差了十万八千里。

他正笑着，在看到门外的来人时，表情突然变得更加夸张和僵硬。因为，门外，裴瑾之正面无表情地看着他。

第九章：红袖墨迹

公子他，怎么突然过来了？

挽碧背对着门口，所以并不知道裴瑾之正站在她的身后。但是她察觉到竹叶的表情有些怪异，所以也回头看了一眼，正好看到裴瑾之定定地落在她身上的目光。

他的眼神，是那种让人一眼看上去觉得只有淡漠的眼神，又无端给人一种他在生气的感觉。她吞了吞口水，默默地往旁边挪了挪。

裴瑾之突然过来，是来找竹叶的吧？

谁知道裴瑾之只是淡淡地看了他们一眼，然后把目光定在了她的身上："跟我去书房。"

"啊？"不是应该来找竹叶的吗？

裴瑾之的脸色沉下来："不要让我再说第二遍。"说完便转身走了。

挽碧目瞪口呆了一会儿，抬头去看竹叶，发现他的脸色也有些不好，也不知是想到了什么，所以吓得脸都发白了。

默默地收拾了桌子上的书本，挽碧清了清嗓子："那我先过去了。"

竹叶连笑容都挤不出来了："好。"

看着挽碧的身影消失在门口，竹叶坐在椅子上，后知后觉地发现自己竟然出了一身冷汗。

刚刚公子的表情太可怕了，在那样的目光之下，他整个人都好像处于一种重压之下，身子处于极为紧绷的状态之中，无论如何都放松不下来。

刚刚他在和挽碧讨论，可能是发出来的声音影响到了隔壁的公子，所以公子才会忍不住走过来的吧？

走过来后，公子却不责备他，而是直接把挽碧给叫走了，这些表现是不是说明，公子他其实是喜欢挽碧的呢？可是他和挽碧的身份差距实在太悬殊了。

公子突然不悦，是因为他的越矩，然后公子在心里吃味了？

所以公子才忍不住走过来？

竹叶抹了抹额头上的冷汗，脑海里想起刚刚公子露出来的那个表情，他心有余悸地轻舒了一口气，看来，以后他还是和挽碧保持距离比较好。

书房里，挽碧正襟危坐有好一会儿了。但是裴瑾之自她进来之后，便把她视若空气，连一个眼神都吝于给她。

挽碧撇撇嘴，翻了一下书，想起自己又把笔墨纸砚落在隔壁了。瞄了一眼裴瑾之的桌面，毛笔架子上面有很多毛笔，挽碧的眼睛亮了亮。

她忍不住站起来，几步走到了书桌前，微探着身子："那个，可以借我一支毛笔吗？"

她的声音小小的，带着点儿期盼，又带着丝小心翼翼，这让裴瑾之正在书写的流畅笔势微微一滞。

掩下眼眸里微微复杂的情绪，裴瑾之抬起头来，嘴边勾出一个微冷的弧度："你说什么？"

挽碧身子一僵："借我一支毛笔好不好？我想写字。"

裴瑾之冷笑："你确定那是借？"

挽碧愣了一下。

"忘记了，上次谁把我的毛笔弄得像把破扫帚一样的？"裴瑾之继续冷笑。

挽碧低头不敢看他的眼神："我、我又不是故意的。"

"呵呵。"

"真的，你相信我。我那时候不会写字，但是我现在已经会写了。你借给我，我绝对不会再把笔弄坏了。"

裴瑾之沉默。

挽碧可怜巴巴地看着他。

一会儿，裴瑾之伸手揉了揉眉心，用有些头疼的语气道："毛笔架子上，左手第一支。"

这是答应把笔借给她了？挽碧露出了一个大大的笑容："谢谢你。"

裴瑾之盯着她的笑容看了一会儿，默默地垂下了眼睑。

笑什么笑，看起来傻傻的。

拿到笔之后，还需要纸，挽碧调整了一下表情，再接再厉："大人，我还需要一张纸。"

来裴府这段时间，挽碧发现自己如果称呼裴瑾之为"公子"的话，心里会有种怪怪的感觉，大概是因为"公子"是先前对于安瑜的称呼。虽然她其实也很少称呼安瑜为公子。

现在在裴府，竹叶也让她叫裴瑾之"公子"，但是想来想去，挽碧还是觉得"大人"这个称呼是最好听的，更重要的是，府里的人都是这么称呼裴瑾之的。

裴瑾之眉目不动，但是这次很快就松口了："书桌右上角，有一沓纸被

一本书压着。"

挽碧走过去,抽出了一张纸。

还差墨汁,但书房里只有一砚墨。

"大人,我可以用一些你的墨水吗?"挽碧眨了眨眼睛。

笔和纸都给了,也不差这点儿墨了,裴瑾之淡淡地应了声:"嗯。"

还需要镇纸。

挽碧斟酌了一下,决定不问裴瑾之要了。

虽然他现在表情很平静,难保他不是表情越平静,内心里的不耐越是水涨船高的那种,她要适可而止,免得惹恼他。

小心地在砚台里蘸了墨,挽碧兴致勃勃地抓着毛笔想要到桌边去写字的时候,笔尖的墨滴突然滴落下来。

"滴答。"

一声细响突然在书房内响起。

挽碧回头看去,折子上一点大大的墨痕正逐渐地漫延扩大。

裴瑾之看着那滴墨慢慢地渗入摊开的折子里,把那一小片地方的字迹慢慢遮掩。他闭了闭眼睛,抬头看到挽碧一脸怔愣和略显得有些可怜的神情,心里本来有一股火,又不知道为何发不出来。

罢了,他和一个不谙世事的妖怪计较些什么呢?他伸手揉揉眉心,语气中带上了罕见的疲惫之意:"收起你的表情,下不为例。"

挽碧惊讶道:"啊?"

她是什么表情?

"太傻了,看起来就像个傻子。"

挽碧无言以对,他居然这样说她。

挽碧回到自己的座位上,拿着毛笔写了几个字后,毛笔便写不出字来了,因为墨用光了。

想起上次,她之所以会把裴瑾之的毛笔弄得像把破扫帚一样,完全是因为她尚未掌握用笔的方法,加之她也不大懂写字的时候是要适当加墨的,所以她总是蘸墨之后一次写到底,如此十几下后,才会把裴瑾之的笔给用废了。

眼下毛笔没有墨汁了,挽碧看了一眼对面面无表情的男人,犹豫了一下,在心里默默地打消了要去蘸墨的想法。

虽然她很想写字,要是再把裴瑾之的折子弄脏,裴瑾之肯定不会像刚刚那么好说话了。

正想着，裴瑾之突然抬起了头，语气硬邦邦的，听不出来什么情绪："看着我做什么？你是指望我来给你添墨吗？要添自己过来添。"

"哦。"

这是允许她过去添墨的意思？他就不怕自己再弄脏了他的折子？

咦，他是怎么知道她要添墨的？

她还在犹豫着，裴瑾之又抬起头："过来添墨的时候，顺便磨一下墨，墨汁刚刚被你用光了。"

"哦。"

这次挽碧没有想太多的时间，她直接走了过去，把毛笔搁置在笔架上放好，然后拿起砚台开始磨墨。这是挽碧第一次磨墨，所以她有些好奇。

把手里的砚台打圈转了很多圈，她玩得正开心的时候，裴瑾之的声音突然在旁边响起来："要加水的。"

"哦，水在哪里？"

"你的左手边。"

旁边有个小杯子。挽碧拿起来，往里面倒水。

她也不知道要倒多少，于是就随便一倒。

裴瑾之拉下了俊脸："水太多了。"

挽碧低头看去，发现她刚刚磨出来的墨，被水一冲，变成了灰色？

"那应该怎么办？"她有些手足无措。

裴瑾之感觉到头又开始隐隐作痛了："继续磨。"

"哦。"

磨了一会儿后，挽碧惊奇地发现砚台里的墨开始凝固了。

"咦？怎么会这样？"

裴瑾之瞄了瞄，抿了抿唇。

她知道那一块砚有多贵吗？就这么粗放地磨来磨去。

"放下。"

"嗯？"

"让你放下！"

看他又生气了，挽碧吓了一跳，立即丢下了手里的砚台。

正巧她这么一丢，砚台里几滴墨汁飞溅出来，落在桌面上，还有几滴落

在了裴瑾之的手背上。

裴瑾之又开始黑脸了。挽碧心里一惊,连忙伸手去抹裴瑾之的手背,没想到越抹越黑,本来只是几点黑色,现在却是一大片了。

挽碧震惊地看着眼前的一幕,有些不敢置信,她刚才都做了些什么?

她抬头,裴瑾之的脸色是从未有过的难看。

挽碧默默地后退了一步,讪讪一笑:"我不知道,会是这样的。"

刚刚她很心急,手就直接抹上去了,现在她的手里也是一片漆黑。

"你!"裴瑾之气极。

挽碧讪讪地为自己辩解:"我的手心也全黑了。"

她也没有怪他,他用得着那么生气吗?

裴瑾之脸色不善地扫了她一眼:"你说什么?"

挽碧撇撇嘴,心里却在嘀咕:明明就是,他也太小气了。

"竹叶。"

竹叶在门外应了一声:"公子有何吩咐。"

"打一盆温水来。"

"好。"

温水不多时就被竹叶端进来了。

裴瑾之挽起袖子走到水盆前的时候,挽碧也默默地跟了上去。

突然发现了什么,竹叶惊呼:"公子,你的手背怎么沾了那么多的墨?"

裴瑾之没有说话,只是弯腰洗手。水盆里的水很快被染成了灰色。

看见公子没理他,竹叶又把目光转向挽碧。挽碧有些心虚地低下了头。

裴瑾之很快直起了腰。

挽碧走上前去,看了看水盆里水的颜色,本来想要洗手的,却又默默地后退了一步。

"竹叶,"挽碧伸出自己黑黑的手心在竹叶面前晃了晃,"我的手也脏了。"

竹叶犹豫地看了一眼自家公子。

裴瑾之也看着那盆灰色的水皱眉:"再打一盆水来,没洗干净。"

"是。"竹叶应了声,匆匆地离开了书房。

挽碧看着竹叶的背景,想着刚刚竹叶是不是没有答应自己的要求。

她有些失落。竹叶对她的态度好像和以前不一样了。但是具体哪里不一样,她又没有办法准确地说出来。到底发生了什么事情呢?

竹叶很快端来了第二盆水。

裴瑾之洗干净手,接过竹叶递过来的巾帕,擦干手后又直接回到了书桌后面。

挽碧眼巴巴地看了那盆水一眼,又看向竹叶:"竹叶,你可以带我去洗手吗?"

竹叶脸上有些难为。

但是他背对着裴瑾之向她使了一个眼色后,挽碧久久都没有明白过来其中的含义。他只好开口问道:"怎么了?"

竹叶有些急了,只好做嘴型:"问公子。"

"啊?"挽碧还是没有明白。

"带她去洗手吧。"身后突然传来了一句淡淡的声音。

挽碧惊讶道:"啊?"

竹叶却舒展了眉头:"跟我来吧。"

"哦。"

一路往厨房去的时候,竹叶端着水盆走在面前,挽碧张着自己黑乎乎的手掌跟在他的身后。

走到一半的时候,竹叶突然与她并肩走了,不但如此,和她说话的时候语气还很严肃:"挽碧,你刚刚在书房里对公子做了什么?"

对公子做了什么?挽碧挥了挥自己的手掌:"磨墨的时候,我不小心把墨溅到他的手背上了,情急之下,我就用手给他擦了,没想到越擦越黑。不但他的手背全黑了,我的手掌也黑了。"

说到这里,挽碧突然觉得自己真的像裴瑾之说的那样,有些"傻"。

竹叶忍俊不禁,随即敛起了笑容,一脸震惊地看着她。

他记得自家公子明明是有洁癖的啊。挽碧,碰了他?怪不得刚才开门进去的时候,公子的脸色那样差了。

瞧竹叶脸色不对,挽碧的心里也有些不安起来:"怎么了?"

竹叶欲语还休地看了她一眼,想了想,觉得有必要提醒一下眼前的这个傻姑娘:"公子有洁癖。"

"洁癖?"

"就是,公子不喜欢别人碰他。"

"哦。"

第九章 红袖墨迹

"以后你在书房里，就算公子要求你帮他磨墨、拿书什么的，你也最好小心一点儿，不要碰到他。"

"哦。"

原来裴瑾之不但脾气不好，还有这种奇怪的癖好，果然是一个奇怪的人。

厨房到了。竹叶拿了热水给挽碧洗干净双手，然后两个人一起往回走。走着走着，挽碧突然偏头看了竹叶一眼："竹叶，你跟在大人身边多久了？"

竹叶轻笑："我打小就跟在公子的身边了。"

"啊？"挽碧惊讶地睁大眼睛，"打小？那你岂不是和湄葙一样？"

"湄葙？"

"对啊，她是安瑜身边的侍女。我先前不是告诉你了吗？"

"好像是。"

"那你们的感情一定很好吧？"挽碧的眼神里隐隐带着些许的羡慕。

竹叶察觉到，笑了笑："是。虽然表面上看起来我只是公子的侍从，但是公子对我真的很好。"

"哦。"挽碧点点头。

竹叶突然伸手拍了拍挽碧的肩膀："不用灰心的，在公子身边待久了，你就知道公子的好了。"

挽碧说："为什么要待久了才知道他好不好啊？"

"因为日久见人心啊。"

"哦。"

"知道这句话什么意思吗？"

"时间长了，就可以看见人的心？"

"嗯。"

"竹叶，我突然有些害怕。"

"嗯？"

"把人的心取出来，人不是会死的吗？"挽碧的脸色隐隐发白。

"啊？怎么了？"竹叶的话语戛然而止。

突然想明白挽碧的意思后，他笑了出来："挽碧，你误会了，这句话里的心，不是人的心，而是指一个人的心地。"

"心地？"

"也就是这个人是不是好人，对你好不好这样的意思。"

"哦。"

两个人一路走一路聊，转眼就到了书房的门口，挽碧朝竹叶笑了笑，然后推门走了进去。

开门、关门的时候自然是有一些声响的，但是裴瑾之头也没抬，显然已经习惯了。

挽碧落座后才想起来自己的毛笔还在书桌的笔架上，于是她又走到书桌前，拿了笔，要转身的时候，突然想起自己刚刚给裴瑾之带来的麻烦，于是顿了顿，乖乖地开口道歉："对不起。"

裴瑾之没有抬头，但是轻轻地应了声。

挽碧看到这样，心里也慢慢高兴起来了。虽然不知道是不是真的如竹叶所说的那样，和一个人只有相处的时间长了，才能知道一个人的心，到底是不是好的。

裴瑾之应该不会太坏吧，至少，现在他接受了她的道歉，也没有刁难她。

挽碧高高兴兴地去认《千字文》上的字了。她没有注意到，裴瑾之自她转身后，便抬起头来，默默地看了她许久。

裴瑾之正认真地看着手里的书，突然感觉到对面的身影开始不安分起来。掩下眼底的暮色，他翻过一页书，没有理睬。

不一会儿后，眼角的余光里，他看到挽碧手里抱着一本书，一脸纠结地朝他走过来。

"大、大人？"她似乎有点儿怕他。

他没有抬头，但是看见她把书往他的方向推了推："我有几个字不会读。"

他看也不看，继续看自己的书："去找竹叶教你。"

"我找过了，可是竹叶好像不在。"

裴瑾之抿了抿唇，她的声音软软的，听起来像是在对谁撒娇一样。

她平常也是这样对竹叶说话的吗？难怪竹叶和她那么亲近。

"大人，你可以教我一下吗？"

桌面上的书又往前推了推。她的声音更加软了。

搁置在书本上的五指娇嫩白皙，一根一根的，像是上好的羊脂玉一般。

他的眼神在上面停留须臾，很快便移开："等竹叶回来再说。"

"哦。"有些可怜兮兮的声音。

这样的声音，有意，还是无意？

第九章·红袖墨迹

他的眼底一片幽深。

她收回书本，慢慢地转身，停止，又突然转过身来看他，一脸好奇和懵懂："大人，你是不是不会读？"

"嗯？"

"就是这一页上的几个字，你是不是不会读啊？"

"我会。"

"真的？"挽碧的目光里满是孤疑。

为什么她要怀疑他不会读？

她摆出一副努力思索的模样："竹叶和我说你很好的，既然你很好，就不会知道也不告诉我啊？"

裴瑾之沉默。就是不想告诉你又怎样？

终于想到了一个答案，挽碧的眼睛突然亮了亮。

然后她朝他露出了一个带有安慰性质的笑容："没关系，不知道也很正常，我到时候问了竹叶，再告诉你那几个字是怎么读的。"

第十章
红线缠腕

挽碧说完话,抱着书本准备到书房外看看竹叶回来了没有,却被身后的裴瑾之叫住:"过来。"

"嗯?"她回过头,"怎么了?"

裴瑾之满脸不悦,看着她的目光同样深沉到了极点:"哪个字不会读?"

"啊?"

"我来告诉你怎么读。"谁说他不会读的?

挽碧站着没动:"你会读?"

裴瑾之的声音像是从鼻子里发出来的:"嗯。"

"真的?"

"不想听就算了。"

他瞬间失去了耐心,自己刚刚肯定是魔怔了才会把她叫过来。

"想想想!"挽碧抱着书本小跑过去。

这次她没有停在书桌的边上,而是直接走到了他的身边。

心中想起竹叶的叮嘱,虽然此刻她站在了裴瑾之的身边,她还是刻意和他保留了两拳的距离。

她把书翻到做了标记的一页,伸出手指指着一个被毛笔笔尖点过的字:"我不会读这个。"

"碧。"

"意思是?"

"绿色。"

"什么是绿色?"

"你寄生的那块玉佩的颜色就是绿色。"

"啊,原来那种颜色就是绿色啊,真好看。"

裴瑾之无奈了，这是在拐着弯夸赞她自己吗？

"这个呢？"挽碧的手指又点上了另一个字。

"玉。"

"什么意思？"

裴瑾之看了一眼她："你的意思。"

"我？玉？"挽碧想了想，有些惊喜地看着他，"原来'碧玉'二字是这样写的啊。"

"你可以教我写一下我的名字吗？我还不会写。"

裴瑾之没有回应，但是拿起了毛笔，在一页空页上写了两个字。

在旁人看来，裴瑾之的字迹，笔锋尖锐有力，力透纸背却又不失行云流水般的潇洒，字体看上去非常大气。但是他遇上的是挽碧。

这就是她的名字？

挽碧略带兴奋地把那张纸拿起来，认真地看了一会儿后，又对照了一下书本上的字体，然后有些迷茫地抬头看裴瑾之："你写的，是我的名字吗？"

裴瑾之不解，他的字迹难道还不够明显？

挽碧依旧在疑惑："看起来不太像，啊，'碧'字我认出来了，旁边的这个字，是'挽'字？"

突然，挽碧摇了摇头："大人，你写的字好难看啊，我都看不清楚你是怎么把这个字写出来的，就不能好好地写字吗？"

她这是在说他写字写得丑？

裴瑾之的脸色顿时黑了下来。他一把把她手里的纸张抽过来，语气冷冷的，一字一句就像冰凌一样朝她扔了过来："既然嫌我的字丑，那你就不要看了。"

挽碧呆呆地站着，不明白裴瑾之怎么突然变了脸色。她低头看了一眼空空的手心，然后脸上浮起了一丝莫名其妙："你怎么生气了？"

裴瑾之不知道该说什么了。

眼前的这个女子真的是妖怪吗？记得她曾说她睡了三百多年？岁数都那么大了，为何还像个不谙世事的稚童，连他生气不生气都不知道？

裴瑾之想想便觉得心里有些恼火，这世上真的有这么蠢的妖怪吗？

挽碧见裴瑾之神色不定，心里也无端地生出了几分怯意。

这样情绪不定的人，到底是怎么坐到丞相的位置上的？

竹叶说那是一个一人之上、万人之下的位置，地位很高，所以，裴瑾之到底凭着什么才能坐到那个那么厉害的位置上的？

凭着这种坏脾气吗？

裴瑾之本来就生气，看到挽碧看着他，那目光里满满的都是打量和好奇，他心里更气了。

他合上桌面上的书，努力地维持着声音的稳定："回你的位子上坐好。"

挽碧伸手去拿书，半途又定住："可是我还有字没认。"

话没说完，被裴瑾之语气不好地打断了："等竹叶回来。"

"哦。"

裴瑾之不愿教她认字了，这说明他生气了。挽碧抱着书，还不想走："大人，你是不是生我气了？"

裴瑾之面无表情："没有。"

挽碧脸上的表情更加疑惑了："既然没有生气，那你为什么不愿意教我认字了？"

"我还有公务要处理。"裴瑾之找了一个连自己都不大愿意相信的理由。

挽碧点头："可是你的神色看起来就是在生气啊。"

裴瑾之有些不耐烦地说："你好吵。"

"是因为我吵，所以大人你才生气了，才不愿意继续教我认字吗？"

裴瑾之没说话。

"大人，你不要生气，继续教我认字好不好？"

挽碧把声音放柔放软，可怜兮兮地看着坐在书桌后面散发着强大的"我在生气"的气势的男人。

话音刚落，裴瑾之便飞过来一个凌厉的眼神："你给我闭嘴！"

挽碧吓了一跳，裴瑾之突然又对她那么凶，好恐怖。带着一腔莫名其妙的感觉回到自己的座位，挽碧时不时抬眼看看埋首于公务的男人。

论外貌，裴瑾之自然要比竹叶好看很多。只是，论相处，她更加喜欢和竹叶待在一起。

竹叶给人的感觉往往是十里春风，而裴瑾之给人的感觉像是千里冰封。翻着手里的书本，挽碧轻叹了一口气。不知道竹叶什么时候回来。书本上的字不会读，她完全没有心思看下文了。

不过，竹叶说裴瑾之是个好人。刚刚裴瑾之突然生气了，是因为她说错什么话，惹恼了他吗？

第十章·红线缠腕

可是裴瑾之说他没有生气啊。

他不教他认字,是因为他要处理公务,可他明明就是一副很生气的样子,这真是个难以捉摸的男人。

挽碧觉得自己有些混乱了。

裴瑾之给她的感觉好复杂,很难看懂他的心里在想些什么。

书房里沉默了一会儿。

当裴瑾之看完并合上一本折子的时候,挽碧正苦着一张脸,看着书本的眼神有些苦大仇深。

她手里握着毛笔,无意中把自己的脸弄得脏兮兮的,脸颊上有几块或深或浅的墨痕,手上也是,墨迹已经干了,她丝毫没有察觉到,依旧在直愣愣地盯着书本。

一瞬间,他不知为什么,就有些心软了。

直到走近她的身边,看到她意外的目光时,他才惊觉自己到底做了什么。他本来想装作无意间走过她的身边,却看到她仰头对他笑了。

这一笑,让他的心神微微地有些恍惚。不受控制地,他听到了自己的声音不由自主地响起:"哪个字不会读?"

她喜出望外:"这个!"

"墨。毛笔上沾着的就是墨。"

"这个!"

"悲。悲伤,就是不快乐。"

"这个。"

"丝。发丝,很小的一条条的东西,你的头发就是。"

十几个字后。

"这个呢?"

"还有?"裴瑾之挑眉。

"嗯,最后一个了。"挽碧满脸堆笑。

"川。河流。"

"嗯,还有这个。"

裴瑾之甩袖就要走,挽碧连忙伸手拉住了他。

"我保证,这真的是最后一个字了。"

裴瑾之冷笑:"你这句话说了很多次了。"

"真的，你再相信我一次。"

裴瑾之没有作声，目光落在自己的袖子上。挽碧循着他的视线看去，连忙松手，放开了他的袖子。

她抬头看他的脸色，依旧是面无表情，应该是没有生气吧？

"哪个字？"他的表情已有不耐。

"这个。"手指点了点。

"渊。"

"嗯。"手指又往旁边移了移。

"不知道。"

"不知道？可是这只有一个字啊，怎么会有三个音的？不是说一个字对应一个音吗？"

"你好烦。"

"啊？怎么又变成'你好烦'了？"

"你闭嘴！"

"这里只有一个字。"

"滚！"

"啊？原来这个字读'滚'啊。"

裴瑾之一时语塞。

"我不喜欢这个字，感觉太粗鲁了，我可以不学这个字吗？"

"你给我闭嘴！"

终于醒悟过来的挽碧说："哦。"

不知过了多久，裴瑾之从公务中回过神来的时候，抬眼看去，书房里只剩下他一个人了。她呢？

处理公务期间，他并没有听到书房门被拉开的声音，所以，按照常理来说，她应该还在书房里。只是书房里，不见了她的身影。

裴瑾之的目光落到了书桌角落里的那一方紫檀木盒上。

她是回去盒子里了吗？

握着毛笔的手指突然收紧，裴瑾之微微低垂下眉睫。

看见她那样笨拙的模样，真的很难让他想起她是一个妖怪。但是，她真的是一个妖怪。

他突然轻笑了一声。

看那些鬼神传说的时候，他总觉得那些妖怪很厉害。可是挽碧是个实实在在的反例。

他莫名地想到了一个笑话。

"知道这世界上的妖怪为什么越来越少了吗？"

"因为它们中的大多数都笨死了。"

天色将近破晓。

挽碧打开房门，看见竹叶正匆匆地从自己的面前走过。

她小跑着跟上去："竹叶，你要去哪里啊？"

竹叶回头看她，似一愣，然后像突然想起来她的存在一般，说："公子要去上早朝，正在房间里用早膳，你和我一起到跟前伺候吧。"

"哦。"

"走快一点儿。"

"好。"

等挽碧和竹叶气喘吁吁地赶到裴瑾之的房间时，裴瑾之已经放下了手里的勺子。

一眼看过去，即使是在用早膳，裴瑾之的坐姿亦如在书房时端正优雅。此时他正在用一块手帕擦嘴，虽然面无表情，但是长得好看的人，果然做什么事情都好看啊。

不多时，裴瑾之站了起来，走出房门，往前厅的方向去了。挽碧和竹叶紧随其后。一路出了裴府，绕过几道笔直的巷子，挽碧惊讶地看着眼前那一条笔直宽敞的大道，还有那些行走在大道上的穿着各色官服的人。

他们都往同一个方向而去，这是什么情况？

"挽碧，你发什么呆啊？"一句问话把挽碧从怔愣中惊醒过来。

挽碧定睛一看，竹叶已在她几十米开外，双手正搭成喇叭状朝她喊话。

她连忙赶上去，走近了，才发现看不到裴瑾之的身影了。

竹叶站在原地不动："我们就在这里等公子吧。最多一个时辰，公子就出来了。"

"哦。"

挽碧有些好奇地看着四周的一切，心里涌上一种既熟悉又陌生的感觉。

来往的人，摆摊的小贩，齐列的店铺，许久以前，她也是被摆在货架上的货物。如果没有裴姓主人的慧眼识珠，她此刻也许是另外的一种光景了。

"挽碧，你还没用早膳吧？反正在这里等着也是闲着，我带你去吃点儿东西？"竹叶突然提议。

挽碧惊喜地看了他一眼，点点头："好啊。"

"那你看看，有什么想吃的？"竹叶的手指指街道的两侧。

摊档太多，挽碧看得有些眼花缭乱。"有什么好吃的？"她还是第一次吃这些路边的东西。

"左边那一家的小馄饨还挺好吃的。"

"那就那一家吧。"

小馄饨被送上桌，挽碧看着热气腾腾的馄饨，凑上去闻了闻味道："挺好闻的。"

竹叶失笑，从筷子筒里拿出一对筷子给她："吃吧。"

"你不吃吗？"

"我在府里用过早膳了。"

"哦。"

挽碧不大会用筷子，每次捞着馄饨想放进嘴里的时候，筷子上的馄饨总是掉到汤汁里去，那姿势要多笨拙就有多笨拙。

竹叶在一旁忍俊不禁。挽碧听到了竹叶的笑声，有些气馁："这个筷子到底是怎么用的？"

竹叶拿过筷子，做了一个示范的动作。挽碧看了看，先是喜上眉梢，最后还是挫败地把筷子放下了："怎么看起来那么容易，做起来那么困难呢？"

竹叶轻笑一声："筷子以后再慢慢练习吧，馄饨再不吃就烂掉了。你用一根筷子戳着吃吧，这样比较容易一些，也不需要什么技巧。"

挽碧眼睛一亮，戳着吃？这样的方法多简单啊，她刚刚怎么没有想到呢？

顺利地戳到了一个小馄饨，挽碧低头吃了一口，然后笑了："好吃。"

竹叶也笑："当然好吃。这家小摊档，就连公子都时不时光顾一下。"

裴瑾之也会来这里吃馄饨？挽碧嘴里还塞着一个馄饨，说不出话来，此时的疑惑，她只是用眼神表达了一下。

竹叶是个聪明人，一看就懂，马上解释："小的时候，公子每次出府，如果肚子饿了，就来这里吃一碗小馄饨。这里的店主人很好，公子来的次数多了，他们认出来，给公子的馄饨比别人的多好几个，价钱还是一样的。

"相对于男店主的手艺，公子更喜欢女店主的。"竹叶的眼神看向坐在

摊档旁边的头发斑白的店主，道，"但是在前几年，这里的女店主去世了，只剩下男店主和他的儿子。公子念旧，还是时不时来这里一趟。"

念旧。

挽碧仔细思量着这个初次听到的词语，脑海里浮现出裴瑾之往日里那冷冰冰的样子，心头有种怪异的感觉掠过，这样的词语，感觉真的不大适合用在裴瑾之的身上。

一碗馄饨很快就见底了。挽碧放下筷子，才觉得有些不舒服。竹叶察觉到她的脸色有异，忙问："怎么了？"

挽碧也迷茫："不知道。"就是突然感觉有些不舒服。

竹叶看看她，又看看那一只空了的碗，笑得有些无奈："看来你是吃撑了。"

"吃撑了？"

"嗯。"竹叶点头，"没想到你这么娇小的人，居然能吃下这么多。"

听起来像夸奖，但是竹叶的表情又不像在夸她。那这句话到底是在夸她还是在损她？

吃完馄饨，站在宫门外又等了半个时辰，才看到裴瑾之从宫门里慢慢地走了出来。在他的身边，还有一大群身穿官服的人。

有几个人距离他比较近的，微弯着腰，似乎在认真地倾听着什么。

除了裴瑾之，全部是陌生的面孔。挽碧百无聊赖地收回目光，站在竹叶的身旁，等裴瑾之过来。

也不知道他们在讨论些什么，短短一段距离，裴瑾之愣是许久都没走过来。

挽碧出来的时候，天色微微破晓，现在太阳已经出来了。四周的环境可以看得更加清晰，站在街道上，四周并无遮蔽物，阳光渐渐地落在了挽碧的身上。

相对于日光，挽碧更喜欢月光。月光清凉幽洁，沐浴其中，就像被一股沁凉的气息包裹其中。

日光沐久了，让她感觉如在焦炉之中。

她并不是没有晒过阳光，但是从不曾像今天一样，感觉那么难受。

挽碧耷拉着头："竹叶，我们可以先回府吗？"

竹叶没有察觉到挽碧的异常，依旧紧盯着自家公子的身影："再等一下就好,公子和那些大臣有事要商,所以才会拖延一点儿时间,再等一下就好了。"

"可是我的头好晕。"挽碧的声音突然间变得很小很小。

竹叶没听清楚："你说什么？"

"头……晕。"

裴瑾之正低头听着身旁大臣的观点，突然感觉到身后的于临安拍了拍他的肩膀，语气有些着急："快看快看，你家的小侍女晕倒了。"

他抬眸看去，竹叶正半跪在地上，臂弯里躺着一个人。

裴瑾之眸色微动，看向身旁的大臣："此事再商。"

那大臣也后退了一步："是，左相走好。"

他匆匆地赶去的时候，于临安也在身后跟着。

"啧啧，你的临危不乱呢？怎么走那么快？"于临安笑着揶揄。

裴瑾之一个冷冷的眼风扫过去："当众被人围观，你觉得很好？"

于临安摸摸鼻子："我还以为你是在紧张你的那个小侍女呢。"

裴瑾之问："这和她有什么关系？"

于临安说："怎么没关系了？她可是进了你书房的。"

裴瑾之不想继续说下去了。

竹叶怔怔地看着躺在自己臂弯处的女子，不明白刚刚还是好好的，怎么突然之间她就晕倒了。

晕倒也算了，只是她的脸色苍白得有些吓人，连那唇上的血色也褪得干干净净的。

难道，她有什么不为人知的隐疾？

正想着，眼前的光芒突然被遮住了，他只觉得手里的重量一轻，抬头看去，挽碧已经被另外一个人抱了起来。

裴瑾之的神色淡淡的："我先带她回府上，你去请大夫。"话刚说完，他便抱着挽碧大步离开了。

竹叶怔怔地在原地看了一会儿，被旁人伸手在眼前晃了晃："现在可不是惊讶的时候，快去请大夫才是要紧事。"

竹叶回过神来："于、于大人？刚刚那是我家公子？"

于临安双手插进袖子里，笑着点了点头："是的，你没看错。所以，还不赶紧去请大夫？"

"是。"竹叶赶紧从地上站了起来。

看竹叶跑得飞快的身影，于临安缓缓一笑。看看天色，时间还早，不用

太早回家，还是去裴府看看热闹好了。

屋子隔绝了外面的热度，光线变得柔和起来。挽碧感觉好一些了，慢慢地睁开眼睛，发现裴瑾之正站在她的床边，一脸高深莫测地看着她。

在他的注视下，她的声音无端地开始结巴："怎、怎么了？"

裴瑾之看了她一眼："怎么回事？你不是妖怪吗？"妖怪居然也会晕倒？

"我不是的。"

"公子，大夫来了。"竹叶的声音在门外响起。

裴瑾之顿了一下，在桌边坐下："进来吧。"

小红绳再次绕上了手腕，挽碧看着胡子白花花的大夫先是皱眉，然后松眉，如此几番，还时不时地点点头。

挽碧疑惑，这是什么意思？

"并无大碍，只是有些中暑了。"大夫捋捋胡子，神色谨慎地开口。

竹叶目瞪口呆："可是，大夫，现在还不到午时。"

那点儿阳光，居然也能把人晒成中暑？

大夫继续捋胡子："虽然大多数的情况下，人会中暑是因为烈日的暴晒。但是这个姑娘的体质弱，在阳光下不用待太久也可以达到普通人中暑的程度。"

"竹叶，带大夫去开药吧。"沉默了许久的裴瑾之突然开口。

"好。"

竹叶和大夫都走出了房间后，裴瑾之的目光落在床上的人身上："继续说。"

挽碧一头雾水："说什么？"

裴瑾之微微皱眉："你不是妖怪吗？体质居然那么弱？"

挽碧不知道该怎么回答才好。

"嗯？"

"我不是妖怪。"

"在说什么呢？什么妖怪不妖怪的。"

房间的门突然被人推开，于临安笑眯眯地走了进来。

"你们在说什么？"

"你来做什么？"

虽然是好友，但是裴瑾之的语气里明显没有欢迎之意。

于临安早已习惯，知道那个人只是口硬心软，于是听过也就忘了。自顾自地走到挽碧的床前，他微微弯腰，笑如春风："怎么？感觉好些了吗？"

挽碧有些呆："你是在和我说话？"

于临安一瞬间有些哭笑不得："不和你说，难道是在和那座冰山说吗？"

冰山？指的是裴瑾之？还真形象。

挽碧点点头："我已经好多了，谢谢你。"

于临安笑了笑："不用谢。以后出门记得带把伞。"

"伞？"

"对，你没有吗？"

"没有。"

"你不是有月钱吗？可以到街上去买一把。"

"哦。"

"司寇大人，你就那么闲？"裴瑾之眉目之间有了些许的不耐烦。

于临安耸耸肩，面上虽然有些无奈，心里却忍不住发笑：真是小气鬼，不过是说了几句话而已，便沉不住气了。

"不闲，在下忙得很，我再说几句话就要走了。"于临安依旧笑容满面，"挽碧，那我先走了，有空来我们家玩。"

"哦。"

于临安走后，房间里恢复了安静。

挽碧从床上坐起来，手里还揪着被子："那个，我想买伞，现在能给我发月钱吗？"

裴瑾之放下手里的茶盏："找竹叶要就好。"

"继续说你刚才没有说完的话。"

"啊？哦。"

"我不是人。"

裴瑾之的眉心跳了跳，语气微冷："我知道，这不用你说。"

"我应该也不是妖怪。"

什么叫应该也不是？

"我好像是在修仙，修为够了，我就可以飞升成仙了。"

什么叫好像在修仙？

"你在修仙？那还要修多久才能成仙？"

总觉得她说的话不可信，可是想到自己可是亲眼看见她在书房里飞来飞去的，裴瑾之不得不强迫自己去相信这个有点儿荒谬的存在。

"本来还需要一年多的时间,但是我最近修行受阻了,也许还要更长的时间才可以。"挽碧回答得很认真。

裴瑾之眉目不抬:"哦。"

挽碧突然警惕地看着他:"你怎么突然问我这个问题?你打算把我赶出府?"

裴瑾之瞥了她一眼:"你若是不安分,我自然是要把你赶出府的。"

"我、我一直很安分啊。"

裴瑾之慢条斯理地喝了一口茶:"惹我生气也算不安分的一种。"

挽碧正想反驳,突然想起某些事情,最后只好乖乖地噤声。

她好像确实是惹恼了他挺多次的。在他的书房里,她擅自用了他的笔墨纸砚,还把他喜欢的毛笔给用坏了。不但如此,她还把墨汁滴到了他的古籍孤本上,记得当时他的表情真的是挺生气的。

"好吧,我以后不会再惹你生气了。你不要赶我走好不好?"

"看你的表现。"

"好,我以后会小心的。"挽碧露出一个笑容。

裴瑾之喝了一口凉掉的茶:"你会法术吗?"

"法术?"

"飞来飞去,或者是,不用手也可以让远处的物品移动之类的能力。"

"我会飞来飞去,但是你后面说的那个,我没尝试过。"

"那你试试。"

"好啊。"

"砰!"

清雅的茶盏掉落在地上,发出清脆的破裂声,飞溅起来的茶水和碎片弄得到处都是。

裴瑾之低头看了一眼自己身上被茶水浸透的衣裙下摆,再看看不远处一脸无辜地看着他的女子,藏在袖子里的手紧了紧。

果然,他就不应该对她抱有什么期待。

"以后在府里,不许使用法术!"冷冷地扔下一句话,裴瑾之大步离开了房间。

挽碧坐在床上,想起刚刚的情景,把头往被子里埋了埋。他生气了。

她又不是故意的,明明是他让她试的嘛。

在房间里待了许久，竹叶端着一碗黑乎乎的东西出现了。

"挽碧，该吃药了。"竹叶靠近她。

接过药碗，挽碧闻了闻，皱起了眉头："味道很难闻。"

竹叶一脸正经："良药苦口。"

"必须喝吗？"

"必须。"

喝了一口，挽碧皱起小脸想要吐出来，竹叶却看着她紧张地大喊："不能吐出来，闭上眼睛吞下去就好了。"

挽碧皱着脸，想要说话，竹叶又是大惊失色："你不要说话，先把药吞下去再说。"

挽碧只好紧皱着眉头，一脸嫌弃地吞下了口里的药。

竹叶正要松一口气，却看到挽碧放下了手里的碗，手脚利落地从床上滑了下来。

"你要去哪里？"竹叶话音刚落，挽碧的身影已消失在门外了。

竹叶怔愣了一下，端起放在床沿的那碗药，也跟着追了上去。

可惜的是，当他端着药走出房门的时候，目之所及的地方，早已看不见挽碧的身影。

想了想，竹叶决定往自家公子书房所在的方向走去。

第十一章

黄金书屋

书房门外。

"你放开我,我要见裴瑾之,不,我要见大人。"挽碧用力地挣扎着,奈何眼前是一双结实的臂膀,无论她怎么用力,她都不能靠近那一扇雕花木门。

"大人有令,无吩咐,不可擅入。"侍卫大哥的声音平平淡淡,但是又带着不可否决的坚定。

挽碧抬头,无奈:"可是,我是他的侍女啊。"

侍卫大哥的眼神一瞬间有了动摇,但是又在下一瞬间变得坚定:"这是大人的吩咐。"

挽碧懊恼地低下头,看着自己的脚尖:"真的不可以吗?"

"请回吧。"

走到竹叶的书房,挽碧低着头,她时不时抬起头看着那一堵薄薄的墙发呆。

其实,这一堵墙,根本就没有办法拦住她。只是裴瑾之说,她不能在府里使用法术,否则,他就会赶她出府。

挽碧叹了一口气,突然听到门外有人在问:"你们有没有看到挽碧?"

侍卫大哥的声音正气凛然:"有的,她进了隔壁的房间。"

挽碧没想到竹叶居然这么快就追上来了,他肯定又端着那一碗苦苦的药来找她了。

她又不是生病,才不想喝那些难喝到极点的药汁。

无聊地用手捶了捶墙壁,听到"咚咚"的声音,挽碧突然眼睛一亮。

裴瑾之正看着书,突然听到墙壁里发出的"咚咚咚"的声音。

起初他以为那只是意外,没有想到的是,那声音居然持续了好一会儿。

他的心神被扰乱,正皱着眉头想要吩咐门外的侍卫去看看隔壁是什么情况的时候,墙壁处却传来了一道轻柔的声音:"大人。"

又是她！裴瑾之闭了闭眼睛，声音里带着隐忍："什么事？"

"我可以进你的书房吗？"

挽碧的耳朵尽量贴着墙壁，可是好一会儿，隔壁都没有传出声音来。回过头来，竹叶正端着那碗药，一脸无奈地看着她。

挽碧的身子往后缩了缩，抡起小手继续往墙壁上捶了捶，有些着急："大人！"

竹叶更加无奈了。

就在此时，有人敲响了门。挽碧和竹叶齐齐把目光投去，发现站在门外的，正是那个守卫在书房门外的侍卫大哥。

侍卫大哥面无表情地道："大人让管家到书房一趟。"

竹叶放下手里的药碗，临走前还叮嘱了挽碧一句："记得把药喝掉。"

挽碧很不解。

竹叶什么时候是裴府的管家了？他不应该是类似于书童之类的存在吗？

好一会儿后，竹叶回来了。看见桌面上那碗未动的药汁，他的眼眸里漫上了一丝复杂："怎么没有吃药？"

挽碧忸忸怩怩："我没有生病。"

竹叶没说什么，只是唤了人来把桌面上的药碗收走。

挽碧有些好奇地看着这一幕："你不逼我喝药了？"

竹叶笑笑："公子说，你若是不愿意喝，就不喝了。"

挽碧问："他真的这样说？"裴瑾之什么时候变得这么好了？

竹叶点点头。

挽碧高兴地转了一个圈："太好了。"

竹叶笑着摇了摇头。

"咦，你怎么在收拾东西？"挽碧支着下巴，好奇地看着竹叶把桌面上的东西都堆叠在一起。

竹叶头也不抬："公子让人把西边的屋子空出来，我以后会在那边办公。"

说起办公，挽碧突然想起来："竹叶，你什么时候变成了管家的？"

竹叶顿住手里的动作，有些哭笑不得："其实我一直都是府里的管家啊。"

"啊？"

"只是平日里我跟在公子的身边。"

"哦。"

"先前不是好好的吗？怎么大人突然让你搬到西边去了呢？"裴瑾之的书房可是在东边呢。

竹叶看着挽碧的眼神，满满的都是无奈。倏尔，他轻叹了一声："还不是因为你。"

"因为我？"挽碧不可置信地指了指自己。

为什么是因为她？明明她什么都没做啊。

竹叶的眼神里也带着几分委屈："公子说你太吵了，很影响他办公。"

挽碧不明白，既然她影响了裴瑾之办公，为什么裴瑾之会让竹叶搬到西边的屋子里去呢？

"为什么？"

"你要学字，自然也要跟着我搬到西边去的。"

真的因为她，竹叶才被裴瑾之下令搬到西边去的？

"对、对不起，我不是故意的。"挽碧心里有些歉意。

竹叶摆摆手："没事。其实在哪里都一样。"

挽碧怔愣了一下，随后展颜："既然在哪里都一样，那对你应该也没有太大的影响吧？"

"可以这么说。"

"哦，其实我本来心里很内疚的，听你这么一说，又觉得其实我没有必要那么内疚了。"

时间如流水般掠过。

某天，当挽碧合上眼前的书本，懒懒散散地伸了个大懒腰的时候，才突然想起她回到裴府，已经一个多月了。

因为有竹叶的认真教导，现在她基本可以通读《千字文》了。但是天天读《千字文》，翻来覆去也会觉得腻味的，在竹叶陪着裴瑾之去上朝的时候，她偷偷地溜进裴瑾之的书房里。

裴瑾之的书房有很多书本，大部分都是关于如何修身治国的，也有一些野史传说或者游记，读起来非常有趣。

裴瑾之依旧不允许挽碧进入他的书房，也不允许挽碧在裴府里使用法术，所以挽碧做这一切的时候，特别小心。

怕被裴瑾之抓到她偷跑进他的书房，还乱翻他的书的证据，她每次进去看书之时，都会带着一只手掌大的沙漏。

一瓶沙漏全部漏完要半个时辰，每次沙漏漏完，她就把书本小心地放回原来的地方，然后带着沙漏神不知鬼不觉地离开。因为那时候，下朝的裴瑾之一般就带着竹叶回裴府了。

眼下沙漏还剩下一点儿，挽碧从美人榻上直起腰来，然后踮着脚把手里的书本放到了原来的位置上。

书本的位置有点儿高，她脚下没有踩着椅子，放回去的动作做得特别艰难。

就在此时，书房门外突然传来了有些熟悉的声音。

"她人呢？"

"可能在西边的屋子里看书吧。"

"她为何想要认字？"

"这个我倒是不曾问过她。"

裴瑾之和竹叶的声音越来越近。挽碧心里紧张，手里的书本更加放不回去了。她越来越着急，就连额头上都冒出了一层细细的汗。

他们今天怎么提前回来了？

怎么办？他们就要回来了，可是她手里的书本还是塞不回去。

"吱呀。"

书房的门被推开了。

裴瑾之走进来，习惯性地往书桌后走去的时候，路过那张美人榻时停下了脚步。

美人榻的旁边，放着一个巴掌大的沙漏。

他的眼眸里涌上了一抹探究，他从来没有往书房里拿过沙漏。难道，是她来过了？

裴瑾之慢慢地踱步来到书桌前，桌面上平整如初。她应该没有动他书桌上的东西。那她来他的书房，目的是什么呢？

他的目光游向靠墙的书架，须臾之后，在靠近最上层的那一层书架里，发现了稍微凸出来的几本书脊。

他微微挑眉：难道她是跑来他的房间看书的吗？

书架上那一排，少了一本《晋国手札》。原来她喜欢看游记？

竹叶回到西边的屋子，走进去，发现挽碧正坐在书桌前，在看那本《千字文》。

她纤白的手指微微拨住书页的一角，看得细致而认真。

他走到她的对面坐下，有些好奇："整天看这一本书，不会腻吗？"

挽碧抬起头，笑了笑，掩下眼底的些许不安："还好。"

"想看别的书吗？"竹叶笑眯眯的，看起来心情很好。

挽碧点点头。现在的她有些紧张，因为竹叶距离她太近了，近到也许在下一刻，他就可以发现她的秘密。

她不由自主地抓紧了手里的书本，在《千字文》的下面，就是那本从裴瑾之的书房里拿出来的《晋国手札》。

由于回到这里的时候比较慌张，她正犹豫着把书藏到哪里的时候，竹叶便回来了，匆忙间她只好把书本压到了自己的《千字文》下。

在竹叶踏进屋子的那一刻，她立即摆出一副专心致志的看书样。

"挽碧，想不想看别的书？"竹叶看见她兀自走神，伸出手指在她面前摆了摆。

挽碧回过神来："好，好啊。"

"我今天会到街上的书屋替公子拿一本孤本，你随我一道去吧，这样你也可以选几本你喜欢的书。"

"真的吗？"挽碧点点头，"好啊，好啊。"

"自然是不会骗你的。"竹叶笑了笑，"下午你记得与我一同出门便是。"

"好的，好的。"

挽碧一激动，便从凳子上站了起来。谁知道这么一站，衣袖碰着那本《千字文》，把那本书往旁边带了出来。然后，那本《晋国游记》就这样暴露了。

竹叶的目光瞬间凝住："这是？"

挽碧手足无措地站在原地，本来想要把那本《晋国游记》掩盖住，想到自己再怎么掩饰，竹叶都已经看到了，当下的动作也就僵持住了。

"你去哪里找来的书？"竹叶的脸色一下子严肃起来了。

挽碧耷拉着头，声音嗫嚅："大、大人的书房里。"

"你怎么能这么做？"竹叶的声音顿住，又道，"公子先前说过不允许你进入书房的，你为何明知故犯？"

"我、我只是想去看书。"

"公子的记忆力极好，虽然书房里有那么多书，但是每一本他都了然于心，你可能是随随便便抽出来的一本，但是公子一眼看过去，便知道哪一本书不在列内。"

挽碧脸色苍白："那、那怎么办？"

如果裴瑾之知道她未经他的允许，进了他的书房还拿了他的书，他会不会特别生气？

竹叶轻叹了一声："你去书房里，向公子请罪吧。"

"请、请罪？"挽碧的脸色更白了。不过是拿了他一本书，竟然上升到了犯罪的程度？有那么严重吗？

如果那么严重，那是不是说明，裴瑾之也不会轻易原谅她的过错？

竹叶看着挽碧那张苍白的小脸，想到自己刚刚说的话也许语气太重，把她吓到了。

挽碧那张呆呆的，看似失了灵气的小脸，他看得有些于心不忍，当下便缓和了语气："不要怕，公子并非那种得理不饶人之人，只要你认错态度良好，公子不会为难你的。若是他真的为难你了，我也会尽力替你求情的。"

竹叶这一番安慰并没有使挽碧的心情舒缓几分。她紧张地揪着自己的袖角，抬起头来，可怜兮兮地说："真的，要去主动认错吗？"

竹叶轻叹一口气："自然是要的。"说完之后，还补了一句，"越早越好。"

挽碧的脸色又白了白。

挽碧跟着竹叶走到了书房的门前，脸上的神色是不情不愿的。

竹叶正要提声请问裴瑾之，却见守在书房门前的侍卫往前走了一步："大人不久前吩咐过，如果管家和挽碧一起来，就请管家留步，挽碧自己进去即可。"

竹叶怔了一下，公子难道已经料到他会帮忙求情？回头看了一眼挽碧，他轻叹："你自己进去吧。"

挽碧说："你不是说过会为我求情的吗？"

竹叶说："可是公子并不让我进书房，我即使想帮你，也是有心无力啊。"

就在挽碧鼓足勇气，打算推开书房门的时候，竹叶却在身后拍了拍她的肩膀，在她的耳边小声地说了一句话："进去之后，要谨言慎行，不要再惹怒公子了。切记。"

挽碧苦着一张脸："我怎么知道要怎么做他才不会被惹恼啊？"

竹叶脸上满是担忧："唉，你进去之后，少说少做吧。"

"哦。"

小心翼翼地推开门，往左走了几步，看到坐在书桌后面的身影，挽碧紧张地吞了吞口水。"大、大人，"挽碧开始结巴，"我……"

第十一章·黄金书屋

裴瑾之没有抬头，语气里也听不出他此刻是什么样的情绪："稍等一下。"

这么"稍等一下"，一等便是大半个时辰。

直到挽碧感觉到自己的小腿开始发酸，脚心也在开始发疼的时候，裴瑾之依旧埋首于公务之中，看起来已经达到了一种忘我的状态。

他该不会已经忘记了她的存在吧？还是说，把她叫来书房罚站，这就是他对她偷溜进他的书房，还拿了他的书的惩罚？

挽碧不敢开口问，因为站着的时候，她的脑海里一直回响着竹叶对她说的话，如果不想再惹裴瑾之生气，那就要"少说少做"。

既然不说，那只能默默地站着了。只是站得太久，那种感觉并不好受。

挽碧轻咬嘴唇，眼神默默地看着脚尖。她的脚尖麻麻的，好像都不属于自己了。

没关系，只要多坚持一会儿，裴瑾之便会让她离开了。

那就再坚持一会儿吧。耳边听到那微微不稳的呼吸声时，裴瑾之慢条斯理地勾写完最后一笔，然后放下手里的紫毫，抬起头来："你可知错？"

挽碧依旧低着头："知错。"

"错在哪里？"

"不该偷溜进你的书房，还拿了你的书。"

"那你觉得应该怎么惩罚你比较好？"

挽碧震惊地睁大眼睛："不是已经……"惩罚过了吗？

裴瑾之勾唇一笑："难道你以为你在这里站半个时辰，便算是惩罚了？"

挽碧咋舌："难道不是？"

"当然不是。"裴瑾之轻易地就否定了挽碧最后的希望，"我本来打算处理完公务再和你算账的，但是你提前过来，我就只能让你站站了。"

挽碧蒙了。

他怎么不早说？害她白站了那么久。

"记得你好像是不能晒太阳的？"裴瑾之凝眉，似乎有些苦恼应该给她安排些什么事情比较好。

挽碧有些迟疑地点头："是的。"

"无妨，既然不能在户外，那就在户内好了。"

"你以后就负责玉泽园的整洁好了，最近院子好像有棵树病了，叶子掉个不停，你负责把那掉落的树叶打扫干净。"

"哦。"

"打扫干净的标准就是，我希望我回到院子的时候，在地上看不到那棵树的叶子。"

"哦。"

"黄金屋？"挽碧仰头看着那块高高的牌匾，怔愣了许久，才勉强把那三个字读了出来。

竹叶笑："古语有云'书中自有黄金屋'，这大概是书屋掌柜取名的由来。"

挽碧的脸上露出一个哭笑不得的表情："他就不怕被打劫？"

竹叶说："此话怎解？"

"黄金屋，初次读上去，便觉得里面藏了很多黄金，如果贼人不知，岂不是很容易误会里面有很多黄金？"

竹叶忍俊不禁。

挽碧继续思考："不过这书屋，装潢得也太简陋了些。如果真的有贼人来抢，大概抵抗不了多久吧。"

竹叶不知该怎么继续说下去了。

虽然挽碧的话听起来很有道理，可是这国都城里，谁人不知眼前的黄金屋是一间书屋啊，不但知道，还知道这黄金屋的主人锦溪君极其抠门，从来不愿意多花一分钱装饰自己那岌岌可危的门楣。

虽然里面的书又贵又不实用，但是禁不住人家总有别人没有的门道，可以拿到很多很多珍贵的孤本。即使这书屋再旧、再破、再烂，书屋主人的性格再怪异，还是有很多的达官贵人来光顾。

竹叶想，这间看起来破破烂烂的黄金屋之所以没有倒闭，除了上面的原因，再也没别的了。

走进书屋，好几排大大的书架陈列在屋子中，浓厚的书卷气息扑面而来。

挽碧没有预料到，一时不适，竟然被呛得咳嗽起来。

这几声咳嗽，打破了书屋里的宁静的同时，也把高高柜台后的人的目光吸引了过来。

"小姑娘是第一次来我的书屋吧，欢迎欢迎。"

柜台后的那个人像是刚刚睡醒的模样，睡眼惺忪，说话的时候还毫不讲究地打了个大大的哈欠。

挽碧看着眼前衣着华美但是不修边幅的男子，默默地往后退了一步。

竹叶往前一步，拱了拱手："锦溪君，我家公子让我来拿书的。"

锦溪君懒懒地伸了一个懒腰，闭着眼睛往柜台后胡乱地摸索了一番，然后拿出了一本书："嗯，就是这本了，拿去吧。"

竹叶的面色有些犹豫："锦溪君，你确定是这本？"

这么胡乱摸索，他真的不大相信自家公子要的书就是这一本啊。

锦溪君微微挑眉："你质疑我？"

竹叶说："不敢。"

锦溪君冷哼一声："不要就算了，今天就只有这一本。"说完便要将柜台面上的书收回去。

竹叶大惊，连忙走上去把那本书压住："不不不，锦溪君见谅，竹叶刚刚所言不是，请你不要放在心上。"

锦溪君又冷哼了一声："你这是第几次质疑我了？先前那么多次，我可有把书弄错？"

竹叶说：有啊，先前就有一次，不不不，没有没有没有。"

锦溪君把目光转向在一旁看得津津有味的挽碧，英俊但是有些苍白的脸上浮起了一抹玩味的笑意："小姑娘，你是同竹叶一起来的？"

挽碧点点头。

"喜欢看书吗？"锦溪君问她。

"喜欢。"

"看见了没有？"锦溪君与脸色同样苍白的手指指了指不远处的大书架，"初次见面，送你一本书吧。你自己去挑。"

挽碧惊讶地指了指自己："你要送书给我？"

锦溪君笑了笑："嗯。"

"可是，我与你非亲非故，你为何要送我书呢？"虽然这是一个意外的惊喜，挽碧还是不敢随意接受。

锦溪君的手指落在柜台上，慢悠悠地点了两下："难道一定要有理由？"

挽碧迟疑一下，点了点头："无功不受禄。"

像是听到了什么有趣的事情一样，锦溪君突然哈哈大笑。

挽碧一头雾水地看向竹叶，然后发现竹叶的神色和她的一样，眉宇之间全是不解。

挽碧偷偷地做了个口形:"他怎么了?"

竹叶摇摇头,同样以口形回应:"不知道,但是世人皆说锦溪君性情古怪,进来这黄金屋,你只需要按他说的做便是了。"

再看那边,锦溪君几乎快要把眼泪笑出来了。

挽碧往前走了一步,看着那个几乎笑趴在柜台上的男子,脸上浮上了一个有些纠结的表情:"那个,锦溪君,你真的要送我书吗?"

锦溪君点点头,因止不住笑而有些发颤的手指再次指了指书架的位置:"你自己去选。"

挽碧答:"哦。"

她正要往书架的方向走,但是竹叶伸手微微拦住了她。

她仰头疑惑地看着他:"怎么了?"

竹叶笑容浅浅:"可以多选几本。"

挽碧绽开一个笑容:"好。"

书架上的书本太多,挽碧看得眼花缭乱。每一本书,光看名字,她都想把它们收入怀中。不知不觉中,她的怀里已经躺了四五本书。

书本的重量有些重。觉得自己的小手臂在不断发酸的时候,挽碧终于有些无奈和惋惜地把自己的视线从书架上强制性地转移了下来。

绕出书架,竹叶看见她,视线微微下移,定格在了她的怀里。

五本书的重量,说不重也不轻,但是对于一个只有十几岁的小姑娘来说,拿在怀里明显是有些吃力的。他赶紧走过去把她怀里的书接过来,低头的瞬间,发现她的额头上竟然沁出了细汗。

"原来小姑娘你喜欢看游记和妖魔鬼怪之类的书啊。"

不知何时,柜台后的锦溪君走了过来。

挽碧只觉得眼前被一片月白色遮住了,往后退了两三步。她抬起头,才看到锦溪君那张笑意盈盈的脸。

他竟然有那么高,比竹叶还要高一个头。

锦溪君扫了一眼竹叶手里的书:"既然小姑娘喜欢,那我就全部送给你好了。"

挽碧先是惊喜,又有些不安:"可是……"

"可是什么呀?"锦溪君伸手摸了摸挽碧的包子头,"你长得那么好看,我挺喜欢你的,不过是几本书,送你又如何?"

挽碧的嘴巴微张，但是怎么都发不出声音来。

她的注意力都集中在了自己的头上。

第一次，有人摸她的头，这种感觉很奇妙。

眼前的月白袍子再次动了动，挽碧看到锦溪君微微弯下腰来了。

他的身材修长，这样的一番动作，恰好可以平视她的眼睛。

突然与一个人靠得那么近，挽碧下意识地往后退了一步，但是头顶的感觉提醒她，眼前的人，他的手依旧放在她的头顶上。

"小姑娘，我叫锦溪。"

"哦，我、我叫挽碧。"

锦溪君眼眸带笑："我这里有很多书，如果你喜欢看、想要看，可以随时来找我。"

挽碧下意识地看向竹叶，却发现锦溪君高大的身影完完全全挡住了竹叶的身影。

不知怎么应答，她只好有些手足无措地站在原地。

锦溪君见状，脸上的笑容更大了："你现在的样子看起来，嗯，很可爱。"

挽碧怔了怔，然后脸一下子涨红了。

先说她好看，又说她可爱，他人还长得那么好看，她真是愣住了。

"竹……"她刚想开口，但是声音在半途之中，被一根苍白的手指截住了。

唇上的凉意如冰，挽碧惊讶地睁大眼睛，但是这种感觉很快就消失了。

锦溪君收回手指，对她依旧笑容满面："真是可爱的小丫头。"一边说还一边在她的头上揉了揉。

挽碧是匆匆地小跑出那间书屋的。

她一路低头跑着，偶尔回头，还可以看到锦溪君倚靠在黄金屋的门边，有月白色的东西一晃一晃的。他似乎在笑，似乎在向她挥手，挽碧只觉得心头一紧。

不敢再多看，她只能回头使劲攥着小拳头，匆匆地往裴府的方向跑去。

一路"噔噔噔"地踏过石阶，挽碧低着头自顾自地往府里跑，没留意到前方，直到自己撞到了一方暖乎乎的东西上，又被反弹得不住后退直接摔倒在地上的时候，她才有些茫然地抬起头来。

那个人面容俊美，眸子里的温度却是极低的，与他对视，让人感觉如坠冰窟。

她刚刚撞到的人，竟然是裴瑾之。

裴瑾之的右手捂在自己的胸前，眉头微皱，看着她的目光，眸色沉沉，黑压压的，像是风雨欲来？

挽碧在心里暗暗地道了一声"不好"，也顾不上站起来，便直接低头道歉："对、对不起，我不是故意的。"

"为何跑得那么急？"裴瑾之的声音冷冰冰的。

挽碧的脑海在一时间变得空白，她有些茫然地四处张望了一下，回头想想，突然想不起来自己为什么要跑那么快了。

"公子。"

竹叶的声音恰好出现了。

裴瑾之看过去："发生了何事？"

竹叶手里抱着好几本书，一路赶过来，也有些气喘吁吁的："无事。"

"哦？那她为何独自跑回来了？"

竹叶看了一眼跑得脸红红的挽碧，也有些奇怪："不知道。我给锦溪君付钱的时候，挽碧就突然间跑出书屋了。"

裴瑾之又看了挽碧一眼："你不打算解释一下？"

挽碧轻咬着下唇："他，锦溪君他……"

"他什么？"

"他摸我的头，还说我长得好看和可爱，好看说了一次，可爱说了两次。"

四周突然寂静一片，像是时间静止了一般。

挽碧低着头良久，发现四周的人并没有什么反应的时候，她抬起头来，发现竹叶正忍着笑，就连一向不动声色的裴瑾之，嘴角也有微微翘起的嫌疑。

挽碧不懂了，他们为何要笑？她有说错什么吗？

"竹叶……"挽碧拉长了声音。

竹叶怔了怔，然后用力地抿了一下自己的唇，然后哈哈大笑起来。

裴瑾之上下打量了她一眼，深邃的眼眸里第一次带上了明显的笑意："你，好看？可爱？"

挽碧点了点头。

裴瑾之摇摇头："看来，锦溪君的眼神不大好了啊。"

挽碧觉得这话接不下去了。

"沙沙沙……沙沙沙……沙沙沙……"

　　挽碧有些气馁地停住手里的扫帚，仰头看了看那棵有着大大华盖的古树，心里是满满的无奈。

　　她这样扫，要扫到什么时候院子里才不会有落叶啊。

　　眼前的这棵大大的树，记得裴瑾之说过，它好像是生病了，所以才一直不停地落叶？

　　每当挽碧把落下的叶子扫到一堆的时候，微风吹过，树没动，但是又有一层树叶飘了下来。

　　一次两次的，挽碧也还算有耐心，如此反复好多次后，挽碧便感觉到自己有些吃不消了。

　　按照这种的情况，扫到天黑，估计她也没有办法把院子里的落叶扫完啊。

　　该怎么办呢？

　　挽碧后背靠在树干上，仰头看着头顶朝霞万千的景象，开始冥思苦想把自己从这样的情况中解救出来的办法。

第十二章
青鸟古树

人生病了,要吃药。那么树生病了,也要吃药吗?

如果要吃药,那要吃什么药呢?

一会儿后,挽碧摇摇头。

这样的问题,她认知有限,真的不知道该怎么去找答案。

反正现在裴瑾之去上早朝了,一时半刻也回不来,再说了,他要是回到府里,也是直接去书房,并不会来这玉泽园看她是否在认真地执行他说过的话。

时间还挺多的,她还是去看书吧。

昨天从黄金屋那里抱回来好几本书,虽然挽碧一看到书便会忍不住想起锦溪君那苍白的俊脸,还有他摸她的头,用一种轻佻的语气对她说"好看"和"可爱",但书是无辜的。

她不该迁怒于书本,更不应该因为锦溪君而让自己不读那些好玩的书。

倚坐在树下,挽碧把双腿屈起,把书放在膝盖上,开始阅读。

只看了一会儿,她用手背揉了揉眼睛,打了个哈欠,发现自己竟然有种困了的感觉。

她眨眨眼睛,有些不解,原来,她也会感觉到困意的吗?

微风吹过,细小的树枝微微摇晃,随风而过的,还有几张青中泛黄的树叶。

树叶随风打着卷,慢慢地飘落到树下少女的身上。

少女的膝盖上放着书,眼睛却不知何时合了起来,长长的睫毛乖巧地垂着,睡颜甜美而乖巧。

挽碧看着四周白茫茫的一片,似曾相识感涌上心头。她仔细地回想了一下,想起来这里曾是她第一次看见那个碧衫女子的地方。

她记得她是在梦里见到那个碧衫女子的,所以她现在是在自己的梦中?

她竟然睡着了?

"挽碧,好久不见。"轻柔的声音在不远处响起。

挽碧循声望去,那个一身碧色的女子正站在那里笑意盈盈地看着她。

"近来的修炼如何了?"

挽碧低下头,有些羞愧:"因为遇到'瓶颈'了,所以近来没怎么修炼。"

青衫女子的脸上并没有什么惊讶的神情,她点点头:"这也是正常的,修炼需要一定的悟性,过一段时间,也许就好了。"

"过一段时间?那是要多久?"

"说不准,因人而异,有天赋的人,一两天,天赋稍弱的人,一两年也是有的。"

"哦。"

"神仙贵在六根清净,你现在在裴府,与裴相少些接触才好。如若生了凡心,不好飞升。"

"凡心?"

"就是让你不要喜欢上裴瑾之。"

"喜欢?"

"对。"

"我不喜欢他啊。"

湄葙说过,喜欢一个人,会因为他笑而笑,会因为他不高兴而不高兴,还会在看见他和别人在一起的时候,觉得生气,而且还想和他一直在一起。

裴瑾之笑的时候极少,她不记得她看到他的时候是什么样的感觉了,反正可以确定的是,她并没有想笑的感觉就是了。

裴瑾之生气的时候,她也没有不高兴,反而有些害怕。

至于看见他和别人在一起的时候,会觉得生气?这个她也完全没感觉。

想和他一直在一起?如果有一天她生出了这样的想法,那肯定是很不可思议的。永远只会板着一张脸的人,谁想要去接近他?反正她是不想的。

碧衫女子点头:"没有就好。你现在应该是在比较关键的时期了,就不要再出什么差错了,好好修炼才是真的。"

"嗯。我不会喜欢上他的。"挽碧的语气十分坚定。

碧衫女子有些讶异地看了她一眼,动了动唇,似乎想要说些什么,最终没有说出口。

她扶了扶自己头上摇摇欲坠的发簪:"你还有什么问题要问我吗?没有

的话，我就回去了。"

"有的。"挽碧眼睛亮了亮，"你叫什么名字啊？"

"青鸟。"

"那你是神仙吗？"

"是。"

"你为什么要来渡我成仙啊？"

"司命那个死丫头吩咐的。"

"司命是谁啊？也是神仙吗？"

"她是一个爱乱写别人命格簿的神仙。"

"哦，那……"

"停停停，问题到此为止，无论你的心里有多少疑惑，等你以后飞升成仙了，你自然就明白了。"

"哦。"

"我还有事情要忙，先走了。你记得好好修炼，还有，切记不要随便对他人乱动心。"

"哦。"

什么叫乱动心？挽碧的手不由自主地覆上心口处，衣衫之下的那个地方，是心在微微跳动着。她的心，一直在动啊，不过，好像是有规律的。

所以，这不算是乱动心吧？

"挽碧，你醒醒，你怎么在树底下睡着了？"

肩膀被人摇晃着，耳边是竹叶有些疑惑的声音，挽碧慢慢地睁开眼睛，映入眼帘的，却不是竹叶的面孔，而是裴瑾之一脸平静的俊容。

她定定地看了他一会儿，感觉到自己有些反应不过来。

裴瑾之，他怎么来了？他身上还穿着官服，难道是一下朝就赶过来看她有没有在认真地扫树叶吗？

挽碧被这个想法吓了一跳，连忙从地上站了起来。

裴瑾之没有说什么，只是看了她一眼，然后就走了。

挽碧看着他大步离开的身影，再看看竹叶那满脸无奈的神情，默默地低下了头。她又不是故意要睡着的。

院子里又只剩下挽碧一个人了。

挽碧抬头看了一眼那依旧在不断飘落的树叶，无奈地叹了一口气：要怎

第十二章·青鸟古树

样才能使树叶不继续掉下来呢？她可不想以后每天都在扫落叶中度过。

手掌随意地搭在树干上，僵硬的树干突然软了软，挽碧惊讶地看去，发现那大大的树干上，居然出现了一张人的脸！

"啊！"她尖叫一声，后退了好几步。

"你别怕，咳咳！"有些苍老的声音从树干里传出来。

不，准确来说，应该是树干上的人脸说话了。

"你、你会说话？"

"嗯。"那声音应了一声，却又止不住地咳嗽起来，"我行将就木，你不用怕我的。"

"什么是行将就木？"

"也就是说，我快要死了。"

"啊？你是什么人？为什么快要死了？"

"我是一名树妖。这棵树就是我的原身。我活了很久很久，也不知道自己几岁了，最近我在不停地落叶，我用了很多办法都没能阻止树叶的下落，可能是大限将至了吧。"

"小姑娘，抱歉了，没想到在临死之前，还给你添了麻烦。"

挽碧摆摆手："不关你的事。"

听到耳边的咳嗽声，挽碧于心不忍："你病得很严重了吗？要不要找个大夫来给你看看？"

老树发出了几声笑声，但是那几声难得的笑声又被突如其来的咳嗽声给阻断了。好不容易咳完，他再次开口的时候，声音已然变得十分沙哑："不用了，顺其自然吧。谢谢你，小姑娘。"

挽碧的小脸上满是纠结："真的不用叫大夫来看看吗？也许大夫能够治好你的病呢？"

老树没有言语，似乎是累极了。他等了好一会儿，积攒了些许的力气后，才再次发声："不用了，小姑娘你的心地真好。谢谢你。"

挽碧的眼眸里都是惋惜："不要放弃好不好？至少尝试一下啊，没准儿大夫真的可以治好你的病呢。"

"这就不清楚了。"老树的声音里也带上了几分迟疑。

挽碧一看他动摇了，连忙说："你等等，我去找裴瑾之给你请大夫。不过，裴瑾之有些难说话，我也不知道可不可以劝得动他，但是我会尽力而为的，你等我。"

说完,也不等老树是什么反应,挽碧直接往裴瑾之的房间小跑而去。

裴瑾之的房间就在玉泽园里。挽碧跑到他的房间前,看着那虚掩的房门,虽然很想直接推门进去,想着自己有求于他,千万不能惹他生气,所以礼貌地伸出手指,在门上轻轻地敲了敲。

是竹叶开的门。

"挽碧?"竹叶有些惊讶,"有什么事情吗?"

挽碧试着往房间里边看了看,奈何竹叶的身高高出她一大截,她根本就看不到里面是什么情景。

"大人在里面吗?"

"在的。"竹叶点头。

"我有事要对大人说。"挽碧攥紧了小拳头。

竹叶瞄了一眼她的小动作:"我去问一下公子,你在门外先等等。"

"好。"

房间里传来几句低语,没过一会儿,竹叶返回来,把门打开了:"你进去吧,公子在里面。"

"好。"

挽碧迈过门槛正要进去,竹叶却拉住了她的袖子,低声问道:"你要对公子说什么?"她这样莽撞的样子,该不会又要惹公子生气了吧?

挽碧笑了笑:"没事的,就说一件事情而已,不会惹他生气的。"

竹叶迟疑地点点头,出门的时候小心地把房门关上了。

房间里,裴瑾之正坐在凳子上,手上端着一盏淡茶。

"大人。"

"嗯。"

"我可以请你帮我一个忙吗?"

裴瑾之闻声抬头,看到的便是挽碧一脸期待的模样。

"你想让我请大夫去看院子里的那棵古树?"裴瑾之的神情很平静。

挽碧点点头:"对,再不救它,它很快就会死了。"

裴瑾之放下手里的茶盏,声音冷淡:"树木非人,就算请了大夫来,大夫也不会看。"

挽碧说:"难道就没有人是专门看古树的病的吗?"

第十二章·青鸟古树

裴瑾之闻言抿了抿唇,随后目光有些奇怪地看向她:"不过是一棵树,你的表情看起来怎么那么担心?"

挽碧沉默。

裴瑾之的目光慢慢地深沉了起来。

犹豫了一下,挽碧还是慢吞吞地把话说了出来:"那棵树可不是一般的树,它会说话。"

她心里自知自己与这人间的一般人是不同的,所以在得知有一棵会说话的古树时,心里除了惊讶,更多的是一种找到同类的感觉。认真地说,她也明白,她与那棵古树并非是同类,但是,他们有一个共同点——都不是人。

就这样一点儿理由,已足够让她请求裴瑾之去挽救那棵古树的生命了。

"会说话?你是指那棵树成精了?"裴瑾之的眼眸中掠过一丝惊讶。

"成精?我不知道,但是它确实会说话。"挽碧往前走了一步,"求求你,救救它好不好?"

裴瑾之陷入了深思。没有想到,院子里居然还有一棵成了精的古树。古树既然成精,为何没有法力来抵抗自身的疾病呢?若是救了那棵古树,会不会引起其他麻烦?

察觉袖子动了动,裴瑾之回过神来,发现自己的袖子被一只小小的手拉住。对方不但拉住了,还一直晃个不停。

"大人,你就救救那棵可怜的古树吧。

"大人,你那么好的人,你会出手相救的,对不对?

"大人,你长得那么好看,肯定不会见死不救的,对不对?

"大人!"

女子和细柔嫩的声音不停地回响在耳边。裴瑾之的眼睛眨了眨,看着他那快要被她拉扯成两段的袖子,他皱眉,然后骤然出声:"你给我放手。"

他的话语短促而严厉。似乎被他的声音吓到了,挽碧乖乖地停住了自己手上的动作,转而又有些可怜地仰头看着他,眼神里是无声的乞求。

他低垂下眉睫,伸手扯回自己的袖子,语气平淡:"我不会因为一棵树请大夫的。"

挽碧答:"哦。"

"但是府上有专人料理府苑里的花草树木,你去找他们吧。"

挽碧呆了一下,随后眼睛一亮:"真的?那我现在就去找,谢谢大人。

大人你真好。"

裴瑾之答:"嗯。"

竹叶正倚在门外的廊柱上发呆,耳边听到一些响动,抬头看去,发现挽碧拎着裙摆,匆匆地从房间里小跑了出来。

"竹叶,竹叶!"她的声音里带着几分着急。

竹叶下意识地站直了身子:"怎么了?"

"大人同意救院子里的那棵古树了,他还说府里有专人给古树治病,我们一起去找专人吧。"经过竹叶身边的时候,挽碧甚至没有停下脚步,她急急地伸手抓住了竹叶的袖子,带着他一边往前跑,一边气喘吁吁地解释。

竹叶有些哭笑不得,下一瞬间,他停住脚步,迫使跑在前方的挽碧也不得不停下脚步。

"怎么了?"挽碧一脸迷茫,"我们不是去找专人吗?"

竹叶尚未说话,她一脸的迷茫很快就转换成一脸的着急:"救命如救火啊,停下来做什么?"

竹叶摊手:"你知道专人们住在府里哪个方位吗?你这样像无头苍蝇似的乱走,也许走到天黑也未必找得到一个专人。"

挽碧低头想了想,也觉得自己刚刚的行为确实是有些不经脑子。于是她仰着头:"你知道专人们住在什么地方?"

竹叶点点头:"自然是知道的,随我来吧。"

半个时辰后。

挽碧一脸好奇地盯着那个围绕着树身走来走去,口里还念念有词的专人,忍不住开口问道:"你知道那棵树得的是什么病吗?"

专人的眉头皱成了"川"字,叹了一口气:"蛀虫太严重了,伤及根本,救回来的希望渺茫。"

挽碧拿不定主意,只好抬头去看竹叶,没想到竹叶也是紧皱着眉头。

好一会儿后,竹叶才开口:"你尽力而为吧。若是治好了,大人自然有重赏,若是治不好,也不会怪你。"

"是是是,多谢管家。"

日渐西斜。

挽碧坐在游廊的栏杆上,裙摆随着双脚的晃动而扬起来,像是脚边盛开的朵朵浅绿色的花儿一般。

第十二章 青鸟古树

她的头轻轻地靠在柱子上,眼睛定定地看着院子里的那棵古树,良久,轻轻地叹了一口气。

自从那个专人看过古树后,便捣鼓了半木桶的黑乎乎的药汁,然后把药汁淋到了树干上。

那药汁也不知道是由什么制作成的,味道有些重,以至于挽碧只能坐在游廊栏杆远远地看着而不能接近。

天色逐渐暗下来,金星初上,月光浅柔。挽碧回过神来,用袖子掩下了嘴边的哈欠,敛下心神,努力地驱使体内的灵气流动。

自从回到裴府,她时不时地留意自己身体的情况,虽然在安府的时候遇到的灵气吸收被阻滞的问题已经解决了,但是新的问题又来了。

现在她的灵气流转没有问题了,她吸收灵气的能力下降了。

脖子上的玉佩依旧起着作用,看起来和往常并无二致,但是挽碧依着能够抵达体内的灵气来看,确实是她在吸取灵气的环节上出了问题。

轻舒一口气,挽碧睁开眼睛。

夜色比先前更深了。她跳下游廊栏杆,打算去书房找竹叶,把今天认的字词再重新复习一遍的时候,耳边听到了一个幽幽的声音。

"挽碧姑娘。咳咳!"

那声音轻若游丝,飘在空气里,如果有风吹过,也许一吹就散了。

挽碧停住脚步:"古树?"

古树又咳了几声:"谢谢你。"

挽碧摇摇头,有些担忧:"你感觉好些了吗?"也不知那专人的药汁有没有效果。

等了一会儿,古树那里再也没有声音传过来。

挽碧走过去,越靠近那棵古树,那有些刺鼻的味道就越浓。

挽碧轻皱起眉头,问:"你还好吗?"

月光之下,树干上的那一张人脸看起来有些模糊。

古树再次开口:"还好。"顿了一下,又道,"姑娘是修仙之人?"

虽然是问句,但是声音里并没有疑问的语气,这皆是因为古树刚刚看到了少女打坐时,身上散发出来的淡淡的光芒。

人?

挽碧摇摇头:"我不是人,我是一块玉。"

古树了然："原来是这样。看你一身的灵气充沛，看来成仙指日可待啊。

"我虽然活了很久，但是能够像现在这样说话，也不过是这几年的事情。这树身里的蛀虫寄住已久，虽然我的木质坚硬，但是想来也快被蛀空了，唉。"

古树说这一句话的时候，语气似乎是有些凄凉。

挽碧心里一瞬间有些难受。

"古树，你一定会好起来的，这裴相府里的专人，想必也是精通这一方面的行家，你耐心等等，说不准哪天就好了。"

挽碧并不大会安慰人，语无伦次地说完这些话后，她却听到了古树一声苦笑。除此之外，再无其他的声音。

挽碧静静地站着，月亮在她的身后，光芒照射过来，在她的身前投下了一片影子。

夜风吹过，四周植物摇摆，发出"沙沙沙"的声音。

在这样一种安静又带着些躁动的气氛中，挽碧听到古树说："挽碧姑娘，你可愿意救救我？"

挽碧惊讶地抬起头问："你说什么？"

古树轻叹了一声，似乎有些犹豫："挽碧姑娘既然是修仙之玉，身上又灵气充沛，只要动用一点点灵力，就可以治好我的病。还望挽碧姑娘可以大发善心，救在下一命。"

挽碧怔愣，原来她身上的灵力还可以救古树？

"你知道方法？那快告诉我啊！"挽碧有些迫不及待。

古树的声音里有明显的惊愕："你、你愿意救我？"

挽碧点头："对啊。"

既然她身上的灵力可以救它，那她自然是要好好把握这个机会的。

"可是、可是……"古树支支吾吾。

挽碧不解："怎么了？"

"这可能会消耗掉你不少的灵力。"不知道是不是因为心虚，古树的声音轻得几乎听不见。

挽碧闻言却是一笑："没事没事，灵力没了，还可以继续修炼，但若是命没有了，就修不回来了。"

夜风轻吹，月光澄亮。

夜幕之下，浅绿色衣着的女子，指尖缓缓地发出了月色的光芒。

第十二章：青鸟古树

待那光芒积少成多的时候，女子纤细的五指轻轻地印到了古树的树干上，与此同时，整棵古树突然颤抖了一下，女子手里的月色光芒被抖落，然后迅速地从树干四周蔓延开去。

自下而上，从树根到华盖，不过是一眨眼的时间，整棵古树都被那月色的光芒包裹住了。

漆黑的夜幕中，某种光芒突然闪了一下，像是那雷电过境时才有的亮光，却缺少那震耳欲聋的雷声。

光芒持续的时间极短，一瞬间的亮若白昼仿佛只是一种错觉。

裴瑾之背负着双手恰巧站在窗前，看着刚刚那一幕，轻轻地皱了皱额头。

"竹叶。"他朝门外唤了一声。

竹叶在门外应了应声。

裴瑾之依旧拧着眉头，心头不知道为何有些气闷。把那股不舒服的感觉压下，他的声音微沉："挽碧她现在人在何处？"

刚刚的那道白光光芒是异象，这府上，也只能与她有关联了。

"在玉泽园的院子里，一直坐在游廊的栏杆上发呆。"竹叶的回答很流畅。

"你去……"

竹叶耐心地等候着，但是书房里的人只对他说了两个字便陷入了沉默之中，不再言语。

他的声音轻了一些："公子。"

"罢了。"

话音刚落，书房门突然从里头打开了，裴瑾之面无表情地走了出来。

"公子，这是要去哪里？"竹叶紧随其后。

裴瑾之抿了抿唇："玉泽园。"

竹叶惊讶地睁大了眼睛："这么早？"

往日里公子不到子时不会离开书房，今天怎么提前出来了？

裴瑾之没有应答，只是沉默地一直往前走，脚下的步伐依旧沉稳，但是比起往日来却要稍微紧急一些。

玉泽园很快就到了。裴瑾之的视线在院子里绕了半圈，安静地落到了古树下的那个月色身影上。

她的衣着是那种很浅淡的接近于白色的绿色，被月光一照，衣裳似乎也散发着微弱的月色光芒。

此时她靠着古树坐着,身影看起来很安静,不知道是在发呆还是睡了过去。

裴瑾之走近,才发现挽碧睡过去了。

她的双眸紧闭,本来就白皙的肤色,此时被月光照耀,泛起一种柔和的光泽,但是她的唇色和白皙的肤色一般,看起来有些苍白。

她这是怎么了?

裴瑾之微微回头:"去把她叫醒。"

竹叶怔了怔:"是。"

"挽碧,挽碧!"

有声音远远近近地传过来,不胜其扰。

挽碧想要努力睁开眼睛,想看看到底是谁在她的耳边喧哗,却发现自己的眼皮沉重得抬不起来。

她想要张嘴说话,让那个声音安静下来,却发现自己没有办法张嘴。

"公子,挽碧她怎么叫不醒呢?"竹叶有些着急。

裴瑾之在挽碧面前蹲下,凝眸看了看昏睡过去的女子,眉心轻蹙:"去把大夫叫来。"

"是。"

竹叶去请大夫了。裴瑾之仔细端详着眼前的那一张巴掌般大的小脸,看着看着,竟然感觉到自己似乎有些移不开眼了。

这么些年来,他看过的女子不少,万种风情有之,出水芙蓉有之,小家碧玉有之,大家闺秀有之,眼前的这一张脸,并非其中最美丽的,却当得起秀雅清丽这四个字。

意识到自己竟然看怔了,裴瑾之回过神来,才舒展了没多久的眉头再次皱起。

他站起来,垂下眉睫,看着依旧安睡的女子,本来想要迈步离开,想了想,还是弯腰把她抱了起来。

她本就娇小,被抱在臂弯里,重量很轻,身体却很软。

隔着衣衫,他能够感觉到触手所及的柔软,但是她的身子有些发凉,不知道是不是夜间风大,她又在树底下待得太久的缘故。

进了她的房间,裴瑾之把她轻放到床上,盖好被子。

裴瑾之顺手把房间里的烛火点亮,借着烛芒,才发现她的脸色苍白,唇无血色,看起来十分虚弱。

第十二章·青鸟古树

她不是说她快要飞升成仙了吗？怎么把自己弄成这副鬼样子？

现在的这个样子，比那一般的柔弱女子还要柔弱许多，就这样的身体还能飞升成仙？

挽碧的意识其实很清醒，只是不知道自己的身体为何动弹不得。

她能够听到裴瑾之和竹叶的交谈，也能够听到竹叶在她的面前呼唤她的名字，她甚至还知道，在竹叶被裴瑾之遣派去请大夫的时候，是裴瑾之把她抱回了房间。

虽然她的眼睛是一直闭着的，但是房间内的烛光到底比院子里的月光明亮许多，所以当裴瑾之点亮烛光的时候，她便知道回到自己的房间了。

本来以为裴瑾之把她抱回来后会立即离开的，出乎意料的是，裴瑾之一直待在她的房间里，还一直盯着她看。

她能够感觉到他在距离她很近的地方，因为她可以听到他偶尔响起的脚步声，甚至，还能感觉到他的视线落在自己的身上。因为只有他有那种极其清冷的目光，存在感强烈得让人无法忽视。

竹叶很快就带着大夫来了。

挽碧的手腕上又被绕上了一根红线。

她安静地躺在床上，眼睛依旧睁不开，嘴巴依旧说不出话来，但是思绪不住地在延展。

刚刚给古树输送完灵力后，她不知道怎的，就感觉到头很晕，然后就跌落在古树下了。

怪不得当初古树说起输送灵力一事的时候，声音听起来会有些犹豫。

不过，输送完了灵力，古树应该很快就好起来了吧。如此，她的灵力也不算白输出去了，就算是晕一下，也是值得的吧。

"嗯，这个姑娘身体有些虚弱，只是晕倒了而已，并无大碍。"大夫的声音在安静的房间里响起。

挽碧好像听到有人松了一口气。

接下来，挽碧并没有听到什么说话的声音，从脚步声离去的方向来看，他们应该都已离开她的房间了。

挽碧想了想，自己现在动弹不得，无论她想要做什么都做不了。

既然如此，她就只能睡觉了。

第十三章
河灯相赠

挽碧在梦里看到了那个脸色和手指一样苍白的男子——锦溪君。

他笑意盈盈地站在黄金屋的柜台后，面前是一沓孤本："你想看哪一本，随便拿。"

挽碧照旧是摇头："无功不受禄，我不能随便拿你的东西。"

锦溪君依旧笑着："真是个可爱的小丫头，既然你不愿意白拿我的书，那我就随便拿点儿报酬吧。"

柜台上的那一沓书看起来真的很吸引人。挽碧点点头："好啊，你想要什么报酬呢？"

锦溪君沉吟一下，笑了笑："不如，就把你的心给我好不好？"

"你要我的心？"挽碧有些疑惑地低头看了看自己的胸口。

"对啊。"锦溪君的声音突然近在咫尺。

挽碧抬头一看，发现锦溪君不知道何时已经来到了她的面前。

他抬起苍白的手指，点在她的心口处，他的动作很轻，但是挽碧感到一种冰冷的凉意从他触碰的地方逐渐蔓延开来，她的身子微微一抖。

挽碧傻傻地抬起头，眼前的锦溪君依旧笑着，相比于刚刚的笑容，他现在的笑容看起来更加愉悦，更加艳丽，也更加让人莫名其妙地感觉有些害怕。

她的心口突然一凉。

"你看，就是这样的一颗心哦，红红的，还会跳动。"

锦溪君的手往上升了升，掌心里托着一颗还在跳动的红色的心。

他的掌心也是近乎于雪色的苍白，与那颗红色的心相比，对比还是很鲜明的。

"小丫头，快看，这是你的心哦。"锦溪君把掌心往前推了推。

挽碧低头，发现自己心口处正在潺潺地流血。

血迹漫过她的衣衫,把浅绿色染红了一大片。

她再次抬头,锦溪君依旧对她笑得如沐春风。

挽碧蓦地睁开眼睛,床顶熟悉的花纹映入眼帘,她怔愣了许久,才慢慢地把手放到了自己的心口处,那一处有着微弱的跳动。

她的心还在。

她松了一口气,用袖子擦去了自己额头上的虚汗,不明白自己怎么会做这样的一个梦。

明明,她并不熟悉那个黄金屋的锦溪君,见过一次面而已,居然就入梦来了。平常她看见裴瑾之和竹叶那么多次,一次都没见他们入梦来。

挽碧起来,自己打水洗漱完毕后,第一件事情,便是跑到院子里去看那棵古树。

院子里依旧有一股刺鼻的味道。挽碧走近一看,发现树干上湿漉漉的,想必是府里的专人又来了一次。

她四处张望了一下,确认院子里只有她一个人在,才微微一笑,开口说话,"古树,你好点儿了吗?"

树干上很快浮现出一张人的脸:"已经好了,谢谢挽碧姑娘。"

古树的声音相对于昨天的气若游丝,已经响亮平稳了许多。

看来她的灵力在起作用了。

挽碧的心里隐隐有些高兴:"不用谢。我先去书房了,对了,你可以化成人形吗?"

古树说:"不能。灵力不够,还需要修炼许久才可以。"

"哦,这样啊。"挽碧点点头,"我现在去书房了,如果你想要化成人形,那就好好修炼吧。"

"好。"

挽碧到了西边的书房,书房里竟然空无一人,走到东边,问了守在裴瑾之书房门外的侍卫,才知道裴瑾之和竹叶出门了。

挽碧点了点头,表示已经了解,然后到西边的书房去看书了。

天色擦黑的时候,挽碧又去了一趟书房,侍卫见她走来,远远地便摇了摇头。

挽碧止住脚步。

往常裴瑾之下朝之后,或是在皇宫里协助圣上处理事务,又或者回到府里在书房处理事务，无论是哪一种情况，在晚膳之前，他肯定会回来，今天却久久未归。他和竹叶，到底去了哪里呢？

天色渐渐暗下来，裴府里已经掌了灯。挽碧愣愣地看着那抹跳动着的烛火，目光下意识地看向门外。都过去一整天了，裴瑾之和竹叶还是没有回来。

走出书房，挽碧倚着廊柱，抬头看向天空里那轮圆圆的白玉盘。不知道过了多久，突然响起了一阵细碎的脚步声，她略微有些惊喜地抬起头，心想莫非是裴瑾之和竹叶回来了？可是看了才发现，发出声音的，并非那两个人，而是府里的一个丫头，月儿。

一时之间不知怎的，她的心情竟然有些失落。

月儿提着裙摆匆匆忙忙地朝她小跑过来，样子很是欢呼雀跃："挽碧，挽碧，我们一起去放河灯吧？"

河灯？

挽碧还没有应答，月儿已经到了跟前："我们一起去放河灯，好不好？"

月儿是个十四岁的姑娘，脸颊和眼睛都圆圆的，生得娇憨可爱。

她在厨房里当差，年纪轻轻的，竟然有一手好厨艺，据说这是她娘亲悉心教导的成果。

挽碧时常随着竹叶去厨房，一来二去的，和月儿也就熟悉起来了。

月儿的小手攥上了挽碧的袖子："挽碧，你怎么发起呆来了？你有没有听清楚我刚刚对你说的话啊？"

挽碧回神，点了点头："听清楚了，你让我和你一起去放河灯。"

"对。"月儿的眼睛笑起来的时候很好看，弯弯的，像天上的月亮，"那你要不要和我一起去？"

挽碧有些犹豫。月儿看出了她的犹豫，眼珠转了转，又笑了："今天是河灯节，都城里的未婚男女都会在这一天放河灯祈愿，挽碧你真的不想去吗？听说会很热闹呢。"

热闹吗？

挽碧点了点头："好吧，我随你一起去。"

反正她也无事，裴瑾之和竹叶也未归，她一个人待在西边的书房里，也看不进书，倒不如和月儿一起出去走走。

来到街上的时候，挽碧想，其实月儿说热闹是不对的，应该说非常热闹。

因为街上人很多很多，人们的交谈声、小摊贩的吆喝声，各种声音混杂

第十三章·河灯相赠

在一起，十分喧闹。

站在人群中久了，挽碧只觉得连耳朵都在隐隐发疼，如若和月儿说一两句话，还得用双手搭成一个喇叭，用尽全力在对方的耳朵边大声喊。

月儿牵着挽碧的手，在人群之中转来转去，一副轻车熟路的样子，像是水里自由自在的鱼儿一般。

挽碧想到这个，正想要和月儿说的时候，四周的人群不知怎么突然躁动了起来。人们挤来挤去的，挽碧被挤得难受，手心一空，回过神来的时候，已经看不到月儿的身影。

她急得大喊："月儿，月儿，你在哪里？"

可是四周的声音实在太大了，好像几百个人在一起说话似的，即使她叫得涨红了脸，她的声音在人群的覆盖之下，还是太小了，小到可以忽略不计。

挽碧被人群挤得好几次差点儿摔倒，还好她身姿灵活，每次将摔未摔的时候，都及时稳住了身体。

不见了月儿，四周的人又太多，挽碧本来想回裴府的，发现逆流而走是一件很困难的事情后，她最后混在人群里慢慢地随着人群走动。

这么多的人，似乎都在朝一个方向走去，也许，那个方向就是放河灯的河流所在的方向吧。她随着人群走，也许在终点处，可以看见月儿呢。

"喂喂喂，你们谁推我！"人群之中不知是谁突然嚷嚷了一声。

挽碧下意识地看去，感觉有人往自己的身上撞了过来，她的脚步不稳，身体顿时东倒西歪地要摔倒。就在此时，不知道从哪里伸过来一双手。那双手突然紧紧地扣住了她的腰际，把她的身体稳住了。

她有些惊魂未定，抬眸看去，眸光却突然凝住："锦、锦、锦溪君？"她怎么也没有想到会是他。

锦溪君点点头，把她扶稳后，带着她继续往前走，一边走还一边问她："你怎么自己跑出来了？"

锦溪君比挽碧高出了将近一个半头，他一说话，挽碧只觉得这声音像是从头顶传来的。

"我是和月儿一起出来的，可是人太多，我和她走散了。"

锦溪君点头："你也要去放河灯？你的河灯呢？"

挽碧仰着头："是月儿要去放河灯。"她话语里的重音落在了"月儿"两个字上。

锦溪君微微挑眉："你想放吗？"

挽碧点头又摇头："说不上想不想。"

她都没有河灯，她也没有什么愿望想要河神大人替她实现。

锦溪君一下子笑了出来，他面如冠玉，笑起来也是温润如玉的模样，虽然脸色有些苍白，终归还是很好看的，所以他这么轻轻一笑，引得周围的女子或明或暗地投来几分羞涩的眸光也不是什么奇怪的事情。

"走吧，我带你去买盏河灯。"锦溪君身子一转，把挽碧带出了人群。

旁边就有一个卖河灯的小摊，上面摆满了莲花状的河灯。

锦溪君把挽碧推上前去："你自己挑一盏。"

挽碧看着眼前大同小异的河灯，有些奇怪地看向锦溪君："你让我挑？"不都是一样的吗，有什么好挑的？

锦溪君点点头："拿一盏你喜欢的。"

挽碧依旧没想明白："都是一模一样的。"既然是一模一样的，那又谈何喜欢呢？

锦溪君愣了愣，然后有些无奈地拿起一盏放到她手上："那就这一盏吧。"

"哦。"

锦溪君付了钱，带着挽碧正要汇入人群之中的时候，挽碧抬头看他："锦溪君，我今天没带钱出来，改天再还你河灯的钱。"

锦溪君本来想说不过是一盏河灯，值不了什么钱，但是看到挽碧一脸认真的模样，他还是点了点头："好。你要还钱就去黄金屋找我吧。"

"嗯。"

挽碧身子娇小，锦溪君身形高大颀长，身边有他时不时护着，挽碧一路顺畅地来到了放河灯的河边。

放眼望去，河面上点缀了许多的河灯，一盏一盏的河灯顺着河水的流动慢慢移动着，汇集到一起的时候，远看就像一条会发光的带子。

河边还有很多人，挽碧正犹豫着要去哪里放河灯的时候，手腕上有了冰凉的感觉。

锦溪君拉着她往前走："我们去那边，那边的人比较少。"

那边是哪边，挽碧不得而知。锦溪君长得高，应该能够看到哪个地方人多，哪个地方人少吧。挽碧跟在锦溪君的身后，一只手抱着河灯，一只手被他攥着，心里涌上了一种奇怪的感觉。

"好了,这地方人少,我们就在这里放河灯吧。"锦溪君突然停了下来,笑眯眯地看她。

挽碧在自己将要撞上他之时,及时止住了脚步:"好。"

蹲在河边,挽碧要把河灯放到河里去的时候,被旁边的锦溪君一下子阻止了:"等等。"

挽碧有些疑惑:"怎么了?"

锦溪君从怀里掏出了一个火折子:"要先把灯点亮了再放到河里。"

挽碧愣了一下,看向河边的河灯,才发现它们竟然全部是点亮了的。再看自己手里的,并不是亮的。刚刚在买来河灯的时候,也许是因为那边有灯笼的光照着,她以为她手里的灯已经被点亮了。

她微微有些羞赧:"我是第一次放河灯。"

锦溪君已经把她手里的河灯点亮了,又听到她说了这句话,便笑了笑说:"看得出来。"

"灯已经点亮了,你许个愿,然后把它放到河里去吧。"

许愿?挽碧冥思苦想,她要许个什么愿望好呢?

锦溪君看她一脸苦恼的样子,莫名有些想要发笑:"想个愿望都要那么久?"

挽碧看向他:"要不你来许愿吧?"

锦溪君有些怔住了:"你说什么?"

挽碧把手里的河灯放到他的手里:"这个河灯还是由你来放吧,虽然我没有想要实现的愿望,你应该会有吧?"

锦溪君微微一笑:"我也没有。"

"啊?"

锦溪君把河灯放回挽碧的手里:"还是你来放吧,若还没有想到,那就直接放了吧。"

挽碧想了一会儿,点点头,直接把手里的河灯推到了河面上。

河灯渐渐飘远,挽碧收回目光,不期然看到不远处有一个姑娘也在放河灯,她的嘴里似乎念念有词。挽碧看了一会儿,听到锦溪君的声音在耳边响起:"你说,那个姑娘会许什么愿呢?"

挽碧摇摇头:"我不知道。"

锦溪君轻笑:"我猜,她应该是向河神许愿,希望可以找到一个良人吧。"

"良人？"

"嗯。"锦溪君修长的手指遥遥一指，"你看，那姑娘已经及笄了，头发并没有完全挽上去，说明她尚未嫁人。如此，向河神求良缘也是正常的。

"再说，本来今天这个节日，来放河灯的，也大多是未婚的男子和女子。若是两个人有缘，一见钟情，互赠对方河灯，也算是美事一桩。"

挽碧似懂非懂："哦。"

"懂了，还是不懂？"锦溪君很有耐心。

挽碧皱着眉头，一会儿后有些窘迫地低下头去："似懂非懂。"

锦溪君神情了然，他往四周看了看，然后笑得有些意味深长："看看你身后，你就会明白了。"

挽碧依言转身。不远处的灯火重重之中，一男一女正在面对面地站立着。

锦衣华服的女子，手里提着一盏别致的河灯，对着相邻的男子做出相赠的姿势。但是男子却微微垂目，面无表情，并无回应。

那个女子她不认识，但是那个男子，挽碧却是认识的。

挽碧收回目光："那个女子是要赠予裴瑾之河灯吗？"

站在那个女子面前的男子，正是裴瑾之。怪不得他今天那么迟都不回府，想来应该是来这里陪这个女子的吧。

锦溪君点点头："大概是吧。"

"如果裴瑾之收下了河灯呢，他们会怎样？"

"怎样？"锦溪君的嘴角勾勒出了一弯耐人寻味的弧度，"如果裴相收了，你们裴府很快就要办喜事了。"

"喜事？什么喜事？"挽碧一头雾水。

"就是裴相会娶现在站在他身边的女子。"

"哦。"原来是这样。

"那月儿如果把河灯赠给一个美女，也要把那个美女娶回家吗？"挽碧眨了眨眼睛，有些好奇。

锦溪君有些忍俊不禁："自然不是。月儿是女子，如果与一个男子互赠河灯，她就会嫁到那个男子的家里。男娶女嫁便是这样来的。"

"哦哦，受教了。"

"既然放了河灯，那我去找月儿了，如果找不到她，我就回裴府了。"挽碧站起来后，理了理自己的裙摆。

锦溪君也随着站了起来："我陪你去找月儿吧。"

挽碧停下手里的动作："你？"他要陪她去找月儿？他不用回家的吗？

"虽然说国都城的治安不错，但你若找不到月儿，还是我送你回去比较稳妥一些。"

"好吧。"话已经说到了这个分儿上，挽碧也不好意思拒绝，只好和锦溪君一起往前走。

因为方向不一样，离开前，挽碧偶然回头，发现裴瑾之依旧和那个女子僵持着。那个女子看起来也挺好看的，裴瑾之不喜欢她吗？

如果不喜欢，为什么要陪那个女子来放河灯呢？

如果喜欢，那为什么不接下女子赠予他的河灯呢？

人太多，两个人转来转去都找不到月儿。挽碧轻叹了一口气："不找了，可能她已经回裴府了。"

锦溪君点头："既然如此，我送你回去吧。"

挽碧婉拒："谢谢你的好意，只是裴府距离这里并不远，我可以自己回去的。"

锦溪君目光平静地看着挽碧，就在挽碧以为他要生气的时候，却见锦溪君微微弯下腰来。两个人之间的距离一下子近了许多，挽碧有些紧张地往后退了一步。看到她的小动作，锦溪君的目光带着些玩味，他压低声音："你怕我？"

挽碧抿唇，摇头："不怕。"她藏在袖子里的手掌却微微沁出来一些汗。

"是吗？可是你的身子在微微发抖呢，难道你没有发现吗？"锦溪君微笑着道，"你的身体可是比你诚实多了。"

挽碧藏在袖子里的五指慢慢收拢。她低下头，声音竭尽全力地维持平稳："我不怕你。"

锦溪君这下笑出声音来了："真是个口是心非的小丫头。"

挽碧突然抬起头来："我先回去了，河灯的钱我改天再还你。"

急速地说完这一句话后，挽碧转身跑了。

夜风在耳边掠过，挽碧快速地穿过人群，一路跑来，在跑进某个拐角的时候，撞到了一个人的身上。她险些摔倒在地上，幸好有人适时地揽住了她的腰际，才使她不至于狼狈。

她笑着抬头道谢，但是目光在触及那一张脸的时候，蓦地睁大了眼睛，有些失声:"锦、锦、锦溪君?"

锦溪君微微一笑:"是我,你跑那么快做什么?我险些要跟不上你了。"

挽碧与他拉开一些距离,目光慢慢地变得警惕起来:"你到底是什么人?"

她明明跑得那么快,但是锦溪君似乎在一瞬间就追上了她。

这不合常理。

锦溪君依旧微笑着,但是此时他的微笑看起来却有些神秘莫测:"什么人?男人啊。"

挽碧的眉头拧起:"你是怎么追上来的?"明明她跑得那么快。

锦溪君指了指身后的一条小巷子:"从那边走过来的啊,这边是近路,你刚刚兜了一个大圈子。"

挽碧愣住了。

锦溪君笑得有些可恶:"我本来想要叫住你的,无奈你跑得太快了,我跟不上,便只好到这边来等你了。"

挽碧无话可说。真的是她多想了吗?明明感觉,眼前的这个锦溪君,好像和她平日里接触到的那些人,很不一样呢。

挽碧深吸一口气:"你不是人吧?"

不管是不是,她想要问个清楚。

锦溪君笑意敛了起来,皱眉:"你说什么?"

挽碧深呼吸一口气:"你也是修仙的吗?"

须臾之后,锦溪君的表情有些哭笑不得:"你到底在说些什么?我怎么听不懂?"

听不懂?

挽碧的目光依旧带着些许怀疑:"你真的听不懂?"

锦溪君探过手来掐了掐挽碧脸颊上的软肉,笑了笑:"对,我听不懂。你应该说些我能听得懂的东西。"

月色幽幽,夜风轻轻。

挽碧时不时地抬头看看站在自己身旁的锦溪君,他身形颀长,长得也好看,月色之下,一身白色的衣衫看起来衣袂飘飘的,潇洒俊美得很。

难道刚才真的是她误会了吗?而且,那一场梦境里的锦溪君,实在是太奇怪了。

"裴府到了,你看前面的那个女孩子是不是月儿?"

锦溪君的声音把挽碧从散乱的思绪中拉了回来。挽碧凝眸一看，月儿果然已经回来了，此时她正站在府门前，低着头，走来走去的，像是在等人，神情又有些着急不安。

"是月儿，锦溪君，谢谢你送我回来，我过去了。"挽碧心里突然松了一口气。

"好的。我也回去了。"锦溪君面无异色。

"嗯，你小心一些。"

"好。"

距离月儿还有两三步的时候，月儿抬头看见挽碧，有些惊喜地迎了上来："挽碧，你到底去哪里了？担心死我了！"

挽碧笑了笑："去放河灯啊，但是在河边的时候，没有找到你。"

月儿拍了拍胸口，如释重负："原来是这样啊。对了，你怎么和锦溪君一起回来的？"

挽碧看着渐行渐远的人影，努力把心里头的异样感压下去："我借了他的钱去买河灯。"

月儿"哦"了一声，然后不好意思地捋了捋落在身前的发辫："那时候人太多了，我没抓紧你的手，所以才走散了。对不起，还好你平安回来了，若是出了什么事，我真的难辞其咎。"

挽碧摇摇头："月儿你言重了，我这不是好好的嘛。"

月儿笑了笑。

"对了，你是怎么认识锦溪君的？听人说，锦溪君的性情古怪，你和他说话的时候，感觉怎么样？"月儿很是好奇。

挽碧想了想，怎么认识？

"和竹叶一起去拿大人要的孤本的时候认识的。"至于性情古怪嘛，好像是有一点儿吧。

"听说，他一向对人都是冷言冷语的。你和他在一起的时候，他也是这样对你吗？"冷言冷语？没有吧，他对她的态度好像还挺不错的。

"咦，你和他一起去放河灯，他还送你回来，难道锦溪君喜欢你？"月儿的目光突然带了些探究。

喜欢？又听到这个词语了。

"月儿，你知道什么是喜欢吗？"挽碧一脸严肃。

月儿怔了怔，随后笑了："我当然知道。喜欢一个人，是会想要和他成亲的。"

"成亲？"

"对啊。我今年十四岁了，还有两个月，我就要及笄了。到时候会有人到我家来提亲，若是我喜欢那个人，我就会嫁给他。"

挽碧张张嘴："男娶女嫁？"

月儿点头："对啊。"

像是突然想起来什么，月儿看着挽碧问："你今年几岁啊？"

挽碧张张嘴，本来想说自己应该是有三百多岁的，但是话语到嘴边，还是改了口："我和你一样。"

"一样？"月儿的表情有些惊喜，"这么说，你的生辰也是在两个月后吗？"

挽碧轻轻地点了点头。

"太好了。"月儿拍拍手掌，"你的生辰是在哪一天啊？我的是十二，你的呢？快说快说，看看是你大还是我大。"

挽碧抬头看了看她："你说什么时候的月亮是最圆的？"

"十五的月亮十六圆，十六，你的生辰是十六？"月儿一脸兴奋。

挽碧点点头："嗯，算是吧。"

"那算起来，我比你大四天呢。"

"嗯。"

"你是近来才进府的吧，你的爹娘是干什么的？"

"爹娘？"挽碧低着头，"我没有爹娘。"

月儿张张嘴，说不出话来，好半晌后，才把手一伸，慢慢地把挽碧抱住，声音轻轻柔柔的："对不起。"

挽碧被这突如其来的拥抱给怔住了，她微微低头，只能看到月儿耳边那个晃动的耳环。

"不要伤心，如果你不介意，大可以把我的爹娘当成你的爹娘。"月儿如是说。

挽碧垂下眉睫："你是在安慰我？"刚刚月儿对她说了，不要伤心。

月儿松开手："是的。"

心里有种异常的情绪蔓延开来，她好像有些高兴？

"谢谢你。"原来，拥抱可以给人这样的感觉。

"谢什么啊。"月儿低头笑了笑，然后拉着挽碧的手往府里走，"走吧，

第十三章 河灯相赠

我们回府吧。"

"嗯。"

西边书房。

月儿推开门,看了里面一眼,惊叹出声:"挽碧,这个地方真好。"

挽碧坐下来,倒了一杯茶,推到月儿面前:"过来坐吧。"

月儿赶紧坐了下来:"你平常就是待在这里?那都做些什么呢?"

挽碧想了想:"认字?跑腿?"

"认字?"月儿睁大了眼睛,"竹管家教你?"

迟疑了一下,挽碧点点头:"对啊?怎么了?"

月儿的眼睛里满是羡慕:"真好,好羡慕你啊。"

"你也想要学认字吗?我可以帮你问问竹叶。"

月儿的声音提高了一些:"真的?啊,你刚刚说什么?"

挽碧眨眨眼睛:"我说,你也想要学认字吗?我可以帮你问问竹叶。"

"对,就是这个,你居然对竹管家直呼其名!"

"不可以吗?"

"当然不可以,他可是管家!"

"哦。可是我平常就是这样称呼他的啊。"

挽碧和月儿没聊多久,竹叶的身影就出现在西书房的门外了。

挽碧惊讶一瞬,笑了笑,正要和竹叶介绍月儿的时候,月儿却像只受惊的兔子,挽碧还没有反应过来,她的身影便消失在门外了。

挽碧有些手足无措,对着竹叶讪讪一笑,然后解释道:"可能月儿她太害羞了。"

竹叶点头,没有说什么相关的话,反而说:"公子现在在书房,他让你过去一趟。"

挽碧惊讶地睁大了眼睛:"你说什么?"裴瑾之居然要见她?

竹叶有些好笑:"你没有听错,公子让你过去。"

挽碧默默地看着竹叶,无言半响,才点了点头:"哦。"

去书房的路上,挽碧一直在想,裴瑾之往日里都不怎么搭理她,今日怎么会叫她到他的书房去呢?

她好像也没做什么让他生气的事情啊。

书房的门就在面前了,挽碧有些犹豫不定,不敢伸手推开。

倒是站在一旁的侍卫大哥看不过眼了，手掌一伸，便把门推开了。

挽碧不禁感到疑惑，平常也没见哪个侍卫大哥殷勤地替她开门，今天到底发生什么事情了？

不管了，反正都已经来到书房门口了，裴瑾之就在里面。

挽碧深吸一口气，低头走了进去。

她习惯性地往那张巨大的书桌后看去，裴瑾之并不在书桌后。

挽碧扫视四周，才发现裴瑾之站在窗枢之前。

他身姿挺拔，背负着手，站在那里一动不动，像是在凝思。

挽碧站在距离他不远的地方，看着他的身影，一时之间，有些不敢出声。

一会儿过去，裴瑾之依旧没有发声。

挽碧有些站不住了，刚往前走了一步，裴瑾之在这时突然回过身来。

猝不及防地，她被吓了一跳，往后退了两步。

裴瑾之却是向前一步："你去放河灯了？"

挽碧点点头。

"和锦溪君一起？"

挽碧再次点了点头。

"你们怎么认识的？"

挽碧低着头："就是上次去黄金屋的时候认识的。"

第十三章·河灯相赠

第十四章
他的生辰

"为什么要和他一起去放河灯？"

裴瑾之的声音听起来毫无情绪，挽碧摸不准他的情绪，只好认真地答了："路上碰到的。本来是和月儿一起去的，但是人太多了，月儿半路上不见了。锦溪君给我买了河灯，还到河边去放了。"

裴瑾之沉吟一会儿，然后转身走到窗前："锦溪君为人很奇怪，你那么蠢，还是和他少接触比较好，免得被人卖了，还傻乎乎地帮人家数钱。"

挽碧一听这话便有些不乐意了，他说锦溪君奇怪也就算了，他居然还说她蠢？她哪里蠢了？

她忍不住反驳："锦溪君是奇怪，但是我并不蠢，好不好？"

明明锦溪君有些异常的时候，她就发现了，虽然她现在还没弄明白自己心里的猜测是不是对的，但是，来日方长，锦溪君若是真的古怪，总有一天会露出马脚来的。

裴瑾之没有转过身来，挽碧听到了他口中的一声清晰的嗤笑。

她很快皱起秀眉，裴瑾之居然在笑，他是什么意思？

挽碧几步走到裴瑾之的身旁，因为距离太近了，裴瑾之长得又高，她只有努力地仰起头，才能看到裴瑾之的脸。

她有些恼羞成怒，所以故意恶声恶气地道："你笑什么笑？"

裴瑾之也没有料到她会突然走到他的身边，一时间有些怔愣。

听到她的问话，他很快回过神来，微微低头，看到她一脸薄怒的模样，他勾唇一笑，语气里带着些许的嘲讽之意："笑你没有自知之明。"

挽碧不想理会他了。

"怎么？不服气？"裴瑾之又靠近她一点儿，看着她眸子里的情绪更浓，他又恶劣地笑了笑，"那你倒是说说你都学到了什么？"

挽碧很不服气，想了想便一一列举："我把《千字文》学完了，现在可以自己看书。我还会写字，还会沏茶，还会……"挽碧咬咬唇，有些不自然地移开了自己的视线，"还有其他的东西，但是我现在暂时想不起来了。"

裴瑾之笑了笑："是吗？想不起来了？我看，你会的东西也就这几样吧。"

这家伙伶牙俐齿的，倒是会为自己找台阶。

挽碧生气道："你！"他这人怎么这样？话都不能好好说吗？

"你什么你？"裴瑾之微微一笑，好整以暇地看着她。

挽碧瞪着他，由于有些生气，心口微微起伏，你了半天之后，只说出一句话来："你怎么那么讨厌！"

裴瑾之先是一怔，然后脸色蓦地阴沉下来。本来他不言不语，板着脸的时候，挽碧面对他时总会感觉有些压力。如今他生气了，气势更是逼人，甚至让人有些无法直视。

挽碧心有不愤，还是鼓足勇气，直视他的眼睛："我真想不明白，你明明那么讨厌，为什么还会有姑娘送你河灯？难不成那个姑娘瞎了眼不成？"

话语刚落，裴瑾之的脸色意料之中又黑了一层。他的气势太骇人了，饶是挽碧觉得自己已经足够勇敢，当他的目光直直地落在她身上的时候，她还是感觉到了一股冷意慢慢地萦绕在自己的身上。

她莫名地觉得自己的手好像抖了起来？

她努力地握拳，还是止不住那种发抖的趋势。幸好她的手藏在衣袖里，再怎么抖，裴瑾之都看不见。

虽然心里有些害怕，但挽碧想输人不输阵，她可不能在裴瑾之的面前表现出害怕的样子，于是她迎着他有些骇人的目光，努力地挺了挺自己的小胸膛。

裴瑾之冷凝锐利的目光在她的小动作上稍作停留后，便转移开去。

"你可以走了。"裴瑾之没有回头，只是冷冷地说了一句话。

挽碧怔了怔，反应过来后赶紧转身走了一两步，然后停了下来。

她刚刚好像又把裴瑾之惹恼了。可是，明明是他先不好好说话的啊。

而且，她说的也是事实嘛，那个姑娘确实送他河灯了。再说了，裴瑾之他，他是真的讨厌啊！他虽然生气，却没有责怪自己，挽碧想想，又觉得心里有些过意不去。

她刚刚是不是太过分了？这样说裴瑾之，是不是不大好？

她回头看了一眼裴瑾之，他一个人站在窗边的身影，样子好像挺可怜的。

第十四章·他的生辰

165

挽碧顿时有些于心不忍。她刚刚，真的太过分了吧。

裴瑾之看着窗外的一轮明月，眉头紧皱着。

她怎么还没走？磨磨蹭蹭的，莫非又在觊觎他书架上的孤本？

想起来书房书架里那些被她蘸墨弄脏的好几本孤本，他的眉心便忍不住跳了跳。她可知道，他收集来的这些孤本，一本可以卖多少钱？

她就这么随随便便地弄脏了一本，它的价值一下子折损了大半。她要是再打他孤本的主意，他想想便觉得头疼。

他正要回头告诉她不要再觊觎他书房里的孤本，才刚动身子，他便感觉到一股柔软的气息扑到了自己的怀里。

他的动作顿时僵住。

一双柔软的小手紧环在他的腰际，她的脸颊紧贴在他的心口。微凉的温度，细微的动静。在她的身上，似乎还有一股极淡的香味，是他不曾闻过的味道。他一低头，就看到了那两个圆滚滚的小包子发髻。

回过神来，他第一时间便要用些力气推开她。

可是他推了一次，她居然没动。他再推一次，她还是没动。

不能用太大的力气，他皱起眉头，声音沉得几乎快要滴出水来："你放开！"

怀里的身子抖了抖，好一会儿后，才闷闷地开口："对不起。"

裴瑾之就要落在她肩膀上的手顿时顿住了。

感觉到他身上散发出来的拒绝的气息，为了不让他挣脱，挽碧认真地把裴瑾之抱紧了一些："我不是有意要那样说你的。可是你说的那些话，让我有些生气，所以我才会一时口不择言。"

裴瑾之的声音微冷："我知道了，你先放开我。"一个女孩子家，怎么就能那么随随便便地往一个男人怀里扑呢，这还不是蠢是什么？

挽碧怯生生地抬头看了一眼裴瑾之的脸，可当看到他一脸不悦的时候，吓得赶紧低下头，往裴瑾之的怀里埋了埋。

裴瑾之不知该如何是好。还抱？还不放手？她到底有没有安全意识啊？不知道男女授受不亲吗？

挽碧没有留意到裴瑾之的僵硬，她抱住裴瑾之的时候，鼻尖闻到的，全是他身上的味道，有些清洌，像是竹林间清风掠过之时，风里蕴含的味道。

他的身子有些硬硬的，不像她的身体一般柔软，但是他的温度要比她的要高。

现在是夜间,空气有些凉凉的,她虽然不感觉冷,但是他身上的温度,一旦触碰到了,暖暖的,竟然让她有些舍不得放开了。

"你放开!"裴瑾之的声音重重地自头顶上方传来。

挽碧犹豫了一下,依言松开了手。

裴瑾之立即后退了两步,像是遇到了什么可怕的东西一般。

挽碧的表情有些讪讪的,小声地问道:"你高兴一点儿了吗?"

裴瑾之冷着脸:"你说什么?"

挽碧揪着自己的袖子,道:"我是问,你的心情好一点儿了吗?"

裴瑾之挑眉。

挽碧支支吾吾:"我今天和月儿去放河灯的时候,月儿抱了我一下,我感觉这样好像可以让心情变得好起来。"正是这个原因,她刚刚才忍不住抱了裴瑾之。

快到嘴边的责备之语停住,裴瑾之揉了一下眉心,微叹了一声:"你是女子,不能……"

"不能什么?"

"不能这么随随便便就去抱一个人。"

"我没有随随便便啊。"

这样都不算,那怎样才算?

"你是大人,我又惹你生气了,我才抱你的。"她还不是为了让他高兴起来。

这日,裴瑾之和竹叶很早就回府了。

不知为何,府里的人都在瞬间匆忙起来,连走路都是小跑着的,竹叶更是忙得不见人影。挽碧觉得奇怪,找了好半天才在后院找到竹叶。

他看起来很忙的样子,正在指挥着别人收拾东西。

挽碧在旁边看了一会儿,逮着竹叶些微空闲的时候,走上前去:"竹叶,你们这是在做什么?"

竹叶擦了一下额头上的汗,回过头来对她说:"公子明天要去凉州,我们正在准备公子出门要用的东西。"

"哦。你也会跟着去吗?"

"当然。"竹叶一本正经地点头。

"那我呢?我可以跟着去吗?"挽碧一脸期待,她还没有出过远门呢。

竹叶面有难色:"你去问问公子吧。他若是答应了,你便随我们一起出发。"

"哦,好的。"挽碧咬咬唇,预感到这趟出门大概是泡汤了。

裴瑾之老是嫌弃她蠢,怎么可能答应带她出门,给他添麻烦呢?一路想着,挽碧再次抬头的时候,裴瑾之的书房已经近在眼前。

不知道是不是今天大家都很忙的缘故,此刻书房前居然一个侍卫都没有,有些奇怪,挽碧还是用手敲响了门。

裴瑾之的声音很快响起:"何事?"

何事?他把她当成竹叶了吗?挽碧不自觉地清了清嗓子:"大人,是我。"

此言一出,书房里再没有了声音。

就在挽碧以为裴瑾之不会搭理自己,想要离开的时候,一声"进来吧"慢慢地从书房里传了出来。

挽碧惊喜一瞬,推开书房的门,几乎是小跑着进去的。

只是还没走到书桌前,她便看到裴瑾之皱眉道:"把门关好。"

挽碧脚下一滞,心里的欢喜顿时消失得无影无踪。他的语气,好冷淡。

回过身去乖乖地把门关好后,挽碧慢慢地挪到了裴瑾之面前。

"找我何事?"裴瑾之一副公事公办的语气。

挽碧磨磨蹭蹭:"你去凉州可以带上我吗?"

裴瑾之的表情没有什么变化,但是挽碧在瞬间觉得他的表情冷了下来。

看来,他真的很嫌弃她呢。

挽碧举起自己的手,语气急切:"大人,我保证不会给你添麻烦的!一路上我都会乖乖的,绝对不惹事。"

裴瑾之依旧面无表情,好半响才问道:"你想去凉州?理由?"

挽碧低着头:"白石砌其边如玉,布地皆软沙。旁附小堤,益以杂花。每步其上,即乐而忘归,不十余往还不止。

"余家江上,江心涌出一洲,长可五七里。满洲皆五色石子,或洁白如玉,或红黄透明如玛瑙……"

裴瑾之听着听着心里便有数了,因为这些句子都出自那本《晋国手札》。

"我觉得凉州很漂亮,我想去看看。"挽碧一脸认真。

书房里再次寂静无声。挽碧抬头去看裴瑾之,却见他正在定定地看着自己,黑黝黝的眸子,像是在发呆,又像是在审视。

"大人。"挽碧忍不住向前走了一步。

裴瑾之失了耐心,低头执笔:"不行。"

挽碧问:"为什么?"

她都说了不会给他添麻烦的,为什么他还不同意?

"不行就是不行,你不必再说。出去吧。"

"可是……"

"没有可是。"

挽碧从书房里出来的时候,正巧竹叶在书房门外候着。见她出来,他一脸关切:"怎么样?公子答应了吗?"

挽碧沉默地摇了摇头。

竹叶轻叹一口气,压低了声音,怕被书房里面的人听到:"挽碧,你也别怪大人,此趟凉州之行,并非去游玩,有些危险,公子是不想让你以身涉险罢了。"

"危险?"挽碧琢磨了一下,无辜地抬头,"有危险也没有关系啊,我可以保护大人的。"

既然她身上的灵力可以救助古树,那么只要掌握要领,这些灵力也可以用来保护裴瑾之一行人的吧。对了,这么好的一个理由,她刚刚怎么没想到和裴瑾之说呢。如果说了,裴瑾之就会点头同意了吧。还好现在还在书房外,现在就去和裴瑾之说吧。

竹叶呆呆地看着书房门在自己的面前合上。挽碧怎么又跑进去了?

难道是请求公子让她随行吗?理由是她可以保护公子?

这也太天真了吧。竹叶摇摇头。这样的理由,公子怎么可能答应呢?

她一个柔弱的女子,怎么可能保护大人呢?

果不其然,没过一会儿,挽碧从书房里退出来了,一张小脸上,满满的都是再次被拒绝后的沮丧。

竹叶有些忍俊不禁,伸手在她肩膀上轻拍了一下以示安慰:"挽碧,你还小,还是好好地待在府里吧。"

挽碧仰着头:"我不小了。再过几个月,就要及笄了。"

"及笄?"竹叶有些惊讶,"你的生辰快到了?"

挽碧点头。竹叶一时也不知道应该说些什么好,就听到挽碧继续说:"月儿说,及笄以后,会有人上门提亲,如果喜欢,就可以嫁人了。"

竹叶看着她。这些话,和她去凉州有什么关系吗?

挽碧继续说:"我只是想去凉州看一看而已,万一以后嫁人了,去不成

了怎么办?"

竹叶一时不知该怎么回答。

正想着,感觉有人在扯自己的衣袖,竹叶低头一看,挽碧正一脸可怜兮兮地看着他:"竹叶,你可以帮我和大人说说吗?我真的不会给他添麻烦的,而且我还可以保护他,真的!我有特殊的能力,我可以保护他!"

"哦?特殊的能力?你指的是什么呢?"

挽碧正要开口,却听到书房里传来一声轻斥:"竹叶!"

竹叶表情一僵:"我先不和你说了,我还要进去向公子回禀。"说罢,他便推门进去了。

挽碧在书房外站了一会儿,觉得有些无趣,便回玉泽园了。虽然有些日光,但是古树华盖繁茂,树下是一大圈的阴凉。挽碧不想回房间,就到树下坐着。

发呆好一会儿,挽碧听到古树的声音:"挽碧姑娘,你心情不好吗?"

挽碧点点头,声音有些有气无力:"嗯。你怎么知道的?"

古树的声音爽朗:"因为姑娘藏不住心事啊。不过是一盏茶的时间,我就听到你叹气好多次了。"

挽碧不解:"是吗?"她表现得那么明显?

"姑娘有什么心事,不妨说来听听?也许我可以给你一些建议呢。"

挽碧应了一声,然后把事情一五一十地说了。古树听完后,直接笑出声音来:"不过是件小事而已,也值得姑娘你皱眉头?"

挽碧眼睛一亮:"这么说,古树你有办法?"

古树止住笑声:"当然。"

"那你快说说看。"

"姑娘有灵力,想去哪里不都是轻而易举的事情吗?马车行走得那么慢,走好几天的路程,你只需眨眼的时间就到了。"

"你说得有道理。"

"既然如此,那姑娘还在担心什么?大人若是不愿让你去,你自己去不就行了,再说了,你也许会比他更早到达凉州呢。"

"你说得对。"挽碧笑了,"谢谢你。"

"不用谢,若不是挽碧姑娘,我也许就不在了。能为挽碧姑娘解决一个小问题,我感觉到很高兴。"

烦恼的问题就这样解决了,挽碧觉得自己的心情瞬间好起来了,她伸出手在古树的树干上轻轻一拍:"古树,谢谢你。"

古树只是笑了一声。

突然想起一件事情,挽碧匆匆忙忙地从树下站起来:"古树,我还有事,先走了。"

"好的。"

挽碧提着裙子匆匆忙忙地跑回房间,把梳妆台上的匣子打开,里面有一个浅绿色的钱袋子。

她把钱袋子拿起来。

既然要离开一段时间,那河灯钱还是尽早还给锦溪君吧,万一拖得太久,忘记了就不好了。

一盏茶的时间过后,黄金屋的门外站了一个手里打着一把白色油纸伞,有些垂头丧气的小姑娘。

黄金屋的大门紧闭着。

挽碧有些无奈。时间已至正午,锦溪君居然还不开门做生意,这也太不符合商人唯利是图的"传统"了吧。

她揪着手里的钱袋子,思索着自己是现在回府,还是站在门外等锦溪君开门,肩膀突然被人撞了一下,回过神来的时候,她发现自己手里的钱袋子不见了。

她微微举高伞柄,只见一个身影快速地穿过了拥挤的人群。她下意识地想要去追,走了两步,还是停下了脚步。

看着空空的手掌,挽碧抿了一下唇,看来她现在必须回府了。

钱袋子被别人抢走了,她就是想要还钱给锦溪君,也没办法了。

今天的阳光有些烈。往常这个时候,她都是待在裴府的西书房里,若非必要,连西书房也很少出。

挽碧撑着伞站在门口,不一会儿,便感觉有些不适了。

眼下锦溪君又不在黄金屋,她握紧伞柄,便想回裴府。

刚走了一两步,一个慢悠悠的声音从身后传了过来:"挽碧小姑娘,怎么我才来,你就要走啊?"

是锦溪君的声音。挽碧回过头,只看到了一截白色的衣裙。她想把伞举高一点儿,可是一举高,那热热的阳光便落到她身上来了。

不适感加重,她赶紧把伞往下压了压。兀自走到黄金屋的屋檐下,躲进

第十四章:他的生辰

阴凉处，挽碧这才抬眼去看站在阳光里的锦溪君。

他一身白衣，站在阳光下笑得明媚灿烂。挽碧情不自禁也扬起了一个笑容："锦溪君，我是来还你河灯钱的。"

"来，喝杯茶吧。"进了屋，锦溪君推过来一杯茶。

挽碧低头，看着桌面上那素色的瓷杯，里面是一种浅绿色的茶汤，那颜色看起来就像一汪翡翠，美得让人觉得有些惊艳。

想起自己来这里的正事，挽碧的脸色顿时有些讪讪的："锦溪君，你若是早点儿回来就好了。"

"嗯？"锦溪君放下手里的茶盏，有些疑惑，"怎么了？"

挽碧低着头："你若是来早一点儿，我就可以把河灯钱还给你了。可是你那么迟才出现，我的钱袋子让一个陌生人给抢走了。"

"抢走了？"

"嗯，他撞了一下我的肩膀，我回过神的时候，钱袋子就不在我的手里了。"

挽碧的脸上带着明显的歉意："只能下个月再还钱给你了。"

那个钱袋子里，装的是月钱，竹叶给她的，说每个月可以领一次。

她说得一脸认真，锦溪君却有些失笑："不过是一盏河灯的钱，你不用那么计较的。"

挽碧一脸正色，还是那句话："不行，无功不受禄。"

锦溪君跟着轻声念了一遍，随后笑了："你等下有时间吗？"

挽碧想了想，点点头。虽然现在裴府里的下人都很忙，可是不包括她。裴瑾之不愿意带她去凉州，她也没有什么好帮忙和收拾的。若是回去了，不过是躲在西书房里看书而已。锦溪君突然问她这样的问题，莫非有需要她帮忙的地方？

能帮上他也是好的，毕竟她欠着他的钱呢。

锦溪君修长的手指在桌面上点了点："既然你有空，不如留下来帮我将书籍分一下类？过一会儿有一批书运到书屋来，你帮我收拾妥当了，就算抵了河灯钱，你看如何？"

挽碧点点头："好啊。"

"那书有点儿多，收拾起来应该也挺费时间的。作为补偿，我还可以送你两本书，你看如何？"

挽碧眼睛亮了亮："真的？"

锦溪君笑："自然是不会骗你的。这国都城里谁人不知我锦溪君做生意是最厚道的了，童叟无欺啊。"

挽碧也跟着笑起来："那好吧。"

挽碧还没把那杯卖相漂亮的茶汤喝完，书屋外便传来了一阵动静。

对面的人淡定地放下手里的茶杯，道："我去看看。"

他刚站起来，挽碧也跟着站起来了："我也想去看看。"

锦溪君没有阻止，用手向她招了招："跟我来。"

挽碧的脚步停在屋檐下。

书屋外停着一辆马车，几个人正从马车里搬出来一捆捆的书。

挽碧在一旁看着有些心动，无奈马车停在屋檐外，她就算想过去看看，却是不能的。

锦溪君走过去，和他们说了些什么，然后就有两个人开始把书往书屋里搬，足足搬了半个时辰才将马车里的书给搬完。

自从那些书被搬到书屋的大书架旁，挽碧便一直在书屋里忙着将那些书分门别类。本来以为那是一项繁复的工作，其实书早已分好类了，所以挽碧要做的，就是看一看，然后再把它们摆上书架。

黄金屋里的书架很大，那看起来很多的书，待摆上书架后，也不过占了其中的两层。挽碧抹了一把额头上的细汗，看着排列得整整齐齐的书籍，心里莫名有些高兴。

"笑得那样开心，可是又发现什么好看的书了？"

锦溪君的声音在旁边响起，同时，递过来一杯茶。

挽碧接过来，摇摇头："刚才光顾着摆放书本了，并没有认真看，会笑是觉得这些书排列得整整齐齐的样子很好看。"

她回答得细致，样子有些可爱。锦溪君轻笑，然后越过她，伸手在书架上抽出两本书："这两本书应该比较好看。"

挽碧探头去看，一本是《忘忧集》，一本是《蓬莱记》。有些奇怪的名字。

"都是说什么的？"挽碧把书接过来翻了翻，然后去看锦溪君。

"都是讲故事的。现在国都城的女子似乎都喜欢看这类型的书，你要不也带回去看看？据说故事荡气回肠，能够把人感动得落泪呢。"

挽碧无奈，这描述也有点儿过于夸张了吧？

不过，落泪也是一种情绪吗？因为感动，所以会落泪？

第十四章 他的生辰

她似乎不曾有过这样的情绪呢。

"发什么呆呢?"锦溪君摸了摸挽碧的头,"若是想要看书,这儿有凳子,你坐着看。"

挽碧往后退了一步,一张小脸紧紧绷住:"锦溪君,你不要随便摸我的头。"

她竭力让声音显得严肃,因为女子的声音柔软,听起来,倒像小孩子在学大人说话,有些不伦不类的,让人听了想要发笑。

锦溪君怔了怔:"为什么?"

挽碧有些恼羞:"因为,你这样会把我的包子髻给弄乱的!"

包子髻?锦溪君的目光自她的发髻上掠过,忽而笑开来。

"你这也叫包子髻?我以为你是随随便便捆起来的呢。"

挽碧气呼呼地坐到小凳子上看书去了。锦溪君盯着她的背影看了一会儿,笑了笑,然后慢悠悠地往柜台后去了。

裴府。

竹叶到书房里向裴瑾之禀告:"公子,出行所需的东西已经全部准备好了。这是清单,您过目一下,若是有欠缺的,我再去补齐。"

裴瑾之的目光在清单上迅速掠过:"差不多了。"

"是。"

竹叶接过清单正要离开,却听到裴瑾之问他:"她呢?"

她?竹叶怔了怔,有些不大确定:"公子问的是挽碧?"

"嗯。"

"听府里的下人说,挽碧中午的时候出府去了,她现在还没有回来。"

裴瑾之皱眉:"她不过是一个侍女,既然是侍女就应该有侍女的样子。"

竹叶低头:"是。"

"你有安排事情给她做吗?"

"没、没有。"

"那是你的失职。"

"是。"

"等她回府后,你酌情安排一些事情让她做吧,免得她整天往外跑。"

"是。"

出了书房,竹叶抹了一把额头上的冷汗。

回头看了一眼书房,他轻叹了一口气。公子这是怎么了,往常都不管挽碧的事情，今天怎么心血来潮要他给挽碧安排事情做呢？

自从挽碧来到裴府后，虽说是侍女，但是真的没怎么做侍女应该做的事情。她笨手笨脚的，公子也不怎么待见她，她只能一直跟在他的身边。

他每天教她认字，她学得很快，也会举一反三，很快就可以自己看书了。

她和他相处得很好，其实有的时候，他也忘了她是侍女，反而把她当成妹妹看待。

本来她来裴府，他以为她是奔着公子来的，可是公子对她的态度很奇怪，看起来像是不待见她，却让她多次进入他的书房。可若是说公子待见她，这表达的方式，也太过于奇怪。

虽然跟随在公子身边多年，但是他现在也摸不清楚，公子到底喜不喜欢她。

天色微暗。

挽碧从书本里抬起头来，揉了揉眼睛："锦溪君，我该回去了。"

锦溪君也在看书，闻言抬头："好。我送你回去吧。"

"不用了。"挽碧把头摇得像拨浪鼓，"我自己回去就可以了，反正也不远。"

锦溪君好笑地看着她的模样，看了好一会儿，突然扔出来一句话："你好像，有些怕我？"

挽碧睁大眼睛："没有啊。"她为什么要怕他？

"那你为什么不让我送你回府？"

"因为，"挽碧的声音拖得长长的，"这里距离裴府不远啊。"

"你为什么一定要送我回去呢？你不觉得有些麻烦吗？"她的表情很是无辜。

锦溪君一脸淡定："你若是同意我送你回去，多远都不麻烦。"

挽碧愣住了。

锦溪君突然靠近她："我先前就说过了，国都城的治安虽然不错，但是你是一个女孩子，又是一个长得好看的女孩子，天黑了走在路上还是有些不安全的。我是男子，可以护送你安全回到裴府。"

因为天色昏暗，黄金屋里早已掌了灯。橘色的烛光下，锦溪君脸上的笑容浅和温柔，他轻声细语，挽碧觉得自己看得有些移不开眼睛了。

仿佛受到了蛊惑一般，挽碧感觉到自己不由自主地点头，然后说："好。"

正是饭点，街上的行人不多。挽碧走在路上，手里抱着两本书，左边则是走得一脸优哉游哉的锦溪君。

第十四章・他的生辰

　　她看着灯火通明的街道,突然有些后悔答应锦溪君的要求了。他走得那么慢,按照这样的速度走下去,哪怕月上中天都未必能回到裴府。若是她自己一个人走,想必此刻已经回到裴府了。

　　挽碧正想开口提醒锦溪君走快一点儿,却看到锦溪君停下了脚步,看着她:"你肚子饿吗?要不要随我去吃点儿东西?"

　　锦溪君指着他身后人来人往的香满楼。

　　挽碧摇头。她现在只想回裴府。

　　看到她拒绝,锦溪君的表情有些惋惜,他轻叹一声:"香满楼的糕点在国都城里是出了名的好吃呢,平日里很多人排在门口等着买,今天人少些,却只能错过了。"

　　听到锦溪君碎碎念,挽碧顿时心里有些愧疚:"你不要说了,你若是想吃,便自己去吧,我可以一个人回裴府的。"话语说完,她便要走。

　　一步尚未迈出,挽碧便感觉自己的手腕被一个略微冰冷的手扣住了:"等等。"

　　回头一看,锦溪君有些落寞地微笑道:"今天是我的生辰,你可以陪我用晚膳吗?"

第十五章
定情信物

桌面上摆满了林林总总的菜肴，挽碧看得有些目瞪口呆："你点那么多，我们吃得完吗？"

锦溪君摇头："自然是吃不完的。"

挽碧疑惑："那你为什么还要点那么多呢？"

锦溪君微笑："我高兴。"

挽碧一怔，随后也跟着笑了笑。

挽碧还不大会用筷子，平常在府里吃东西的时候，她都是用勺子的。眼下没有勺子，她伸出筷子去夹碟子里的菜，姿势难免有些笨拙。她一边努力地操作，一边问对面的人："生辰，对一个人来说，很重要吗？"

挽碧其实有些不大懂这个问题。月儿说，她过完十五岁的生辰，就会行及笄之礼，然后就可以谈嫁娶一事，算是长大成人了。如此看来，生辰对女子来说，应该是很重要的一件事情吧。莫非，对于男子也是？

锦溪君看着她一直夹那块糖醋排骨，奈何一直夹不住，只好忍着笑给她夹了，才开口道："这个问题，我也不清楚。但是，生辰，是人来到这个世界上的第一天，总归是有重要意义的吧。"

挽碧看看碗里的那块糖醋排骨，又看看一脸微笑的锦溪君，恍然大悟："原来是这样。你以前是怎么过生辰的？"

锦溪君一直坐着，也不动筷子，挽碧觉得自己一个人吃也不大好意思，于是放下筷子和锦溪君聊天。

"以前？"锦溪君的脸上浮现出了一丝迷茫的神色，"好像也没什么特别的，就是像往常那样过。"

挽碧有些高兴："那今年有我陪你过生辰，你会高兴一些吗？"

锦溪君一愣，然后笑了："自然是高兴的。"

挽碧点点头:"既然你高兴,那你就多吃点儿吧。我会在这里陪着你的。"

她会陪他?

锦溪君的眼眸里掠过一抹复杂的情绪,他微微垂下眼睑,拿起筷子,嘴角勾起了一抹微笑:"好。"

小半个时辰后,一大桌子的菜只不过是每一碟都动了一些些而已。

挽碧摸着自己圆滚滚的肚子,感觉自己再也吃不下去的时候,她有些惋惜地放下了筷子,感叹道:"可惜了,我吃不下了。"

锦溪君被她的样子逗笑了:"你若是喜欢,我下次再带你来。"

挽碧摸摸肚子,心满意足地点点头:"好。"

付过银钱,锦溪君站起来:"走吧,该送你回去了。"挽碧坐在凳子上却不想动,她刚刚吃得太饱了,现在只想静静地在凳子上坐着。

锦溪君走过来,俊脸含笑,一双眸子闪着温柔的光:"怎么了?是不是吃撑了?"他轻言轻语,挽碧有些窘迫,微微侧过脸去。

意料之中的,一声轻笑传来。挽碧一鼓作气,正想从凳子上跳下去的时候,肩膀上微微一沉。

锦溪君的声音里带着明晃晃的笑意:"我背你回去吧,嗯?"

挽碧没有听清楚:"嗯?"

锦溪君在她面前蹲下,依旧在笑:"我背你回去。"

挽碧默默地从凳子上跳下来,有些羞赧,也不敢抬头看他:"不用了,我可以自己走的。"

吃得太饱撑着了,最后被别人背出了酒楼,这件事情若是被别人知道了,她肯定会被人取笑的吧。

她想要走,锦溪君却拉住她的手腕:"今天是我的生辰,你愿意陪我用膳,我很感谢你。现在你身子不适,就让我帮帮你吧,嗯?"

身子不适?挽碧感觉到自己的脸颊微微发烫,锦溪君也说得太文雅了,她明明就是吃多了,想想都觉得丢人。

"不出声我当你默认了哦。"锦溪君笑意盈盈的,然后背对着她蹲下来,"上来吧。"

挽碧没动。锦溪君也不急,依旧安安静静地等着她。

挽碧没有办法,只好慢慢地趴上去,一边趴,还一边有些尴尬地解释:"那个,我可能会有点儿重,我今晚还吃了很多菜。"

吃了一肚子的菜，应该比平时还要重吧？

锦溪君忍笑："没关系。"她整个人都已经趴到锦溪君的背上了，但是锦溪君迟迟没有动静。挽碧正奇怪着，却听到锦溪君说"抓稳了"，然后他突然站了起来。

挽碧被吓了一跳，两手还是在瞬间无师自通地环上了锦溪君的脖子。

大约是两个人之前靠得很近，挽碧听到锦溪君的笑声也特别清晰。

她的手背贴着锦溪君脖子上的皮肤，热热的，莫名其妙地，她觉得有些烫手，刚想松开，却听到锦溪君："抓稳了，摔下去会很疼的。"

挽碧只好又环紧了一些。锦溪君人很高，看起来很瘦，挽碧本来想着，她可能会趴到一堆骨头上，但是好像她想得太夸张了，锦溪君的背，还是挺舒适的。

锦溪君步履闲适，像是有节奏一般。挽碧趴在他的背上，渐渐地，居然有了一些睡意。迷迷糊糊间，她听到锦溪君问："挽碧，你一定要去凉州吗？"

她轻轻地应了一声。

"不去好不好？你喜欢看书，就天天来我的黄金屋看书好不好？"锦溪君的声音有些低。

挽碧听到了，也听清楚了，可是她好像没有办法阻止自己的困意，即使想回答他的问题，却感觉到自己开不了口。

眼前突然一黑，她便沉沉睡去。

锦溪君好半晌没有听到声音，又轻唤了一两声，回应他的只有那轻轻的呼吸声。他哑然失笑，和他聊天就那么无聊？

他也没问什么话，她居然那么快就睡着了。

此刻，竹叶正在西书房里坐立不安。

看着那被风吹得有些摇摇晃晃的烛火，心里莫名有些烦躁。

挽碧到底跑去哪里了？居然那么久都不回来。莫不是，出了什么事情？

他眉头一皱，想了想，唤来几个侍卫："你们分成两组，一组去黄金书屋看看，如果挽碧还在那里就立即带她回来。另一组去街上看看，那些热闹的地方，遇见挽碧便立即把她带回来。"

"是。"

他想了想，觉得有些不妥，正想跟着去的时候，却看到一个侍卫跑进来："管家，大人让你过去。"竹叶点点头，忙跟着过去了。

第十五章 · 定情信物

书房里，裴瑾之正站在那个大大的书架前，手里还拿着几本书，回头看见竹叶进来了，他把手里的书本递过去："把这几本书放到马车里去。"

竹叶把书接了过来。裴瑾之又扫了书架一眼，确定没有自己想要看的书后，说："没事了，你可以出去了。"竹叶应了一声，但是迟迟没有动。

裴瑾之很快就察觉到了他的异样："怎么了？"

竹叶低着头："挽碧正午时分出去，直到现在也没有回来。"

裴瑾之的表情没什么变化，声音也如常："派人出去找了吗？"

竹叶的头更低了："派了。"

"什么时候派的？"

"刚刚。"

话语刚落，书房里的气氛瞬间有冻结的趋势。竹叶微微抬头，只觉得书房里安静得有些可怕。更加可怕的是，裴瑾之静静地站在原处，也不知道在想些什么。竹叶低下头："公子，我会多派几个人去找的。"

他不敢再看自家公子是什么表情，好半晌后他才听到公子淡淡地应了一声："去吧。"

从书房里逃出来，竹叶刚想多召集几个侍卫出去寻找，一抬头看到派出去的侍卫回来了一个。

侍卫步履匆匆地道："管家，挽碧现在正在府门外。"

竹叶匆匆地赶到府门外，首先看到的是身形颀长的锦溪君，再定睛一看，才发现锦溪君背着一个人。

他匆匆地迎上去，发现锦溪君背着的那个人竟然是挽碧，他倒吸了一口气：这个傻姑娘。他正要伸手把挽碧接过来的时候，锦溪君却往旁边让了让："这样子会吵醒她的。"

竹叶的动作顿住了。

"不如让我送她回她的房间吧。"锦溪君说。

"可是这于理不合。"竹叶很为难。挽碧是个姑娘，怎么可以让一个陌生的男子随便进入她的闺房呢？

锦溪君挑眉："怎么会呢？她只是个孩子而已。"

竹叶看了一眼挽碧头上的那两只小包子，微微一咬牙："好吧，锦溪君，里边请。"

"有劳管家带路了。"

"不敢当。"

把挽碧放到床上，看着她无意识地翻了个身，然后抱住被子蹭了蹭的可爱模样，锦溪君无声一笑。环视屋内一周，屋子里的装饰极其简单，若不是竹叶领路，他根本不会觉得这是一个女儿家的闺房。可是，这就是挽碧的房间，不会有错。她在裴府过得不好吗？

"锦溪君，你看时候不早了，请先回吧。"竹叶在一旁忍不住开口提醒。锦溪君回过神来，按下思绪，替挽碧掖了一下被子，起身往门外走去。

快要走到玉泽园的院门时，锦溪君与迎面而来的人目光相接，两个人的眸光之中都闪过了一丝意外，然后双双停下了脚步。

竹叶脚步一滞，连忙走上去："公子。"

天色才刚刚泛亮，裴瑾之一行人便要出门了。挽碧默默地坐在屋顶，看着他们忙东忙西的，低头轻叹了一口气。

叹着叹着，她没有留意，把一块瓦片给踩下去了。

话说在府门里忙碌着的众人，突然听到一声清脆的声响，循着声源看去，才发现是屋顶上的一块青瓦掉了下来。

大家都不自觉地往屋顶上看去，也没发现什么可疑的小动物，想着可能是被风吹下来的，于是又低下头各自忙活了。

裴瑾之早已坐在了马车里。听到声响的时候，他撩开马车的帘子，看着不远处那一块摔得稀巴烂的青瓦，微微蹙眉。

竹叶走过来："公子，我已经着手安排人去检查和修理了。"

裴瑾之往屋顶看了一眼，微微摇头："屋顶并没有问题。"

竹叶奇怪地往屋顶看了一眼："可是刚刚有瓦片掉下来了。"怎么会没问题呢？

裴瑾之不置可否，随即放下帘子："小野猫的恶作剧罢了，无妨。"

"哦。"

裴瑾之一行人出发了。挽碧坐在府门前的石阶上，看着手里的那个浅蓝色钱袋发呆。这个钱袋是竹叶出发前给她的。

他说，他此次和公子出门时间会比较长，这个月的月钱就提前发给她了。她一个人在府里，也要像往常那样，好好看书，若是想吃点儿什么好吃的，可以拿着钱袋到街上去买。但是记得要在天黑之前回来，因为他还嘱咐了府

第十五章 · 定情信物

里的一个侍卫大哥照看她,如果她出去了没及时回来,那个侍卫大哥就会直接到街上去抓人。

太阳升起来了,阳光变得强烈起来,挽碧转身往府内走去。即使她想去凉州,可是那么大的太阳,没有伞她是不会出门的。

回到自己的房间,挽碧左翻右翻,才想起来,她好像把她的那把白色的伞落在锦溪君的书屋里了。看来,在启程去凉州之前,她得去锦溪君的书屋里把伞拿回来才行。没有伞,她不能出门。

挽碧跑到裴瑾之的书房里看了一会儿书,然后又跑到厨房里看月儿。月儿正坐在廊子的阴凉处,手里拿着一块手帕,看得目不转睛的,似乎是在发呆。挽碧小跑过去的时候,脚步声惊了她,把她吓了一跳。

月儿迅速地把手里的帕子收进衣袖里,才抬眼去看挽碧,笑道:"你怎么来了?"

挽碧撇撇嘴:"他们都出门了,又不愿意带上我,我不想看书,就过来找你说说话。"

月儿点点头:"原来是这样。对了,我今天早上做了一些山药红豆糕,你要不要尝尝看?"

山药红豆糕?还是第一次听说,挽碧点点头:"好啊。"

月儿转身进了厨房,不一会儿便端出来一小碟糕点。

糕点是白色的,其间夹着一些红豆,白的纯净,红的惊艳,搭配起来,倒也挺好看的。挽碧抓起一块,轻尝一口,笑眯了眼睛:"好吃,好吃。"

月儿笑着把碟子往她面前一推:"你若是喜欢吃,就全部拿去吧。"

挽碧连忙推辞:"这不大好,我吃这一块就可以了。"

怎么可以把别人的都拿光呢,这样多不厚道啊。

月儿直接拉过挽碧的手接住碟子,有些娇嗔地道:"不过是几块糕点而已,也不值什么钱,你不用那么客气的。"

挽碧道:"可是,这样不太好吧?"

月儿突然板起脸道:"你这么推三推四,是不是不把我当朋友了?"

挽碧睁大眼睛道:"你别误会。"

月儿"扑哧"一笑:"我没有误会,刚刚是逗你的。既然你喜欢吃,那就拿着吧。里面还有山药红豆糕的,我没有全部拿出来。碟子有点儿小,只能拿那么几个。"

挽碧这才松了一口气，不再推辞："好。"

就在挽碧津津有味地吃着山药红豆糕的时候，月儿支着胳膊坐在对面，一脸好奇地盯着她看。

挽碧被她看得有些不自然了，用手摸了摸脸颊后，问她："怎么了？我脸上沾到糕点末了？"

月儿摇摇头。好一会儿，她才慢慢地开口："我只是觉得有些奇怪而已，你说，你跟竹管家的关系那么好，竹管家随大人去凉州，怎么不把你给带上呢？"

挽碧咬着糕点的动作一滞，她摇了摇头："我也不知道。"顿了顿，她又说，"竹叶说，此行去凉州，并不是为了游玩，好像会有危险，我在府里比较安全。"

月儿的眼神突然有些意味深长起来："原来是这样啊。"

挽碧把手里的糕点吃完后，觉得嘴里有些甜腻了，又喝了一杯水。

杯子空了，她正要重新倒水，月儿拿起茶壶便给她倒，一边倒，一边说："挽碧，你有没有觉得竹管家对你很好啊，你说，他是不是喜欢你啊？"

喜欢？这是她第几次听到这个词语了？

挽碧放下水杯："竹叶确实对我挺好的，但是，他不是喜欢我。"

月儿眨巴眨巴眼睛，突然语气有些急切地催促她："那你快说说，你和他是什么样的情况啊？"

挽碧微微皱着眉头，虽然觉得月儿的表现有些异常，也没有深究，只是说："我对竹叶并没有那种喜欢的感觉。"

月儿像是松了一口气："哦，这样啊。"

挽碧仔细地看了月儿一眼，忽然语出惊人："月儿，你是不是喜欢竹叶啊？"

月儿一怔，随即使劲摇头，摇了几下后，便成了点头了。

挽碧哈哈大笑："原来你喜欢竹叶啊。"

月儿的耳朵红了："嗯。"

"那竹叶喜欢你吗？"

月儿突然脸色一变。挽碧看到她这样的表情，心里有些不安，明白自己刚刚是说错话了，便赶紧说："月儿，我并非有取笑你的意思。我只是，我只是好奇而已。"

不过是简简单单的十几个字，挽碧却说得额头上的细汗都冒出来了。

月儿深呼吸一口气:"我知道,没有误会。"

挽碧松了一口气:"那就好。"

突然想起来先前月儿急急忙忙收起来的那方手帕,挽碧饶有兴趣:"月儿,刚刚那块手帕,是你绣的?"

月儿点头:"是。"

"打算送给竹叶?"

"是。"

"这是定情信物?"挽碧记得最近自己看的那一本《忘忧集》里就有这样一个情节。

"是。"

"我前几天就绣好了,本来想着今天送给他的,可是人太多,我找不到空,就没送出去。"月儿说起这件事情的时候,语气有些失落。

挽碧心一动:"要不你把手帕给我,我给你送吧。"

月儿惊讶地抬头:"你帮我送?怎么送?竹管家都去凉州了。"

挽碧神秘一笑:"我知道他们去凉州了。"

月儿怔了一下,随后不敢置信地睁大眼睛:"你也要去凉州?"

挽碧认真地点点头。

月儿犹豫了一下,随即拍案而起,豪爽地道:"好,那我也去!"

月儿是个雷厉风行的小姑娘,这边才决定要去,那边便兴致勃勃地问:"我们什么时候出发?"

挽碧握着茶杯不知所措,因为她也没有料到会出现这样的情况:"你也要去?"

月儿坚定地点了点头:"当然,定情信物什么的,当然要亲手送出去才有意义啊。"

挽碧认同地点头:"那倒也是。"

月儿把挽碧手里的茶杯夺过来,放到桌子上:"那你说说,我们什么时候出发?"

挽碧问:"你想什么时候出发?"

"说走就走,不如就现在吧。"

"啊?"

"啊什么啊,天黑了不好赶路啊,我们现在出发的话,也许在第二天就可以赶上大人他们了。"

"哦。"

月儿回房间去收拾东西了。挽碧坐在凳子上，还没弄明白事情怎么会变成这个样子的时候，月儿已背着一个小包裹出现在门外。

当她看到挽碧还坐在原处的时候，也是一怔，然后走进来拉着挽碧往外走："你怎么还坐在这里，回房间去收拾东西啊。"

月儿的步伐有些大，挽碧被她拉得有些跟跄。"要收拾什么东西啊？"挽碧一头雾水。

月儿头也不回："衣服和钱啊。"挽碧看着房门被月儿一掌推开，然后把她推了进去，"快去找两套衣裙，然后把你的月钱拿上。"

"有钱袋子不就好了？为什么要带衣裙？不是可以用钱买吗？"挽碧有些奇怪。

月儿看着她一脸天真的样子也是有些头疼："就你那点儿月钱，能买到一套衣裙吗？"

挽碧看着手里那个浅蓝色的钱袋子，犹豫道："买不到吗？"里面的钱，看起来还挺多的啊。

"当然买不到！所以，赶紧收拾衣裙去。"

"哦。"

挽碧一一照做。收拾好后，月儿拉着挽碧往外走，才出了玉泽园的院门，便被一个人拦住了。挽碧抬头一看，拦住她们的人，正是往日里站在裴瑾之书房外守卫的人。她记得他的名字，杜叙。

杜叙打量她们一下，声音沉沉的："你们这是要去哪里？"

月儿的脸色一瞬间就白了。

挽碧往前走了一步，微笑："杜叙大哥，我们要去街上。"

杜叙也笑，语气却是不信："去街上？那你们背着包裹做什么？"

挽碧一脸无辜："竹叶说，钱财不可外露。我上次就是拿着钱袋子上街，然后就被人抢走了。把钱袋子装在包裹里，这样安全一些。"

杜叙呵呵一笑："不过是两个小丫鬟，能有什么钱，两个钱袋子，居然可以装成两个大包裹？"

"管家离开之前就已叮嘱过我了，不能让你们偷溜出去。所以，你们还是该干什么就干什么去吧。"

知道杜叙是不会让她们走的，挽碧眨了眨眼睛，回头看向月儿："你看，其实只要带上钱袋子就好了，为什么还要带衣裙呢？带上衣裙，我们就出不去了。"

月儿趴在桌面上，眼睛微微眯起。她看着桌面上搁着的那两只小包裹，无奈地叹了一口气："挽碧，现在想想，我们刚刚真的是太冲动了。"

"嗯？"月儿怎么突然这样说？

"凉州那么远，我们又不知道怎么走才能到那里。我们刚刚竟然就那么冲动，想着带着衣裙和钱袋就可以追上大人他们，真的有些太过于天真了。"

挽碧闻言微微皱眉，但是没有接话。

"现在想想，还好我们及时被杜叙大哥拦了下来。若是真的出了国都城，万一发生了些什么不好的事情，那可是后悔都来不及了。"

月儿自己絮絮叨叨地说了一大堆后，发现挽碧一直保持着沉默，她想了想，自知自己这种反复的想法确实有些不好。

一时之间，她有些尴尬，只好也不说话了。

"月儿，你的手帕，还需要我帮你拿给竹叶吗？"挽碧突然问道。

月儿有些惊讶地看向她："你说什么？"

挽碧张张嘴，打算重复一遍自己刚刚说过的话，可是还没有发出声音，便被月儿一个手势阻止了。

月儿倏忽探过身子来，有些紧张地盯着她，说话有气无声的，像是怕被第三个人听了去："你什么意思？你还是要去凉州？"

挽碧轻轻地点了点头。月儿张大了嘴巴："你疯啦？"

挽碧摇摇头。

月儿皱起眉头："挽碧，外面不安全，你一个女子，一个人去凉州会有危险的。"

挽碧不语，好半晌才说："没事，我可以应付得来。"

她有灵力，若是真的遇到什么棘手的事情，她会溜得比兔子还要快。

月儿的焦虑不减半分："我的手帕反正都是要给竹管家的，什么时候给都一样，也不急在这一刻。"她可不想挽碧为了给她送手帕而以身犯险。

挽碧轻笑："月儿，你误会了。是我想去凉州，帮你送手帕，只是顺路。"

杜叙守在玉泽园的院门前，无聊间一回头，看见里面慢慢走出来一个浅绿色的身影。人还没到跟前，他不由自主地绷住了面孔："你又想逃跑？"

挽碧摇摇头："我想要去黄金书屋。你可以陪我一起去吗？"

杜叙没有立即应答，他怀疑的目光落在她的身上："你又玩什么把戏？"

"我是真的要去黄金屋一趟。我的伞落在那里了。"挽碧说完，想着杜叙好像不愿意相信她，于是张开双臂在杜叙面前舞了一个圈，让他看清楚自己身上没有带任何多余的东西。

杜叙明白她的意思，脸色稍稍放松了一下，还是处于警惕的状态。

挽碧觉得有些好笑，干脆揪住了杜叙的衣袖："既然你不相信我，那便和我一起出门好了。"

杜叙看着那张笑意盈盈的脸，心头各种思绪掠过。离府之前，竹管家叮嘱过他，挽碧要上街是被允许的。但是想着情况特殊，她背着小包袱要追去凉州的样子还历历在目，他一路跟随比较好，省得她带着钱袋子半路就逃了。想到这里，他点了点头。

挽碧牵着他的衣袖向前走了两步，又停下了脚步："对了，你能去给我拿一把伞吗？我要撑着出门。"

怕他不相信，挽碧又继续说："竹叶只给了我一把伞，我没有备用的伞，若是有，我也不用麻烦你了。"

杜叙很犹豫。眼前这个姑娘看起来鬼灵精的，尤其那一双美丽的眼睛，灵动异常，看起来很单纯很无辜，也许一眨眼就会让人不知不觉地掉坑里。

他可以去给她拿伞，万一这是调虎离山之计呢？

万一他去拿伞的时候，她联合那个月儿姑娘一起跑了呢？

挽碧看着他纠结的模样，笑出声来："其实你真的没有必要那么为难。我随你一起去拿伞就好了。"

挽碧说得一脸理所当然，但是杜叙的心里有些不是滋味了。挽碧不过是一个小女子，看起来弱不禁风的，还能翻出他的手掌心不成？他兀自反思，他这样，是不是有些风声鹤唳，草木皆兵了？

"杜叙大哥，你怎么发起呆来了？"挽碧晃了晃他的衣袖。

杜叙回过神来："那好，你随我来。"

挽碧看着院门外明晃晃的阳光，犹豫了一瞬，淡定自若地走了出去。

阳光就这样毫无遮掩地落在身上，挽碧感觉着那些热度慢慢地沁入衣衫，又从衣衫沁入她的皮肤之中，她感觉全身都有些发起热来，就连皮肤也渐渐

第十五章 定情信物

有些刺痒刺痒的感觉,她忍不住咬了一下嘴唇。

没注意到力度,咬疼了,她发出一声轻轻的哼声。杜叙走在前面,发现跟在自己身后的小姑娘好一会儿都没有出声了,安静得有些奇怪。他正想回头去看一下什么情况的时候,耳边却听到了一声小小的哼声。

他立即回头,便看到挽碧一脸苍白地低着头,上齿紧咬着下唇,漂亮的唇色被分割,被咬住的嘴唇周围已经分出了一线苍白的颜色,模样看起来异常痛苦。他顿时有些惊慌起来。

怎么突然变成这个样子?他有些手足无措,想去扶她,又觉得男女授受不亲,只能干站着:"你、你怎么了?"

挽碧松开下唇,声音有气无力:"我晒不得。"

晒不得?杜叙怔了怔,反应过来后也顾不上那么多了,他迅速把挽碧拦腰抱起,转移到了路边的树底下,让她靠着树干坐着。

挽碧的脸色苍白如纸,杜叙看得眉头越发紧皱:"你在这里等等我,我去请大夫。"说完,他也不等挽碧回话,便直接跑了。

待人影跑远后,挽碧费力地从树底下站了起来。她有些着急地往后看,没过多久,便看到月儿左手拎着两个包裹,右手拿着一把伞,鬼鬼祟祟地走过来了。

第十六章
独自启程

挽碧轻咳一声，月儿的目光立即落在她的身上。只是看到她的时候，月儿大惊失色："你、你怎么变成这个样子了？"

挽碧摇摇头："杜叙去请大夫了，我们现在赶紧从后门出去。"

月儿犹豫道："可是你的身体撑得住吗？"

"不碍事，我不耐晒，有伞就会好很多的。"

月儿一再犹豫，挽碧的脸色瞬间严肃起来："如果你不想去，那你现在可以把我的包袱给我了。"再这么犹豫下去，杜叙就要回来了。

突然被轻斥，月儿的脸色讪讪的："我……"

挽碧一看她的神情便知道她要坏事。

本来在屋子里，她们就说好了的，挽碧装病支开杜叙，虽然她不用装也达到了目的，然后月儿带着东西出来接应她，她们一起从后门溜走。但是按照现在的情况来看，月儿是不想去了吧。

挽碧的心里突然感觉到有些不舒服。她别过脸去，道："既然你已经改变了主意，那你带着东西快点儿回玉泽园去，杜叙就要回来了。"

既然月儿不想离开，那她就当作这件事情从未发生过。

对她而言，是当作从未发生过。对杜叙而言，则是从未发生过。

她可不想被杜叙发现她在搞小动作。

她的语气是少有的严肃，月儿被吓得一愣一愣的，然后抱着包裹赶紧走了。

直到她的身影看不到了，挽碧这才松了一口气。回头一看，杜叙的身影已经在不远处，在他的身后，还跟着一个老大夫。

挽碧一惊，心怦怦直跳。

她握紧了拳头，然后发现自己居然整个身子都在微微颤抖着。

几个眨眼的时间，杜叙走到了挽碧的面前。

"你感觉如何了？"杜叙仔细打量着挽碧的脸色。

挽碧点点头："好多了。"

"刚刚那个人是月儿？"杜叙的声音有些迟疑。

挽碧怔了一下，点点头："她正要回厨房，看见我，便和我打了个招呼。"

杜叙应了一声。

看样子，他明显不相信她的说辞，却没有深究。

挽碧松了一口气。

"大夫。"杜叙往旁边让了一下，招呼大夫往前走几步。

那大夫也认得她，笑了笑说："是这个小姑娘啊，估计又被晒晕了吧，这么大的太阳，出门怎么都不带一把伞啊？上次不是嘱咐过你了吗？"

挽碧没有说话，只是眼巴巴地看了一眼杜叙。

杜叙没有想到竟然是这样的情况。

不过走了十几步路而已，这小姑娘居然就被晒晕了！

挽碧这身子，也太过娇弱了些。

但是不管怎么说，此事的责任在他。

于是他很诚恳地低头道歉了："是我不好，没有注意到这个情况。"

大夫捋了捋白花花的胡子，道："既然是这样，也不是什么大事，休息一下就好了，我先回去了。小伙子啊，去拿把伞过来吧。"

杜叙点头："好的。"

"大夫，我送你吧。"

"不用了，不用了，我都来过好几次了，知道怎么走，你赶紧去给那个姑娘拿伞才是。"

"好。"

杜叙不一会儿便拿着一把伞，匆匆地赶回来了。

挽碧接过伞，撑起来："谢谢你。今天这样，麻烦你了。"

杜叙的脸上带着歉意："是我不对。若是你提早和我说你不耐晒，我也许就不会让你跟着出来了。"

挽碧摇摇头："是我先前给你留的印象不好，不是你的错。"

撑了伞以后，虽然那伞并不能完完全全地抵挡住阳光，但相对于刚刚来说，挽碧已经好很多很多了。

挽碧的脸色渐渐地恢复了正常。

杜叙放下心来:"我先送你回玉泽园休息吧。黄金屋的伞,我已经派人去拿了,一会儿就送到玉泽园去。"

挽碧点点头:"好的,谢谢你。"

杜叙忽地笑了开来:"你太客气了。"短短时间内,他好像已经听她说过很多次"谢谢"了。

挽碧摇摇头:"应该的。"

杜叙笑而不语。

他还是不接话了吧,再说下去,感觉要说不停了。

天色灰暗,空气闷闷的。

竹叶抹了一下额头上已经冷下来的细汗,下意识地往四周看了看。

明明刚刚还是艳阳高照的,现在却是风雨欲来的架势。可能大雨即将到来,还是先找个地方避一避比较好。

他想了想,下马走到马车旁边,伸手在车窗边敲了敲:"公子?"

马车里先是毫无动静,然后才慢悠悠地响起了一声:"何事?"

竹叶把大致情况说了一下,然后询问:"似乎要下大雨了,不如找个地方避避雨?"

帘子被掀起,裴瑾之微微探头出,看了看四周的地形。

他们现在还在山中,四周的地形高低起伏,植被也不够茂密,若是下起雨来,小雨还可以勉强一避,但若是大雨倾盆,躲在这山里,处境恐怕会变得十分危险。

"还要多久才能到下一个镇?"裴瑾之沉着声音问道。

竹叶看了一眼在前方引路的向导:"我刚刚问过,大概还有半个时辰的路程。"

路程不长不短,可是这雨看起来就要下了,若不是难以决定,他也不会来请公子抉择。

裴瑾之皱着眉头:"既然是这样,那便加快行进速度。这里的地形并不适合避雨,一旦发生泥石流,我们很有可能被困山中。"

竹叶点点头:"我这就去催促他们加快速度。"

裴瑾之不语,手指一松,放下了帘子。

没过多久,便下雨了。

那雨来得凶猛,天地间顿时一片白茫茫的,都看不清脚下的路了。

第十六章·独自启程

来不及躲避，同行的人衣衫均已经湿透，湿答答地黏在身上，雨水冰冰凉凉的，整个人就像泡在河水里一样。

即便是这样，所有人都不敢懈怠半分，没有听到马车里那位大人开口，所有人都不敢停下来。

雨水的势头很大，一时半会儿不会停。

山路渐渐泥泞，行进也变得有些困难。

马车东摇西晃的，裴瑾之放下手里的书，想了一会儿，默默地闭上眼睛休息。

不过是歇了一会儿，便感觉到马车停下来了。

雨声太大，竹叶的声音自车外忽远忽近地传进来："公子，前方道路被阻，请您下车步行。"

裴府。

杜叙看着空无一人的房间，再看看原本搁置在梳妆台前的小包袱也不见了，心里突然掠过一丝不好的预感。

她不会又在他的眼皮子底下溜了吧？

他即刻赶到后院，找到月儿的时候，月儿正看着手帕发呆。

杜叙皱着眉头："你有看到挽碧吗？"

月儿一脸茫然地摇了摇头。

杜叙离开后院的时候，眉头几乎都要皱成一个川字了。

他就知道，他不应该掉以轻心。

没有想到，她病着也还想着折腾，真不让人省心。

想着发现的时间还早，杜叙赶紧召集了好几个侍卫，让他们彻底地把裴府里里外外搜寻了一遍，同时还派人把裴府周围几里的地方也搜寻一遍。

小姑娘身子柔弱，估计也走不了多远吧。

杜叙拧着眉，想着挽碧被找回来后，他一定要对她实行寸步不离身的护卫策略，直到大人他们回来。

此时此刻，国都城外。

被杜叙一厢情愿地定义为"身子柔弱"的小姑娘挽碧，正背着她的小包袱，撑着白色小伞，慢吞吞地走在路上。

除了她的小包袱，她的手里还有一张纸，上面画着去凉州的路线。

这是她在赶路的时候问来的，那个人看似热心助人，却不愿意无偿帮助，这张路线图，花了她一些钱。

阳光已经不那么强烈了，挽碧一边走着，一边好奇地四处张望。

有些累了，她刚想到路边的石块上休息一下，却听到身后传来一阵喧闹。

回头一看，她勉强认出来那是一支运送货物的商队。

挽碧想起，给她说如何去凉州的那个人，好像话里也有提到商队一说。

他说，若是可以让商队捎带一程，无疑是安全又便捷的。

挽碧想到这里，在车队快到跟前的时候，定了定神便直接站到了路中间。

车队意料之中地停下来了，但是驾车的人勃然大怒，还没说话便一鞭子狠狠地抽在了地上，扬起了一道尘烟："你找死啊？"

挽碧被吓得后退一步："我、我不是找死。"

"不是找死那就是找晦气！"

"找晦气是什么意思啊？"

"就是找死！"

挽碧愣在原地，没有回答。

"快快给爷滚开，我们还要继续赶路呢！"驾车的人一脸暴戾。

挽碧心里有些犹豫，这个人给人的感觉那么坏，跟着车队，真的可以安全到达凉州吗？

可是那个人明明说车队很安全啊，会不会是骗她的？

可是她给了钱的啊。

"发什么呆呢，赶紧滚开，别挡了爷的路。"

挽碧向前一步，强作镇定地道："我、我可以跟你们去凉州吗？"

"什么？凉州？滚滚滚，我们不去凉州，我们去的是青州。"

"青州？"挽碧低头看了看手里的路线图，青州过后就是凉州了啊。

"那我可以跟你们去青州吗？"

驾车的人看了她一眼，本来想要发火的，不知道为何气又消了。

他看了她一眼："想跟我们去青州？你有钱吗？"

挽碧点点头："有的。"说完便把自己的钱袋子拿出来了。

"杨三，你怎么回事啊？怎么突然停下来了？"

有个声音突然从车队后方传过来。

驾车的人看了挽碧一眼："上车吧。"然后又探出半个身子回应车队后方传来的声音，"遇到一个要去青州的人，已经谈妥。"

"好嘞!"

马车有些高,挽碧两手都拿着东西,正想着怎么上去的时候,杨三一把把她手里的伞夺过去了。

干脆利落地把伞一收,往车厢里一扔,回头看到挽碧依旧磨磨蹭蹭地站在原地,杨三眉头一皱:"傻站着做什么,赶紧上来!"

挽碧面有难色:"我第一次坐马车,不知道要怎么上去。"

杨三的目光顿时有些锐利起来,看她的衣着,也不大像普通人家的孩子,连马车都没有坐过,听起来有点儿天方夜谭。

挽碧把手里的纸张收好,然后双手撑在马车的踏板前,微咬着嘴唇,想着把自己撑上去。

正撑得双手不断颤抖的时候,她感觉到腰带突然一紧,然后她身子一轻,眼前的光影一晃,人已经在马车上了。

杨三把挽碧拎上马车后,看也不看她,轻抽了一下马背,马车渐渐地动起来了。

挽碧偷偷地将马车车帘掀起一看,发现里面满满地堆着东西,没有地方可以坐人。她的伞恰好就落在旁边,她顺手拿了过来。

把伞撑开,勉强遮住一些阳光,挽碧正要轻舒一口气,却听到杨三发出一声不屑的嗤笑:"什么坏毛病!"

挽碧抬眸去看杨三,发现杨三也是一张年轻的面孔,就是有些黑,所以先前以为他是一个大叔。

"杨大哥,我不耐晒,不撑伞的话,会头晕。"想到他的嗤笑,挽碧细声细气地解释。

杨三侧头看她一眼,神色很是不屑:"套什么近乎?我可没有你这样的妹妹!"

走了一段路,察觉到身边的小姑娘安安静静的,他抬眸看去,发现她正一脸茫然地看着前方发呆。

大约是累了,握着伞柄的手已经从右手换到了左手。她屈起双膝,右手搭在膝盖上,下巴搁在手背上,整个人小小的一团,看起来有些可怜。

杨三不自然地清了清嗓子,心想刚刚是不是对她太凶了?

"你叫什么名字?"

挽碧回过神来,她刚刚好像听到杨三说话了,可是杨三并没有看她,难道他在自言自语？

她有些不大确定："你刚刚在和我说话？"

杨三翻了个白眼："这里还有别人吗？"

没有。

挽碧抿嘴道："我叫挽碧。"

杨三没有再说话，过了一会儿，他又问："你去凉州做什么？"

不等挽碧回答，他又说："凉州前天发了大洪水，听说很多土地都被淹了，也死了很多人。

"洪水退去后，一般会有瘟疫暴发。你一个身娇肉贵的小姑娘，不好好在国都城里待着，跑去那么远的地方做什么？不想活了，去送死？"

杨三的话，话糙理不糙。

犹豫一下，挽碧眨巴眨巴眼睛："听说凉州很漂亮，我想去看看。"

杨三笑出声来："漂亮？现在的凉州肯定不漂亮了。大水过后，应该遍地都是泥巴。"

挽碧皱着眉头，她没有办法想象出杨三说的那种情景，但是，她第一次感觉到自己那么想去凉州，所以她说："不管怎样，我还是想去看看。"

杨三看了她一眼，摇摇头，说："吃饱了撑的。"穿得漂漂亮亮的，偏往那些常人不想去的地方去。

挽碧听懂了句子表面上的意思，却不明白杨三是怎么想的，看他不大高兴，她也就没言语。

太阳的光芒渐渐收敛，虽然有阳光，但是已经落不到马车上了。

挽碧把伞收了，从小包袱里拿出了那张路线图："杨公子，我们现在走的路线，和这张纸上的是一样的吗？"

因为先前喊杨三"杨大哥"的时候他很不屑，挽碧这次便换了一个称呼。

谁知杨三听了，脸上表现出来的嫌弃，比起先前更是有过之而无不及："你乱喊什么公子，听得我的牙都要酸掉了。"

挽碧不知所措。

"摆出一副可怜兮兮的样子做什么？我又没欺负你。"杨三有点儿头疼，手一挥，"叫我杨三就好。"

挽碧点点头："杨三。"

杨三把她手里的路线图拿过去，只瞟了一眼，便轻嗤了一声："你应该

被人骗了,这图上,除了出城门的方向是对的,其他的方向都是错的。"

挽碧的表情有些意外:"哦。"

杨三把图纸扔回给挽碧,细细地端详了她一会儿,嘴角扯了扯:"挽碧姑娘,你的脑子不怎么好使啊。"

挽碧疑惑地看着他。

"那么容易就被人骗了,第一次出门吧?说说看,这路线图花了多少钱?"

"一两银子。"

"什么?一两?那么贵?抢钱吗?"

就这么一张破图,居然值一两银子?她若是愿意给他一两,杨三可以拍着胸脯保证,他现在就可以给她画一百张!

挽碧一脸认真:"嗯。知识是无价的。"贵一点儿也正常。

"呸,什么无价,不是值一两银子吗?"都已经明码标价了。

"我本来想给他二两的,但是他人很好,只收了我一两。"

杨三捂脸,他真的没有见过这么笨的姑娘,都被别人骗了,还在不自知地感谢骗子。

天黑的时候,车队停下来了。

他们拾来木柴,生了两堆火,然后团团围住。

围着火堆坐的人,除了车队的,还有几个和挽碧一样,随着车队去各种地方的人。

挽碧坐在杨三的旁边,就着火堆发出来的光,一口一口地咬着手里有些冷硬的薄饼。

这个薄饼是杨三给她的,她并不饿,想着杨三也是一番好意,她就收下了。

薄饼很干,挽碧吃着吃着便觉得有些难以下咽,她下意识地去找水,只看到了杨三手里有水袋。

下意识地舔了舔嘴唇,挽碧扯了扯杨三的袖子:"杨三,我想喝水。"

杨三看了挽碧一眼,左手一动,不知道从哪里摘了一片大大的草叶子,从水袋里倒了一些到叶子上:"给。"

挽碧放下手里的薄饼,小心翼翼地把那片叶子接过来,又小心翼翼地低头用舌头去舔。

杨三看着她的动作,有些想笑:"你喝水怎么跟猫儿一样?"

挽碧动作一顿:"猫儿?"

杨三也仰头隔空喝了一口水，然后说："猫儿喝水就是你这样的。"

挽碧小心地护着叶子里的水，确保叶子里的水不会流出来后，才说："叶子不好控制，这样可以减少浪费。"

杨三深以为然，露出了一点儿笑意："你倒是聪明了一回。"

一口一口地把薄饼吃完，挽碧一偏头，正正地对上了杨三的目光。

杨三轻咳一声，别开目光后又回头看她，说话的语速有些快："你若是困了，就到马车上休息吧。虽然里面都是货物，但是都是大米，不会有奇怪的味道。"

挽碧点点头："谢谢。"

杨三有些不自然："嗯。"

挽碧微微一笑："你们是要把米运到青州？"

杨三点头。

"青州没有米吗？为什么要从国都城运米过去呢？"

"青州有米啊，现在是特殊时期，青州那边的米价升高了很多很多倍。我们把米运过去，收到的钱是平日里的三倍多。"

"什么特殊时期？"

"凉州发了洪水，那些难民逃到了青州，大米供不应求，价格就提升了。利润空间大，那些商人也就越发愿意给青州的米商供应大米了。"

"哦，原来是这样。"

"那我们到青州，大概要多久呢？"

"最快要三天。我们是车队，要确保货物的安全，不能为了赶路而忽略了货物的安全。"

"哦。"

第十七章
不辞而别

　　黑漆漆的车厢里，如杨三所说，并没有什么异常的味道。挽碧静静地靠在一袋大米上，想起裴府，想起月儿，又想起杜叙。

　　她又偷偷逃跑了，也不知道杜叙知道之后会是什么样的反应。

　　他可能会很生气吧？

　　可是她真的很想去凉州，杜叙偏偏阻止她。

　　想起他为自己忙前忙后地找大夫和送伞，挽碧心里便有些愧疚。

　　杜叙虽然看起来很严肃，但是心地是很好的，是她不好，给他添麻烦了。

　　罢了，现在想这些也没什么用。她都已经跑出来了。

　　看来，只能等她回去后，再给他赔礼道歉了。

　　挽碧心里暗自愧疚的时候，裴府的府门前，杜叙正一脸严肃地站着。

　　在他的面前，还有十几个一字排开的侍卫，大家都低着头，噤若寒蝉。

　　杜叙忽然冷哼一声："十几个人，连一个小丫头都找不到，要你们何用？"

　　一个侍卫站出来道："大人，我们兄弟把国都城大大小小的街道都找过了，就连那些店铺也是一路问过去的，可是……"

　　侍卫把头低得更低，越发心虚："还是找不到。"

　　杜叙皱着眉头："你们分头再去找，接近城门的地方，尤其要仔细查问。一个时辰之后，到府门前集合。"

　　"是。"

　　待府前的侍卫都离去后，杜叙背着双手，轻叹了一口气。

　　这天都黑了，那小丫头还是没有找到。莫不是已经出了城门？

　　想到那几个被派出城去的侍卫也没有任何消息传回来，杜叙想了想，觉得是时候给大人和竹管家传个信了。

　　天色蒙蒙亮的时候，车队又开始行进了。

挽碧揉揉眼睛，从车厢里出来，在杨三的身边坐下："怎么那么早就出发了？"

杨三瞥了她一眼："天气不大好，尽早出发，可以多赶一些路。"

挽碧打了一个哈欠："哦。"

"昨晚睡得好吗？"杨三的语气很随意。

"嗯。"挽碧看了一眼天色，"我倒是觉得今天的天气挺好的。"

没有阳光，温度正好，她也不用撑伞。

杨三甩了一下手里的缰绳，让马跑快了一些："今天可能有雨。"

挽碧漫不经心："没关系，我有伞。"

杨三不再说话。

杨三的话没有错，没过多久，雨便淅淅沥沥地下起来了。

挽碧把伞撑起，想把杨三纳入伞下的时候，杨三却是迅速地躲开了："你去车厢的角落里看看，我的蓑衣和帽子在那里放着。"

挽碧应了声，去给杨三找蓑衣和帽子了。

把蓑衣和帽子拿给杨三，挽碧想要撑开伞在他旁边坐下的时候，又听到他说："你好好地在车厢里待着吧，不用出来了。"

挽碧有些犹豫："可是……"

杨三瞪大眼睛，像是在看傻子一般："可是什么？那么大的雨，有什么好看的？"

挽碧撩起马车的帘子，发现外面的雨势渐渐加大了。

雨水打在各种各样的东西上，发出了嘈杂的声音。放下帘子，外面的声音被隔绝了一些，车厢内小小的地方，居然也有一种宁静的感觉。

挽碧靠着装满大米的麻袋发了许久，突然感觉马车停下来了。

杨三微微掀起一线帘子，对她说道："我去前方看看情况，你不要下车。"

"哦。"

挽碧刚撩起马车的车帘，便看到几个穿蓑衣的人从车窗外急匆匆地走过。

雨还在下着，势头比起刚才只增不减。即使窗外白茫茫一片，什么都看不到，挽碧仍怔怔地看着外面的水雾，猜测着前方到底发生了什么事情。

杨三没一会儿就回来了。他驱动马车，不是继续往前走，却掉转了车头。

挽碧察觉到了，掀起帘子问："杨三，怎么了？"

杨三头也不回："前面山上的泥土滑下来了，道路被挡住，过不去，我

第十七章：不辞而别

们商议了一下,决定走另外一条路。"

"哦。"

本来以为另外一条路的情况会好些,当再次看到那被挡住的道路时,车队里的人都有些不安起来。

杨三没有说话,静静地站在一旁,挽碧透过车窗看他,只觉得他的面孔异常严肃。

看来,被挡住的道路,是一个很大的问题呢。

因为车队没办法前进,四周又没有可以避雨的地方,装载着粮食的车子只能停在泥泞的路上。

挽碧坐在车厢里百无聊赖,杨三一直坐在驾车的地方,任凭风吹雨淋。

挽碧喊过几次让他进来坐着,他却说什么男女授受不亲,坚决不肯与她共处一车。

挽碧没有办法,只好让他撑着自己的白色小伞挡挡雨。

他原来也是极力推辞,还很嫌弃,觉得那把小伞看起来没那么结实,没准儿风一吹就折了。

但是挽碧很坚持,他最后也就依言撑开了。

天很快黑了,可雨仍然没有停下。

挽碧忍不住往外看,只看到一片漆黑,耳边是雨水打落在树叶上的声音,轻缓与紧急轮流而至。她轻叹了一口气,不知道为什么,心里感觉有些空空的。

裴瑾之和竹叶已经到凉州了吗?

凉州也在下大雨吗?

"咚咚咚。"

清脆的敲门声突然响起,裴瑾之放下手里的茶盏:"进来。"

竹叶推开门,走进来:"公子,所有的侍卫都已经安顿下来了。"

裴瑾之点头:"那些粮食如何了?"

竹叶:"没有被打湿,亦无损失,一切安好。"

"很好。今晚还是多派几个人盯着,这批粮食意义重大,务必万无一失。"

"是。"

竹叶合上门离开后,裴瑾之站到了窗边。

此时已经是夜间,白天下的那一场雨直到现在都没有停下来。

不久前外出探查路况的侍卫回来报告,说进入芍木镇的那条路已经被山上落下的泥土给掩盖了，道路被堵死。

现在想想，如果他们没有冒着大雨赶路，此时恐怕也被围困在山里边了吧。

回到桌前，裴瑾之随手拿起了放在桌面上的书。

这些书是竹叶从马车里拿过来的，就是他先前在裴府书房里挑出来的那几本。

他随手翻开其中一本，书页流动间，眼前闪过一抹鲜艳的叶黄色。

他蓦然停住，把书页往前翻了翻，书里居然夹了一张黄色的树叶书签。

那树叶书签半干未干，有些硬硬的，叶尾还有一部分是黄绿色，一看就知道夹到书里没多久。

他微微蹙眉，他看书从来不用书签，也没有用书签的习惯。

脑海里突然闪过某张执着认真的脸，裴瑾之不由自主地皱起了眉头。

是她塞的书签吧。敢那么大胆地随意出入他的书房，还恃无恐地偷看他的孤本的，也只有那么一个人了。

低头看着书页上，因为沾了树叶的汁液而有些泛青的地方，他抿了抿唇。

好好的一本孤本，又被她毁了。

"哎，这是怎么回事，我有没有看错？那堆堵住路的泥土，怎么一夜之间被清到一边了？谁做的？"

"这也太不可思议了吧？这么大的一堆泥土，就是身强力壮的男人清上一夜也未必能清理干净啊？"

"难道是有神仙帮助？"

带着兴奋气息的议论声，源源不断地从马车外传进来。

挽碧揉揉眼睛，坐起来，掀开马车帘子，发现杨三居然在驾车的位置上安静地坐着。

他的目光愣愣地落在那条被清理过的路上，也不知道在想些什么。

雨已经停了，四周景物清晰，空气清凉洁净。

挽碧清了清嗓子："杨三。"

杨三回头看她，小姑娘的脸颊红了一边，上面还印着麻袋上的条纹："你醒了？"

挽碧点点头："路通了，我们等会儿会继续赶路吗？"

杨三拧着眉头，抬头看了一下天空："这天气不好，前方的路况也未知。"

第十七章 不辞而别

他的话语朦胧，挽碧听懂了他的言外之意，这么说，那就是不去了。

"你们接了生意，不及时赶到，会不会赔钱？"

杨三点头："嗯。"

挽碧走到他的旁边坐下："既然回去赔钱，那为什么不继续往前走呢？"

杨三把玩着手里的鞭子："天气尚是未知，粮食却是有限的。若是继续赶路，再遇上山泥坍塌被围困，那后果不堪设想，而且……"

后面的话杨三没有继续说下去，但是挽碧听明白了。

若是被困，粮食又被用光了，前后难继，不说处境狼狈，就连生命也会有危险。

杨三说的话，有他的顾虑在，不无道理。

挽碧环顾了一下四周，看见有几个人围成一圈交头接耳，像是在讨论，她认得那几人，都是车队里的。

"他们大概什么时候有讨论结果？"

杨三摇头："我也不知，但是老吴一向谨慎，这一趟，十有八九要泡汤了吧。"

挽碧无声点点头。

老吴她是知道的，这个车队的负责人，一旦发话了，大家都得听他的。

"如果我们不去青州了，你也随我们一同返回国都城吧？"

挽碧顿了顿，摇摇头。

杨三的脸色顿时严肃起来："你以为你能凭着一双腿走到凉州？你也太天真了吧？"

听杨三的语气，他好像生气了？

挽碧笑了笑："我知道你是好意，凉州，我是非去不可的。"

杨三的目光有些复杂地掠过那一张不谙世事的脸，心里情绪翻涌。

真是个榆木脑袋，怎么说都说不通。

那边的讨论似乎已经有了结果。

老吴看了这边一眼，快步走了过来："杨三，经过大伙讨论决定，我们觉得还是返程比较保险一些。"

意料之内，杨三应了声，表示知道了。

老吴的目光落在挽碧身上，笑了笑："小姑娘，我们不去青州了，你也随我们回国都城吧？"

挽碧摇摇头："我还是要去凉州的。"

老吴笑意微敛："路都被堵住了，马车过不去，难不成你想步行去？"

挽碧抿抿唇："我会想到办法的。"

老吴欲言又止地看了她一眼，心中暗暗惊奇她竟然是一个如此倔强的姑娘，人各有想法，他也没有立场干涉太多，只得轻叹一声，然后走了。

既然他们要返回国都城，挽碧知道，自己是时候离开了。

她转身进了车厢，拿起自己的小包袱，又拿上自己的小白伞。

杨三察觉到她的动作，声音追了上来："你准备要走了？"

挽碧"嗯"了一声，出来的时候，把手里的东西递给了他："这是路费。"

杨三对她手里有些鼓鼓的浅蓝色钱袋子视而不见，只问她："你真的不随我们回去？"

挽碧一怔，笑了："我要去凉州。"她不是半途而废的人。

"好，那得罪了。"

"啊？"

挽碧醒来的时候，听到了马车骨碌碌前进的声音。

她伸手摸索到自己的后颈，有些疼，还有些麻。记得当时被杨三以手作刀劈了一下后，她就什么都不知道了。

用手指撩开帘子，窗外的风景是陌生的，不用想也知道，马车应该行进在回国都城的路上了。

杨三人挺好的，虽然他打晕了她。

挽碧检查了一下自己的小包袱，然后把那个钱袋子拿出来，放到了装米的麻袋上方。

她也不知道还能不能再见了，就以一些银钱作为酬谢吧。

因为天气不好，天黑得也快。

实在无法赶路的时候，行进的车队停下来休整。

杨三掀开马车帘子："小丫头，下车吃点儿……"

话音在瞬间止住。

车厢内虽然光线暗淡，依旧可以看到里面除了那些米袋和米袋上方的一个钱袋外空无一物。

杨三不敢置信地睁大了眼睛。

那位姑娘呢？

此时的挽碧正沿着马车走过的路，快速地往前飘着。

第十七章·不辞而别

已经是夜晚,虽然先前细雨一直在下着,现在已经停了,天边出现了一轮朦朦胧胧的白玉盘。

先前在安府感觉到的灵气运行被阻滞的感觉完全感觉不到了,在裴府感觉到的灵气吸收能力减弱的情况也消失了。

月色朦胧,她心口处的玉佩微微发热,挽碧感觉到久违的灵气正源源不断地通过玉佩涌进她的身体。

清凉的感觉传透了四肢百骸,她舒服地轻叹一声,然后笑了出来。

笑声清脆动听,她有些兴奋,一时之间,她的速度快得连路边的风景都看不清了。

在皎洁的月光中飘浮了许久,挽碧才看到一片零零星星、朦朦胧胧的灯火。

应该是个小镇吧。

找了个不起眼的地方降落,挽碧理了理身上有些凌乱的衣服,神色自然地走上大街。

大约因为是晚上,街上的人并不多。

挽碧左看右看,发现街上除了那几个屈指可数的小摊贩外,再无其他。

比起国都城热闹的夜晚来说,这里真是冷清得门可罗雀。

不多时,淅沥淅沥的小雨又下起来了。

挽碧撑开手里的伞,没走几步,便听到一道稚嫩的童音响起:"娘,你看,下雨了。"

"嗯,我们赶紧回家。"

挽碧循声望去,是一对母女。

女子左手抱着女童,右手的衣袖挡在女童的头上,像是怕她被雨淋到一样。也许是因为动作不是很顺手,她显得有些吃力。

当那个女子匆匆忙忙地从挽碧身边走过的时候,挽碧把手里的伞递了过去:"夫人,这个给你。"

女子有些惊讶地抬起头来。

挽碧看了一眼女子怀里的女童,微微一笑:"夫人还是拿着伞会好一些,让小孩子淋雨,她会生病的。"

"可是,你不需要伞吗?"女子有些担忧。

挽碧摇摇头:"前方就是客栈了,我可以去住宿。夫人的家不知道是近是远,有伞总是方便一些的。"也可以不用那么吃力。

女子犹豫了一下,接过了伞:"那就谢谢姑娘了。"

挽碧点点头,正要往前走,听到女子问她:"姑娘,看你的样子是从外地来的吧。眼下你是到前方的客栈去投宿吗?如此,我明天午时来还你的伞可好?"

挽碧点点头:"好。"

挽碧匆匆小跑到客栈的屋檐下,拂了拂身上的水珠,仰头发现客栈屋檐下挂着一盏灯笼,浅淡的光芒照进夜色中,可以看到黑沉沉的天空中落下来的如细针般的雨丝。

这雨,都下了好多天了,怎么还不停呢?

她才站不久,便有个打着哈欠的人从客栈里走了出来,看见她便走过来问:"客官,你是要投宿吗?"应该是店小二。

挽碧点点头。

"大的房间一晚上二十文钱,中等的房间一晚上十五文钱,小房间一晚上十文钱,客官想要哪一种房间呢?"店小二流利地报着价格,脸上犹带着抑制不住的睡意。

挽碧睁大眼睛,钱?

她的钱全在那个浅蓝色的钱袋子里,而那个钱袋子,她故意留在了马车的麻袋上,想着要给杨三的,她一分都没有留出来。

店小二察言观色的功夫早已练得炉火纯青,此刻看见挽碧神色有异,便知道她没钱了。

没有钱,那住什么店呢?

店小二在心里暗暗地冷笑一声,转身回店里了。

挽碧愣愣地看着店外的细雨,看着那夜间的雾气渐渐弥漫开来,心头突然涌上了一股失落感和无力感。这些感觉很明显,她却不知道因何而起。

天色亮了。店小二打了个呵欠,眼睛半睁半闭地摸索过来打开客栈门。

一开门,他迷迷糊糊地看到了一个身穿白色裙子的乌发及腰的纤细身影,惊了一下,浓浓的睡意顿时被吓跑了一半。

稳下心神,他定睛一看,发现那身影有些熟悉,想到了昨天晚上便站在客栈屋檐下避雨,因为没钱而没有办法住店的姑娘。

他正要上前搭话,却看到那身影慢慢地转过身来。

那是一张清秀得近似妖艳的脸。

第十七章·不辞而别

大概是因为在屋檐下站了一夜，她的发间带着雾气，身上的衣裳也失了飘逸的感觉。让人震惊的是她的肤色，苍白得近乎透明，透露出些许病态，唇无血色，眼睛里的墨色却黑亮得有些惊人。

　　"公子，距离芍木镇出口五里处，小路旁边的山泥在昨天夜里滑落下来，已经把整条路堵住了。"

　　初得此条消息的时候，竹叶心中急切，走得太急，此时他的声音里还带着微微的不稳。他自认为这条消息很重要，也很紧急，奈何他站在原地半晌都没听到自家公子发话。

　　抬头一看，公子正站在窗边，面对着窗外，背影高大挺拔，纹丝不动，也不知道有没有听到他刚刚的禀告。

　　竹叶往前走了一步，试图近距离再次禀告，还没有来得及开口便听到公子发话了："已经派人去清理了吗？"

　　"派了一半人手过去。"

　　"还有呢？"

　　"还有？"竹叶有点儿丈二和尚摸不着头脑。

　　裴瑾之转过身来："山泥覆盖的地方多吗？"

　　竹叶想了想，给了一个最保守的估计："以我们的人力，大概清理一天就可以了。"

　　裴瑾之皱起眉头："时间紧迫，你且带着我的相印去青州府衙，问知府借些人力过来。"

　　竹叶应了声，转身出去了。

　　裴瑾之负手转身，窗外依旧是一帘细雨，也不知道何时能停。

　　如今道路被阻，他们也只能暂时停驻在芍木镇，只望道路能够早日畅通，粮食顺利地运至凉州。

　　竹叶得了指示，携了裴瑾之的相印，领着几个人，骑着马，匆匆往青州府衙所在的方向赶去。路过街上的时候，他随意往旁边一看，当看到某间客栈前的那一个背影时，心中一惊，他似乎看到了一个熟悉的身影。

　　勒住马，有些不敢置信地再三观看，竹叶花费了些许时间，终于确认了站在客栈门前的人，就是挽碧。

　　他下了马，匆匆地走到那个人的面前："挽碧！"

　　原本站在客栈前的女子有些愣愣地抬头，看见是他，露出了一个大大的微笑，惊喜道："竹叶？你怎么也在这里？"

竹叶的表情有些无奈："这句话应该由我来问才对。"

"说吧，你怎么偷跑出来了？还有，我不是让杜叙看好你的吗？你怎么还能跑得出来？难道是杜叙偷懒了？"

一连三四个问句，挽碧看了一眼竹叶的表情，默默地低下头，声音轻轻的："我想去凉州看看。

"杜叙大哥没有偷懒，我是偷偷跑出来的，他并不知道。"

竹叶看了一眼她有些可怜兮兮的模样，轻叹了一口气："你是什么时候到这里的？"

挽碧抿了抿唇："昨天晚上。"

"昨天晚上？住在哪里？这间客栈吗？"

挽碧摇摇头。竹叶有些疑惑："不住这里，你为什么站在这里？"

挽碧正要开口说话，竹叶又开了口，这会儿的语气一改先前的温和，倒有些严肃了："你昨晚到底去干什么了，头发怎么湿湿的，身上的衣服也是半干不湿的？"

挽碧支支吾吾："我、我……"

如果告诉竹叶她昨晚在客栈门外站了一个晚上，他会是什么样的表情呢？算了，还是不告诉他了吧，免得他为自己担心。

竹叶顺手拿过挽碧挂在肩上的小包袱："跟我来吧，我带你去我们住的客栈，公子也在那里。"

"哦。"

竹叶招来一个骑着马的侍卫："你不用跟着去了，你现在把挽碧送到客栈，然后禀告大人此事，把她安置好。"

马上的侍卫一抱拳，翻身下来："是。"

竹叶交代完后，又对挽碧说："我有公务在身，现在要去一趟青州的府衙，你先去客栈，等我回来后再去找你。"

挽碧皱眉："竹叶，我可以和你一起去吗？"

若是到客栈去还好，要她独自一人面对裴瑾之，不知为何，她心里突然有种逃跑的冲动。

竹叶摇头："你赶紧去客栈，把身上的湿衣裳都换掉，记得把头发擦干，免得着凉了。"

第十七章 不辞而别

挽碧不情不愿地点头。竹叶上马离开，挽碧也跟着侍卫到了另一处客栈。

侍卫本来想给她单独找一间房间的，在柜台处一问，才知道客栈里已经没有多余的房间了。侍卫想了想，直接带着挽碧到了某间房门前，敲响了房门："大人，挽碧姑娘来了。"

挽碧睁大眼睛，裴瑾之就住在这间房里？

她倒吸一口气，刚想快步离开的时候，却听到了房门被拉开的声音。

抬头一看，裴瑾之站在门槛内，一身白衣，头发用发冠束住，整个人显得丰神俊朗，除了脸上那冰封的表情，其余的看起来都挺好的。

他的目光淡淡地落在她的身上，竟然没有丝毫意外的表情。

侍卫低着头："竹管家去青州的路上，在某间客栈前遇到了挽碧姑娘，便吩咐属下把挽碧姑娘带回来了。

"属下刚刚在柜台处问过，客栈里已经没有多余的房间，请问大人，挽碧姑娘该如何安置才好？"

挽碧感觉到裴瑾之的目光已经落在自己身上良久，情不自禁地往后退了一小步，没有想到这退后的一步，直接踩到了身后侍卫的鞋子上。她被吓了一跳，连忙低着头小声地向侍卫道歉。

她惊慌的小模样，裴瑾之看在了眼里。

掠过她有些狼狈的模样，他抿了抿唇："既然如此，暂且安置在我这里。等下让店小二送些热水来。"

侍卫有些惊讶地抬头，又瞬间低下头去："是。"

侍卫的身影在走廊的拐角处消失了。

挽碧慢慢地收回目光，发现裴瑾之已经往屋内走去了。

她小小地吸了一口气，然后迈着小碎步踏进屋。

屋内没有书桌，裴瑾之坐在圆桌的一侧，神情专注地看起书来，竟然把她当成空气一般。

不搭理她，是不是不大欢迎她？

其实她应该现在就走？

可是要走，她要去哪里呢？

身上的衣服好像是湿了一些，穿在身上有些黏黏的，就算是要走，她也要把身上的衣服换掉再走啊。

挽碧咬咬唇，在圆桌的另一侧坐了下来，把肩上背着的小包袱打开，里面是一套衣裙,除此之外,别无其他,拿起衣裙一看,那衣裙好像也带了些水汽,摸上去有些润润的。

这衣裙还可以穿吗?正纠结着,门外传来了些响动,挽碧看过去,那个把她送来客栈的侍卫带着两个店小二抬了一大桶热水进来。

挽碧不由自主地站了起来:"给我的?"

侍卫不多言,只是点了点头,指挥着两个店小二把热水摆好,合上门出去了。

挽碧兴冲冲地小跑到那道屏风之后,看到那一大桶冒着水汽的热水时,突然变得有些雀跃起来。她脱下衣服,爬进桶里,暖暖的热水顷刻之间将她全部包围,她轻舒了一口气。

站了一个晚上,她其实累极了,如今在这木桶里泡澡,身心放松,身子好像轻盈了好几分。

这水还挺热的。她小歇一会儿,时间应该够吧?

挽碧攀着木桶边沿,思绪不知不觉间开始有些停滞。

屏风之外。

裴瑾之握着书本的手渐渐收紧,然后,他突然放下手里的书,用手轻轻地揉了揉额角。

她还真是毫不忌讳啊。他还坐在房间里呢,她就敢把自己扔进木桶里泡澡了。在她的脑海里,难道一点儿男女观念都没有吗?

裴瑾之站起来,打算到房间外去。绕过圆桌的时候,看到她的小包袱打开着,里面是一套绿色的衣裙。

他眉头皱了皱,她去沐浴,难道连衣裳都不带吗?

他不由自主地往屏风处看了一眼,刚刚的连续不断的水声,现在那里已经悄无声息了。她不会是趴在木桶边睡着了吧?

裴瑾之摇摇头,弯腰把小包袱里的衣裳拿起,想放到屏风上去,可是才一触碰到,他便微微蹙额,这衣裳是湿的?

屏风之后。

挽碧正趴在木桶边上昏昏欲睡,泡在水里的那种感觉,暖暖的,她舒服得只想闭上眼睛睡过去。时间毕竟是有些久了,木桶里的水渐渐地开始变凉,挽碧有些依依不舍,无可奈何地决定要起来了。

习惯性地往屏风上一看,挽碧这才怔忪地想起来,在欢快地爬进浴桶之前,

第十七章·不辞而别

她好像忘记把她的小包袱拿进来了。

挽碧捂了一下自己的脸,怎么办?她可以让裴瑾之帮一下忙,把她的小包袱拿进来吗?

她又纠结了一会儿,桶里的水凉透了。

挽碧终于做出决定,无论裴瑾之是否愿意帮忙,她都要试一试。

她清了清嗓子:"大人,大人!"屏风外没有任何回应。

挽碧兀自沉思,难道在她泡澡期间,裴瑾之出去了?

还是说,他其实还在房间里,只是不愿意回应她?

挽碧不死心:"大人,你在房间里吗?我的衣裳忘记拿了,你可以帮我拿一下吗?"依旧没有任何回应。

挽碧四处看了一下,屏风上搭有一件衣衫,只是那衣衫不是她的,也许是裴瑾之的,她不敢动。

他好像有些讨厌她,如果此次她擅自穿了他的衣裳,没准儿,他会更加讨厌她。如果没有衣裳,她难道要一直待在木桶里?

挽碧有些犯难。纠结了好一会儿,挽碧的目光落在了屏风上挂着的衣衫上,自顾自地坚定地点了点头。

她也是束手无策,只能那样做了。挽碧从水里站起来,半探着身子去拿那衣衫的时候,突然听到房门被打开了。

她心里一惊,脚下不稳,指尖还没有碰到衣衫,整个人一歪,重新落回了木桶里。

第十八章
似笑非笑

挽碧湿淋淋地从水里坐起来,因为先前落水落得猝不及防,她被呛了几口洗澡水,一口气缓不过来,连连轻咳了好几声。

缓过来后,她侧耳细听,屏风之外,除了先前响起的开门声,现在一点儿声音都没有了,裴瑾之到底在不在房间里呢?

她正疑惑着,却听到了裴瑾之不带起伏的声音:"店小二就要来收木桶和水了,你赶紧出来。"

挽碧眨眨眼睛,这话是对她说的。可是,她没有衣裳可以换。

屏风后没有水声传来,房间内静悄悄的。她是没听见,还是装作没听见?

裴瑾之皱着眉,重复了几个字,语气严肃了点儿:"你赶紧出来。"

屏风后终于有了动静,水声忽大忽小,她似乎是在磨蹭。

裴瑾之又要发话,她的声音传了出来:"大人,你、你可以帮我拿一下衣裳吗?就在那个小包袱里,我放在桌上了。"

衣裳?小包袱?难道她磨蹭半天不愿意出来的原因就是不愿意穿那件屏风上的衣裳?

裴瑾之的眼眸沉了沉:"你的包袱湿了,我让人拿去烘干了。屏风上有件衣衫,穿或不穿,你自己选择。"

"哦。"她的声音突然就低了下去,几乎不可闻。

裴瑾之翻过一页书,听到一些动静,抬眸看去,便见挽碧正站在他不过几步开外的地方。

她赤着脚,穿着一件可以外穿的上衣。那上衣是他的,于她而言,过于宽大,她穿在身上,松松垮垮的。

她的头发湿漉漉地披散在肩上,落在身前的发尾还在不断地往下滴着水,很快就把那一片衣衫浸湿了,她却不知,只顾着用她的双手各抓住一缕头发,

用力拧着,似乎要把头发上的水拧干一般。

她的发色纯黑,她的肤色润白,两相交映,有着一种别样的视觉之赏。

他看得有些失神,反应过来,见她依旧笨拙地动作,便出言提醒:"屏风后有巾帕。"

她闻言有些惊讶地看了他一眼,小跑到屏风后去取巾帕了。

有了巾帕,她的头发终于不再往下滴水了,她好像没有什么耐心,头发不滴水后,她便把巾帕放到了一边,不再管了。

大大咧咧地往凳子上一坐,她双手搭在桌沿上,眼巴巴地看着他:"大人,竹叶什么时候回来啊?"

裴瑾之翻页的手微微一顿:"找他何事?"

挽碧低头:"无事。"

裴瑾之没有继续问下去。

安静了一会儿,挽碧又兴致勃勃地问:"大人,不是要赶路吗?怎么待在客栈里呢?"

"路被堵住了。"

"哦。那大人还去凉州吗?"

"去。"

"可是路被堵住了,怎么去呢?"

"找人疏通。"

"哦。"

"大人,你手上的书是从府里带出来的吗?"

"嗯。"

"你手里拿着的那本书,我先前也在看。"

裴瑾之已经听到了,剑眉微微一挑。

他神色有异。意识到自己说错了话,挽碧迅速地捂住嘴,有些惊恐地看向裴瑾之。

裴瑾之不喜欢她跑到他的书房里翻看他的书,她却自己承认了。怕他生气,挽碧连忙改口:"我先前在黄金书屋看过。"

裴瑾之似笑非笑地看了她一眼,毫不留情地拆穿了她的谎言:"我这是孤本。"

孤本,意味着独一无二。

挽碧知道自己逃不过了，她有些挫败地低下头，态度真诚地交代了自己的小动作："对不起，我又偷偷跑进你的书房看书了。"

坦白从宽，抗拒从严。

挽碧想，她都这么自觉了，裴瑾之应该不会再罚她去扫落叶了吧？

裴瑾之没说什么，他只是随手翻了翻书，从书里拿出了一张泛黄的树叶，说："以后，不要随便把还没有风干的树叶夹进书里，会弄脏。"

挽碧点点头，态度诚恳地保证："下不为例。"

裴瑾之"嗯"了一声，然后又把那片树叶夹进了书本里。

挽碧耐心地等着他说下一句话，可是此后，裴瑾之一直都在安静地看着书，并没有再说什么。

左等右等不见竹叶回来，圆桌上虽然有书，但是裴瑾之端坐在对面，挽碧不敢伸手去拿。

她无聊至极，只好用手指捣鼓自己的头发，本来想要以手作梳，梳理一下头发的，无奈头发太长，她的五指插在其中，一阵乱梳，竟然使头发成团打结了，不但打结了，而且还把她的手指给绕进去了。

挽碧对于自己的现状目瞪口呆，怎么会变成这样，她明明什么都没做啊。

好吧，她不过是随便绕了绕而已，因为头发是湿的，带着凉气，握在手里还挺舒服的，她一时就玩得有些过了头。

挽碧急得鼻尖微微出汗，才把自己的手指从千丝万缕的头发里解救了出来，但是她的头发原来只有一处成团，现在好几处都缠绕在了一起。

她只得再接再厉地用手去解，但成团的头发不是那么容易就能解开的。

挽碧把自己的头发拉断了无数根，可是手里那几撮纠缠在一起的头发依旧没有半点儿松动的意思。

她突然就失了耐心，轻哼一声，把手里的头发松开，有些气呼呼地一抬头，发现裴瑾之正在看她。

他的手里还拿着书，眼神里带着明显的怔愣，看起来像是在神游天外。

真是难得一见的神情。

挽碧顾不上惊奇，当下觉得有些尴尬，于是讪讪一笑："大人，你这里有梳子吗？"她并没有把她的梳子带来。

裴瑾之收回目光，轻描淡写地道："头发打结了，梳子不管用。"

挽碧偏头看了一眼自己的头发："可是不能让它就这么乱糟糟的啊。"

"慢慢解。"

挽碧只好继续去解自己的头发。

裴瑾之放下手里的书本,看了她一会儿,突然开口问:"你是怎么到这里来的?"

"先是坐马车,然后自己飘了一段路。"

挽碧语出惊人,裴瑾之却是见怪不怪:"有人看到你吗?"

挽碧摇摇头。

"无论是在裴府,还是在别处,能不用你的特殊之处就尽量不要用。你可曾记得?"

挽碧点头:"我知道的。这次会用,是因为我找不到马车去凉州,才用的。"

"为什么找不到马车?"

"那支商队中途折返,即使我帮他们清理山泥,他们还是选择返回国都城,我不想回去,便悄悄离开了。"

清理山泥?裴瑾之眼眸里掠过一丝惊讶:"那你离开之后,直接来了芍木镇?"

挽碧点点头:"我不知道这里是芍木镇,看见有光便下来了。"

"对了,现在是什么时辰了?"

裴瑾之看了一眼窗外:"你有何事?"

挽碧手肘撑在桌面上:"我昨晚上把我的伞借给了一对母女,那个女子答应今天午时在客栈前把伞归还于我。"

说完,挽碧从凳子上跳下来道:"我现在要去那间客栈,也许那个女子已经在等我了。"

快跑到房门前的时候,挽碧感觉到有人揪住了自己的衣领子,她再跑也只是原地踏步,回头一看,是裴瑾之揪住了她。

见她回头看他,他立即松了手。

她身上穿的上衣本就宽大,他这么一松手,那衣带松动了些,挽碧只感觉左肩一凉,白嫩的皮肤露出了一大块,肩骨、锁骨……裴瑾之微怔,回过神来后便迅速地将目光移向了别处。

怔愣须臾,挽碧赶紧把上衣滑落的部分拉起来。

她转身要去开门,却感觉到肩上落下了一些重量:"等等。"

裴瑾之把他的手搭在了她的肩膀上。她回头,却没有仰起头去看裴瑾之,只用眼睛盯着脚尖。

那十个脚指头本来白白嫩嫩的,因为她没有穿鞋,奔跑间沾了些许灰尘,看上去,显得有些邋遢。

裴瑾之并未将手收回:"你要出门,至少要换过衣裳,还要穿上鞋子。"

他的手带着某种沉甸甸的力量,挽碧感觉到自己好像被压得有些动弹不了了。她努力辩解:"我有穿衣裳,鞋子湿了,我不想穿,不舒服。"

裴瑾之抿了抿唇:"这件衣裳不适合你,换一件。鞋子湿了,烘干或者再买一双。"

挽碧终于抬起头来:"我没钱。"

裴瑾之面无表情:"我有。"

挽碧的表情瞬间有些惊喜:"大人,你是要给我买新的衣裳和鞋子吗?"

"是。"

挽碧眉开眼笑,正要道谢,又听到裴瑾之接下来的一句话:"这些钱要从你的月钱里扣除。"

挽碧的笑容顿时僵住。

最后,挽碧没能跨出房门半步。衣裳和鞋子,裴瑾之吩咐人去街上买了,那把伞,裴瑾之则吩咐人去取了。

挽碧待在房间里,静静地在凳子上坐着,手里拿着那本先前裴瑾之看的孤本,慢慢地看着。

裴瑾之坐在圆桌的另一侧,翻看着另一本。

房间里很安静,只剩下轻轻的翻书声。

挽碧一句带着些许庆幸和感慨的话,便是在这个时候,突然没头没尾地冒出来的:"我以为你会生气的。"

裴瑾之微微一怔,明白过来:"你以为错了。"

她以为错了?也就是说,他没有生气?

挽碧对其中的原因很感兴趣:"是因为我没有给你添麻烦吗?"

说起来,她是自己来的芍木镇。

裴瑾之轻笑一声:"你添的麻烦还算少?"

挽碧睁大了眼睛。

他慢条斯理地一一细数:"这么快就忘了?你的衣裳和鞋子,还有你的伞。"

第十八章·似笑非笑

"那是因为什么呢？"

既然她给他添了那么多的麻烦，那他为什么没有生气呢？

她的目光很期盼。裴瑾之睨了她一眼，只说了短短的四个字："劳气伤身。"

挽碧无话可说。

手上的这本书有些枯燥无味，挽碧看不下去了，东张西望一番后，把目光悄悄地落在了裴瑾之的身上。

裴瑾之也在看书。他的坐姿端正优雅，脸上没有任何表情，眼眸直直地盯着手里的书，看得专注而认真。不多时，他手指微动，便又翻了一页。

挽碧悄悄地看了他好几眼，然后低下头，微微一笑。

她从来没想过，竟然也会有这么一天，她居然可以和裴瑾之安静平和地共处一室。

以往，裴瑾之对她，总是没有什么好脸色，久了，她便比较喜欢亲近竹叶。因为竹叶总是对她笑着的，给她一种想要亲近的感觉。

可是眼下看来，裴瑾之也并非那种无法相处之人，现在她和他不就相处得好好的吗？

"咚咚咚"，敲门声响了三声。

敲门的人，都是来找裴瑾之的。

挽碧下意识地看向裴瑾之，他眉眼不动，只是抬高了一点儿声音："何事？"

门外传来侍卫的声音："大人，竹管家已经从青州返回，请问您是否过去看一看？"

裴瑾之终于有了动静，他放下手里的书，目光正要投向那扇紧闭着的门，在中途偏移了方向——挽碧正在使劲地对他点头。

只见她慢慢地眨了一下眼睛，然后对着他做口型："大人，我们也去看看吧？"那口形有些夸张。

裴瑾之淡淡地看了她一眼，然后对门外说："好。"

听到裴瑾之回答的瞬间，挽碧高兴地笑了。

挽碧几乎是立即扔下了手里的书，从凳子上下来后，转身便要往门外跑，快要接近房门的时候，她只觉得身边有风掠过，然后一只大手掌按住了房门的同时，那随之而下的宽大的衣袖遮住了她的视线。

她的手也落在房门上，想要开门，只是怎么用力都拉不开。

难道她拉错地方了，房门不是从这里打开的？

她正要把眼前碍眼的袖子扒拉开,裴瑾之的声音已经从她的头顶上沉沉地传下来:"要我说多少遍你才会记得?"

他的语气很严肃,挽碧的手顿时僵住。

裴瑾之没有再说话。

他也没有再动。

他的手掌落在房门处,他的袖子落下来,垂在挽碧的面前。

他身穿白衣,袖子是白色的,视线被挡住,挽碧什么都看不见,只觉得眼前的一切都是白茫茫的。但是,她闻到了衣袖上的暗香。

僵持须臾,挽碧悄悄地将裴瑾之的衣袖拨开一些,不期然地对上了他黑色的眸子。

她心一惊,正想用他的袖子遮住自己的脸,裴瑾之却在这个时候收回了手。

她只觉得手心一滑,那舒适的布料已经从自己的手中滑落下去了。

裴瑾之居高临下地看着她,语气听起来像是警告:"你若还想要自己的清誉,便不要四处乱跑。"

清誉?挽碧有些不解:"清誉是什么?"

裴瑾之的额心跳了跳,声音有些隐忍:"姑娘家的声誉。"

"要这声誉何用?"

"声誉不好,难寻夫家。"

挽碧恍然大悟。

裴瑾之看了她一眼:"既然明白,那就不要四处乱跑了。"

挽碧仰头看他,一脸天真:"为什么乱跑就会对声誉不好?"

"你身上穿的衣裳不是你自己的。"而是他的。

挽碧似懂非懂。

"换上你自己的衣服,就可以出去了。"裴瑾之看见她不再露出困惑的表情,转身朝圆桌所在的方向走去。

就在此时,敲门声又响起来了。

他倏地回头,却看到某个身影已经欢快地拉开了房门。

房门外,侍卫的表情不知为何有些怔怔的。

挽碧伸手在他面前晃了晃,也没见他反应过来。

正疑惑着,她却感觉到自己的手腕被一股温热的力量握住,然后,她被轻推到一边,直至再也看不到那个侍卫的身影。

第十八章·似笑非笑

裴瑾之往她刚刚站过的地方一站，她很快便听到了那个侍卫的声音，结结巴巴："大、大人，这是挽碧姑娘的衣裳、鞋子和伞。"

裴瑾之接过来，声音偏冷："刚刚看到什么了？"

侍卫的声音明显有些颤抖："属下、属下什么都没看见。"

裴瑾之"嗯"了一声："你下去吧。"

"是是是。"

合上门，裴瑾之的视线移过来。

挽碧上前把他手里的东西接了过来。裴瑾之甩了一下衣袖，头也不回地往圆桌方向走去："去把衣服和鞋子换上。"

挽碧抱着手里的东西，跟着往前走了一步："我们要出门吗？"

裴瑾之已经在桌边坐下，慢条斯理地喝了一口水才答道："是我要出门。"

挽碧不解："如果是你要出门，为什么要我换衣服，还有鞋子？"

裴瑾之眉梢上挑："你身上的衣裳是我的。"

所以，他督促她换衣裳，只是为了拿回他的衣裳吗？

挽碧站在原地没动："你要是不带我出去，我就不换了。"

裴瑾之端着杯子的手微滞，他站起来："既然如此，你就继续穿着吧。"

看裴瑾之的阵势像是要出门，挽碧急了，她小跑到他的面前，央求道："大人，你带我一起出去吧？"

裴瑾之皱眉："我不是去游玩。"

挽碧使劲点头："我知道我知道，大人是去看侍卫清山泥吧？我有灵力，可以帮忙的。"

裴瑾之的脸色一瞬间微冷，他打断她的话："我先前说过什么？"

挽碧一愣，回想了一下，顷刻便蔫了。

裴瑾之薄唇微抿："让开。"

挽碧怯生生地看了他一眼，一咬唇，立在了原地不肯让。

裴瑾之盯着她，黑黑的眸子里满是冷意："让开。"

他的气势逼人，挽碧心里顿时有些害怕。

勉强僵持了一会儿，挽碧在心里暗暗骂了一句自己没出息，到底是忍不住往旁边让了让。

裴瑾之从她的身旁走过。

挽碧看着他的背影，心里没由来地有些委屈，不想带她去就不带啊，为什么对她那么凶呢？

挽碧越想越觉得不忿。她看着那道即将打开房门的身影，微微提高了自己的声音："大人，你若是不带我去，我就不换衣裳直接跑出去！"

话音刚落，那道白色挺拔的身影顿住了。

挽碧心里得意扬扬。记得先前那两次，她每次要跑出去的时候，裴瑾之都拦住了她。既然他怕她跑出去，若是她以这个为条件，没准儿裴瑾之就会答应带她出门了。

应该会答应的，他都停下来了呢。挽碧满心期待地盯着那道颀长的背影。

裴瑾之果然很快转过身来了，只是，他冷着脸，语气凶巴巴的："你再说一遍。"

挽碧鼓足勇气，打算复述一遍，可是一对上裴瑾之投来的目光，她便觉得，她好像开不了口。

他的气势太强了，挽碧感觉自己在他面前毫无招架之力。

裴瑾之紧盯着她："你是女子，当注重自己的清誉，为何总是这般乱来！"

下面的话他似乎说不下去了，袖子一甩，像是在泄愤："你蠢！"

后面的那个字，落音特别特别重。

挽碧被吓得后退了一小步。

裴瑾之往回走了几步，站在她的面前："你，现在立即去把衣裳换上。"

挽碧心中大喜："大人，你要带我出门吗？"

裴瑾之瞥了她一眼："再说。"

再说？那就是答应了？挽碧想到这里，高高兴兴地抱着手里的东西去屏风后换衣裳了。

穿好衣裙，换好鞋子，挽碧一路蹦跳着从屏风后走出来："大人，我换好……"

"了"字的发音最终消失在挽碧的嘴里。因为，屋子里空无一人。

芍木镇出口五里处。

裴瑾之撑着伞，安静地站在一个不显眼的位置，看着冒着细雨清理山泥的那十几个侍卫。擎着伞的竹叶站在他的左手边，回禀了一下自青州往返的见闻，同时把相印完璧归赵。

裴瑾之把相印收入袖中后，问："还要多久才能清理完毕？"

竹叶低着头："明天便可启程。"

第十八章 似笑非笑

裴瑾之不语，沉默良久后，才说："他们都辛苦了，回去后你可以适当奖赏一下。"

竹叶应了声"是"。

"公子，此处山泥甚多，又下着细雨，不若您回去客栈休息吧。"竹叶提议。

裴瑾之想到客栈里的某人，眸色沉了沉，脚下不动半分："我自有计较。"

毕竟跟随身侧时间较长，虽然裴瑾之最常的表情就是面无表情，但是此刻不过一眼，竹叶便知道自家公子心情有些不大舒畅，好像在烦恼着什么。

公子年纪轻轻便身居要职，做事向来不动声色，也极少有情绪外露的时候，为何眼下却有些烦恼？难道是因为挽碧？

莫非是他往返青州这一段时间里，挽碧又做了什么不合公子心意的事情，把公子惹恼了？

竹叶心绪一凛："公子，挽碧她……"

裴瑾之微微蹙额，语气里带了些不自知的烦躁："她如何了？"

这语气不善。

竹叶在心里微叹了一口气，果然，公子此刻的异常十有八九是因为挽碧。

"挽碧生性单纯，有的时候做事直来直去，说话也有些心直口快，她若是惹了公子不快，我替她向公子赔礼道歉。"

裴瑾之微微挑眉："你替她？"他以何种身份和立场来说这样的话？

竹叶面不改色："正是。挽碧自从进裴府来，都是由我教导。教不严，师之惰。她的过失，我有不可推卸的责任。"

挽碧撑着伞，小心翼翼地避开脚边的一个水洼，抬眸一看，芍木镇的路碑已经近在咫尺。她一激动，往前跨了一大步，结果一脚踩进了另一个水洼里。

混着泥土颜色的水花四处飞溅，挽碧低头一看，她那绣着小碎花的银色绣鞋已经被那污浊的水完全浸湿了，不但如此，她的裙摆也弄湿了一大片，此刻正湿答答地黏在她的脚踝处。

有些冰凉的感觉在逐渐蔓延，她微微地皱起了眉头，弯腰把湿了一大片的裙摆提起，继续往前走。

大约在一炷香的时间之前，裴瑾之悄无声息地走后，她换好衣服打开房门，发现房门外竟然候着一个侍卫。

挽碧想要去找裴瑾之和竹叶，但是被那侍卫一路阻拦着，不用说，挽碧也知道是裴瑾之给那个侍卫下了命令。

她想要离开那个客栈，又岂是那个侍卫可以拦得住的。

不能光明正大地离开客栈，挽碧回了房间，然后从窗子里飘了出去。

到街上后，她便乖乖地走路了。

她不知道朝哪个方向能走到芍木镇的出口处，一路走来，问了好几个路人。

裴瑾之他们是在距离出口五里外的地方，她只要再走一会儿，就可以看到他们了。

挽碧握紧手里的伞柄，提着裙摆，小心地往前走。走了挺长一段时间，走过那个拐角，挽碧见眼前的风景突然开阔起来，前方不远处，一眼看过去，好几种颜色交织在一起。

山泥看起来是黄色的，颜色有些鲜艳，仔细一看，让人又觉得那是橘色的。

雨水把植物叶子上的灰尘都洗刷掉了，无论是什么形状的叶子，堆积在一起，都绿得让人眼前一亮。

在那大片的黄橘色和绿色之中，她看到了一群暗绿色衣着打扮的侍卫，还有一道白色的身影和一道蓝色的身影。

白色的自然是裴瑾之，而蓝色的是竹叶。

终于见到竹叶了，挽碧心里有些高兴，加快了脚步。

快要走近他们的时候，挽碧发现裴瑾之和竹叶两个人之间有些奇怪的气氛，是不是发生了什么不愉快的事情，他们一个脸色冷凝，一个满脸歉意。

挽碧停下脚步，这个时候，她不知道，应不应该向前继续走，或者应不应该向他们打招呼。

虽然她保持静止，很快有人发现了她。

裴瑾之是最先把目光投过来的那一个。

她脑海里突然想起那个以为她在房间里，傻傻地守着的侍卫，又想到那个侍卫是裴瑾之吩咐来拦住她的，她怔了怔，默默地往后退了一小步，想想其实自己也没有必要那么心虚，又往前走了一步。

裴瑾之的嘴唇动了动，说了些什么。挽碧听不清楚，但是很快，她看见竹叶转过身来了。

她只好笑着朝竹叶挥了挥手。这一挥手，手里的裙摆便落下去了，挽碧感觉到某种微微一沉的重量。

她弯腰抓住，想再次把裙摆提起时，眼前出现了一对鞋子。

她直起腰来，看到那人的面孔，笑的同时，声音拉得有点儿长："竹叶……"

第十八章·似笑非笑

竹叶有些哭笑不得:"你怎么把自己弄成这个样子了?"

挽碧低头看了自己的裙摆一眼,有些羞愧:"我、我不小心踏进水洼里去了。"

竹叶摇摇头:"怎么如此顽皮?天气不好,又下着雨,你待在客栈里不就好了?为什么要跑出来呢?"

挽碧转了一下手里的伞:"在客栈里有点儿闷,我也想出来转转。"

竹叶轻叹一声:"既然如此,转也转了,这里也没什么好看的,我让人先送你回客栈吧。"

挽碧摇头。

竹叶看着她,一小会儿后,突然压低了声音说:"挽碧,公子眼下心情有点儿不大好,你在客栈里,是不是又惹恼公子了?若是有,就乖乖地服个软,若是没有,那也先回客栈比较好。"免得一不小心,殃及池鱼。

惹恼他?明明是裴瑾之惹恼她了才对,她还没有说什么呢。

挽碧有些委屈:"竹叶,大人本来说要带我一起出来的,但是结果我换好衣裳出来,他早已不知去向,他都不等我!"

裴瑾之走过来:"我可没说要带你出来。"

挽碧道:"你明明说了。"

裴瑾之的嘴角微微勾起一个弧度:"我当时说'再说'。"

竹叶的目光有些探寻地在两个人身上轮转一圈,突然明白了些什么。他好像错过了什么,并且误会了什么。

竹叶轻咳一声,识相地告退:"公子,我先去那边看看。"

裴瑾之还没有答话,挽碧已经向他投过去有些好奇的目光:"看什么?我也去,我也去。"语气不能再欢快了。

竹叶摇摇头:"没什么,没什么,只是看一下清理山泥的情况而已,你在这边陪公子说话就好。"

裴瑾之说:"不需要。"

地上坑坑洼洼的,还下着雨,但是竹叶行走的姿势很是自如。

挽碧想起自己走过来的时候那小心翼翼的模样,还把自己的裙子弄脏了一大片,于是心里边对竹叶生出了一种羡慕。

直到竹叶的身影走远,挽碧才回眸看裴瑾之:"大人,你不过去看一看吗?"

裴瑾之垂眸看她:"你是怎么过来的?"

挽碧低头抿唇。他不过去看，就是为了找自己算账吗？

挽碧气呼呼地把头一偏："我也不是故意要用那些特殊之处啊。可是你不让我跟来，我就只能自己想办法了。"

裴瑾之冷笑："这么说来，倒是我的错了？"

挽碧哼了一声。明明他是原因所在，当然是他的错了。

挽碧站了一会儿，发现四周再无动静，回首一看，裴瑾之已不知去向了。

她把伞柄往上抬了抬，才发现裴瑾之往与竹叶相反的方向去了。那边也有一群穿着墨绿色侍卫服的人。

挽碧左右看了看，便往竹叶所在方向去了。

这边竹叶刚和一个侍卫小谈完毕，心里暗暗想自家公子和挽碧相处得怎样的时候，回首一看，看到了一张放大的笑脸。

"竹叶。"挽碧笑眯眯的。

竹叶把眼睛睁大了一些："你怎么在这里？公子呢？"

挽碧配合地回头看了一下："大人往你相反的方向去了。"

竹叶打量了她好几眼，把她带到一旁："你刚刚和公子，怎么样？"

什么怎么样？

挽碧撇撇嘴："他好像又生气了。"

又？

竹叶一脸恨铁不成钢："不是让你去服个软吗？"

挽碧一脸无辜："我以为你只是随口说说。"

竹叶无奈，他当时的语气一点儿都不随便好不好。

深吸一口气，竹叶感觉很是无奈："那你说说，你刚刚是怎么惹公子生气的？"

挽碧不知道应该怎么解释。裴瑾之叮嘱过她，不能随便把她有特殊之处的事情说出去。

竹叶耐心地看着她："怎么了？不愿意说？"

挽碧摇头："我不知道应该怎么说。"

竹叶说："好吧。"

第十九章
殃及池鱼

回客栈的时候，竹叶一直向挽碧使眼色。

挽碧自然明白竹叶想要她做什么，可是一看到裴瑾之那像结了冰的神色，她便难以启步，是以竹叶给她递的眼色，她只当作看不见。

裴瑾之看起来确实很生气，可是她也自觉并没有做错，为什么非得要她去讨好他呢？

客栈到了。

裴瑾之回到房间，推门进去之后又迅速地关了门。

挽碧回头看了竹叶一眼，发现他也在无奈地看着她。

倒是门口的侍卫有些惊讶地看着挽碧，险些说不出话来，过了好久才向竹叶道："竹管家。"

竹叶点点头："这里不用人守着，你去做自己的事情吧。"

侍卫抱拳："是。"

"你的房间在哪里？我送你回房间。"竹叶温和一笑。

挽碧看了一眼紧闭的房门，又看看竹叶，低头不说话。

竹叶不解："怎么了？"

挽碧伸出手指颤颤巍巍地往房门一指："我住这里。"

竹叶惊讶地挑眉："啊？"

"客栈里没有多余的房间了，大人便同意我暂时……"

她的话还没说完，竹叶已经全然了解了情况。

确实，在他们入住这间客栈之时，客栈里剩余的房间便不多了。他们一行人，除了公子，剩下的都是两个人或者三个人住一个房间，他也不例外，和另外一个侍卫住同一个房间。

公子的做法也不无道理。

虽然别的客栈可能有多余的房间，但是她一个女孩子孤身一人住别的客栈，终究让人放心不下。

再说了，挽碧的身份是侍女，如今和公子挤一挤，倒也不算出格。

想到这里，竹叶点点头："既然如此，那你就进去吧。"

挽碧无声摇头，有些惊慌地做口形："竹叶，我可以去你的房间吗？"

竹叶大惊，使劲地摇了摇头。他怎能毁她清誉呢？

终究是要进去的，竹叶轻轻地推了推挽碧的肩膀："进去吧。"

安静许久，挽碧才眨了下眼睛，勉强算是同意了。

竹叶笑了笑："那我先回房间了，我住那边拐角的房间，有事可以来找我。"

挽碧点点头。

竹叶走后，挽碧盯着那扇门，想起裴瑾之那张冷冰冰的脸，她难得地轻叹了一声。

嫩白的掌心慢慢地印上房门，她的指尖微微用力，雕花木门应声而开。

挽碧真的不知道应该怎么做，才算和裴瑾之和好。

她只是不明白，打从外面回来后，裴瑾之就直接把她当成透明一般的存在，无论她说些什么话，做些什么样的动作，他都没有任何反应。

这样的情况一直持续到第二天，他们启程去凉州。

竹叶骑马，挽碧和裴瑾之一起坐马车。

她坐在一侧，裴瑾之坐在另一侧。

马车里很宽敞，可惜只有两个人坐着，挽碧终究有些不自在。

她有些不安地动来动去，动作过于频繁，终于引起了裴瑾之的注意。

"你若是不想坐马车，可以下地步行。"裴瑾之的语调一如既往，不说话就算了，一说话便是这种冰封十里的语气。

挽碧撇撇嘴："你为什么不骑马？"

裴瑾之低下头看书，不答反问："有马车坐，为什么要骑马？"

"可是竹叶骑马了啊。"挽碧掀开一丝帘子，隐约能看到竹叶骑的那一匹枣红色的马，"骑马好玩吗？"

挽碧等了一会儿，身后没有声音传来，回过头一看，裴瑾之正专心致志地看他的书，对她的问题并不感兴趣。

知道他不会再回答她的问题了，挽碧慢慢地放下帘子，安静地坐在一旁。

不知道过了多久，当裴瑾之从书里抬起头来的时候，他发现对面的人在

第十八章·殃及池鱼

打坐。

微微怔愣了一瞬,他垂下了眼睫。

她这是在修炼?

活了二十多年,对于神怪一事,他从未仔细思考过其中的真实性。但是在遇见她的那一刻,他不得不信。

因为事实就在眼前。

曾有书记载,妖精幻成人形的时候,模样都是极美的,可是眼前的这位,只能算是清秀。

她看起来年纪很小,五官也精致,现在不好看,是因为五官还没有长开。

她不谙世事,对他也无恶意,开始的时候,他并无意愿让她留在身边,可是他也无法赶她走。

她有灵力,可以轻而易举地做自己想做的事情。

就算他真的把她赶出了裴府,依着她的能力,她也可以自己回来。

但是她是个笨妖怪。

空有一身灵力却不会使用,她甚至没将使用灵力作为自己的本能。

为了留在裴府,他说她是个侍女,她也无异议。

即便在裴府的日子里,她整天跟在竹叶的身边,一点儿都没有侍女应有的样子。

"大人。"不知为何,她又在叫他。

在他身边的时候,她似乎总有无数问题要问他。

一开始他还能耐着性子回答,但是她提的问题仿佛永远没有尽头,他并没有那种耐心,也没有那种闲情逸致充当她的夫子,所以便总是对她神色冷淡。

可是某些时候,他的冷淡,也阻碍不了她的热情。

便如此刻。

"大人。"她又在叫他了。

裴瑾之微抬一下下巴:"何事?"

只见她有些小心翼翼地道:"大人,我们什么时候能到凉州?"

"后天。"他言简意赅。

"那我们晚上是在马车上过夜吗?"她心里依旧有疑问。

"有客栈。"他惜字如金。

"我们会在中途停车休息吗?"她的问题开始不断地延续。

裴瑾之皱皱眉头："会。"

"那我们……"

"你怎么总有那么多的问题？"他有些忍不住了。

挽碧的表情一瞬间有些无辜，良久，她低低地问："大人，你是不是很讨厌我啊？"

裴瑾之一怔。她的声音里带着明显的失落，软软的，听起来，好像有些委屈。

"是不是因为我做错了什么，才一直得不到大人的好颜色？"她依旧低着头，"如果是，那大人可以告诉我，错在哪里吗？"

说到最后，她的声音低微得几乎要听不到了。

裴瑾之看着她低眉敛目的模样，薄唇微动，并未发出任何的声音。

她的错？

其实，她的多问，也不算是她的过错。只是他并不喜欢这样。

他一向喜欢清静，可是她总是太吵。

"大人。"挽碧抬头看向对面的人，不懂他为何突然长时间沉默，想要追问，又顾忌到他的脾性，只得把到了嘴边的话语咽了回去。

裴瑾之看了一眼她满是委屈的小脸，伸出手指揉了揉眉心，似乎有些头疼："你真的想听原因？"

挽碧使劲地点了点头。

裴瑾之看了她良久，不知为何，突然轻笑了一声，说道："你知不知道你很吵？"

很吵？

挽碧努力地思考了一下："大人是认为，我说话说得太多了？"

裴瑾之轻叹，语气倒是柔和下来，罕见地还带了些无奈："何止是太多。"

挽碧顿时觉得有些羞愧，难道，她平时真的太聒噪了？

所以，大人才不愿意搭理她？可是，竹叶就没有这样说过她啊。

她的性格单纯，想法全都写在了脸上，毫不遮掩，也不懂得遮掩，那点点的疑惑全部落入裴瑾之的眼里。

他放下手里的书本，端起旁边的茶盏，只轻描淡写地道："竹叶把你当成妹妹，自然不会嫌弃你话太多，待你也更有耐心一些。他对你有爱护之情，这是毋庸置疑的。"

如果挽碧心思敏感一些，她会发现，裴瑾之在说那两句话的时候，重音

落在开口的那一小句里。事实上,挽碧听了裴瑾之的话,却把重点落在了其他的地方。

妹妹,爱护之情。

挽碧有些不大确定:"那大人嫌弃我话多,对我也不够耐心,是因为对我没有爱护之情?"

裴瑾之倏忽冷笑:"我为什么要把你当成妹妹?"

裴瑾之的反应突然那么大,挽碧也有些惊讶,但是她并没有多想。

只是觉得,既然裴瑾之对她没有爱护之情,她也不在意。

因为,竹叶对她有,这就够了。

临近晌午的时候,一行人停靠在路边休息。

马车才停稳,挽碧便从马车上跳了下来。她落地的时候,姿势不大稳,虽然最后并没有摔倒,但还是把一旁的竹叶吓了一跳。

挽碧在地上走了几步,缓解了一下自己坐车的疲劳后,走到了竹叶的枣红色马旁,仰起头,目光里带了些许的期待:"竹叶,我可以骑一下马吗?"

竹叶摇头,然后下了马:"你从未骑过马,贸然去骑,可能会受伤。"

挽碧有些惋惜:"原来要学过才能骑马吗?"

竹叶点点头。

挽碧轻叹一声:"既然如此,那也只能等我学会了再骑了。"

看她的样子十分失望,竹叶微微失笑,道:"你也不必如此沮丧,若是你想要骑马,等我有空了,我可以带你。"

"怎么带?"挽碧惊讶地睁大了眼睛,原来不用学也可以骑马吗?

竹叶情不自禁地摸了一下挽碧的头,笑道:"和我共乘一匹马就好。"

"这样也可以?"挽碧发出一声不大不小的惊呼。

竹叶点点头。

挽碧突然有些犹豫:"可是两个人的重量,会不会太重了?"

竹叶怔愣一下,在心里感叹了一下挽碧的小孩子心性,然后答道:"马匹强壮,承受得住。"

挽碧这才放心地点了点头。

众人在靠近路边的一片小树林里休息。

以裴瑾之为中心,在他的四周好一段距离外,众侍卫几乎围绕成了一个圆圈。

挽碧有些惊讶地看着眼前的这一幕，后知后觉地想明白那些侍卫应该在保护裴瑾之。

竹叶在裴瑾之不远处坐着休息。

她本来是在他的身边坐着的，在马车上已经坐得够久了，她便在距离他们不远的地方四处走走，顺道看看四周的风景。

连续下了那么多天的雨，虽然今天的雨势稍停，空气里依旧有一种潮湿的味道。在树林里，这种潮湿的味道显得更加浓重，混合着树林里树叶和泥土的气息，有一种挽碧感觉到自己还不能准确描述出来的味道。

地上的落叶有些多，一些还带着水珠，挽碧提着裙子，小心地走着，待感觉差不多了，便回到竹叶身旁安静地待着。

偶尔目光掠过裴瑾之假寐的侧脸，挽碧想起他嫌弃自己聒噪，心里便有一种奇怪的感觉。

至于这种奇怪的感觉是什么，她自己也说不清楚。

一行人赶在天黑前，到达了一个名为濯木镇的地方。

虽然很顺利地找到了客栈，但依旧面临着房间不够的窘境。

这次的窘境和在芍木镇的时候一样，几个人挤一个房间，不过是刚刚够而已。

挽碧依旧和裴瑾之一个房间。挽碧吸取教训，和裴瑾之同处一室的时候，能少说话就尽量少说话。

但是她不说话，裴瑾之反而会偶尔和她说上一两句话。

对于这种转变，她有些惊喜，却不敢妄动，回话也是尽量简洁。这使裴瑾之看着她的目光有些奇怪。

挽碧觉得她这么做了以后，先前萦绕在两个人之间的僵硬的氛围好像消失得无影无踪了，这说明，她的做法是对的。

从裴瑾之的身上，她算是明白了一个道理，对待不同的人，需要用到不同的方式，唯有这样，才能与他们好好地相处。

晚膳时分，竹叶领着店小二端了饭菜进来。

挽碧看着那朴素的菜式，再看看坐在桌边的裴瑾之，再三犹豫后，坐在原处未动。

裴瑾之在用晚膳，她虽然也想吃，但其实她不吃也可以的。

每次靠近裴瑾之，挽碧都感觉到，自己有些忍不住要和他说话。

第十八章·殃及池鱼

可是裴瑾之不喜欢她聒噪。

挽碧觉得，为了扭转裴瑾之对她的印象，最好的办法就是和他保持一定的距离。

挽碧翻着手里的书，想把注意力集中到书里的时候，听到裴瑾之突然开口说："还待在那边做什么？要我过去请你吗？"

"啊？"挽碧没反应过来。

裴瑾之抬眸看了她一眼，语调不高不低的："过来用晚膳。"

挽碧怔愣了一会儿。

"哦哦哦。"挽碧连应几声，然后一路欢快地小跑到桌边坐下。

裴瑾之及时地把一套碗筷放在她面前，然后便不再理她。

挽碧盯着他看了好一会儿，突然一笑，原来，不闹别扭的大人，是这样的一个人啊，虽然待人不怎么热情，但还是挺好的。

到达凉州之后，挽碧不过是愣神了一会儿，回过神来的时候，便发现竹叶不见了。不但竹叶不见了，就连裴瑾之也不知道去哪里了。

她有些木木地站在原地，随后有不认识的侍卫引领着她去了凉州知府的府邸。

因为裴瑾之在凉州的这些日子里，都会宿在凉州知府的府邸。

而她作为随从人员，自然要跟着去。

侍卫把她领进一间房间，说明隔壁的房间分别是裴瑾之和竹叶的后，便默默地离开了。

挽碧在房间里待着，只觉得百般无聊。

从房间里出来后，她便在小院子里闲逛。没逛多久，她便听到院外有人在说话。

她停下脚步，听到一个女子尖细的声音，说："小姐，我早已打探好了，那从国都城里来的左相大人，便是住在这个院子里头。"

"那他现在可在里面？"

随后响起来的女声不同于先前的那个，她的声音更为娇柔，听起来也更加动听。

"左相并不在院子里。我听别人说，这左相一到凉州，连咱们施府都没进，便直接到了城中。"

"他去城中做什么？舟车劳顿的，竟然也不歇歇？"

"小姐竟然不知？这洪水过后，生灵涂炭，难民直接集聚到了城中的高地。左相大人从国都城携皇命而来，自然是以赈灾、安抚百姓为重中之重。眼下，他正在城中视察民情，布衣施粥呢。"

"你知道得倒是详细。"

丫鬟轻轻一笑："小姐，奴婢这不都是为了你才了解这些的。我知道了，也就相当于你知道了，这样，你才可以更好地接近左相大人啊。"

"你小声一些。"

"小姐可是害羞了？哈哈，奴婢明白，奴婢以后会注意的。"

"你还说。"那声音已经有些羞赧娇嗔之意。

"不说了，不说了，奴婢不说了。"

这么的一段对话听下来，挽碧算是明白了院子外那一对主仆想要做什么了。那小姐喜欢裴瑾之，丫鬟便帮她的小姐打探好了一切，好让她家小姐如愿以偿。

挽碧歪着头，好一会儿，突然轻笑出声，想不到像裴瑾之脾气那样坏的人，竟然有这施家的小姐爱慕他。

大概是因为，裴瑾之是一个好官？虽然他脾气很坏，由于他是一个好官，老天不忍心看他孤独终老，所以给他许了一个施家小姐？

越想便觉得这个可能性越大，挽碧点点头，心里突然对院子外头的那对主仆生出了一些兴趣，也不知道，那施家小姐漂亮不漂亮。

她认真地听了听，没听到任何的人语声，想来，那对主仆已经离开了。

毕竟裴瑾之不在院子里，她们也是知道的。

挽碧左等右等，天色将近擦黑的时候，等到了竹叶。

竹叶回到院子里，不过是喝了几口水，收拾了一些东西，又要出门了。

挽碧跟在他的身后，亦步亦趋："竹叶，你要去哪里，我也要去。"

竹叶回头看了她一眼："你也要去？如果我说不行，你是不是会自己偷偷地溜出去？"

挽碧露出一个甜美乖巧的笑容："是。"

与其让她一个人偷偷地溜出去，还不如把她放在眼皮子底下看着比较安全。竹叶想到这里，点点头，答应了："好。但是你到了城中，不能四处乱跑。"

挽碧脚步轻快地道："知道了，知道了，我会乖乖的。"

到了城中，挽碧跟在竹叶的身后，当看到那一大片的星星点点时，她的

第十八章 · 殃及池鱼

心里不可谓不震撼。

她是第一次看到这样的情景。

数以百计,或者说,数以千计的棚屋,整整齐齐地排列在空地上。

数量虽然多,并不显得凌乱,反而很有规划感。

随着竹叶从棚屋之间的小路上走过的时候,她好奇地东张西望。

每间棚屋里,都住着数量不等的几个人,少的三个,多的五六个。

棚屋内布置简陋,有些人还躺在木板上,身子微微蜷缩着,不知是已经睡过去了,还是生病了。

她并不清楚,到底一共有多少人住在这些棚屋里,但是每一间棚屋点起来的蜡烛,却把相邻棚屋之间的缝隙全都填满了。

听竹叶说,因为洪水冲毁了那些百姓的屋子,也冲走了他们所有的财产,那些百姓现在一无所有。

但是随着不日到来的赈灾物资和赈灾饷银,这一切的不幸会渐渐散去,一切都会好起来的。

挽碧注意到,竹叶在说起这一切的时候,脸上并无半点儿信口开河的轻浮,他的眼中有光,很坚定,大概是对自己所追随的那个人,有着无可撼动的信任。

夜风冰凉。

裴瑾之负手站在原地,看着另一方向的棚屋烛火,兀自凝思。

身后传来细碎的脚步声,沉稳之中又夹杂着某种欢快轻盈。

他眉梢微微一动,转过身来,目光轻轻地落在那个浅色的身影上:"你怎么来了?"

挽碧被他看得有些不自在,往竹叶的身后躲了躲:"我在施府很是无聊,你们又久久不回来,我只好来寻你们了。"

裴瑾之不置可否:"我派人送你回去。"

挽碧有些急了:"我不回!"

裴瑾之正要说她,竹叶把手里的东西呈送过去:"公子,这是你要的东西。"

裴瑾之看了竹叶一眼,沉默须臾,接了过来,点头:"去棚屋。"

"是。"

棚屋里有烛火。裴瑾之坐在烛火旁边,认真地看着手里那本类似于折子的东西,眉头轻蹙,俊容紧绷。

难道有什么大事要发生了?

挽碧下意识地看向竹叶，发现竹叶也是一脸凝重地看着裴瑾之手里的折子，不知道在想些什么。

气氛不对劲，挽碧本来想和他们说几句话的，却不敢开口了，只好安安静静地坐在他们的身旁，默默地等着裴瑾之打破这份安静。

她并没有等多久。

裴瑾之合上手里的折子，眼底似乎有墨黑的风暴卷起，表面上却依旧面无波澜。他的音调偏冷："继续收集证据，就这里的这点儿证据，还不够分量。

"继续保密，不可打草惊蛇。眼下正是关键时期，虽然那个人所为不大，但是先处理好当前的灾情才是正事。"

"是。"

裴瑾之说完这几句话，又问了一些关于救援的具体情况，竹叶一一回答。情况在好转，他紧蹙的眉头才松了些。

不知道裴瑾之和竹叶又说了些什么，挽碧不过是走神了一会儿，回过神来听他们的对话时，她惊讶地发现，他们说的事情，她已经听不懂了。

不过，她听不懂也没有太大的关系。

竹叶听完吩咐准备离开的时候，裴瑾之叫住他："等等。"

他有些奇怪地回头："公子，还有何事？"

裴瑾之的视线轻扫过旁边一脸认真地发呆的人："你把她带回去。"

竹叶有些为难。

挽碧抿着唇，样子有些倔强："我不回去。"

裴瑾之手边捧着一杯茶，凉凉的。他本来想喝一口茶，但是眼下茶凉了，他也没有了喝茶的心情："你不回去，在这里又能做什么？"

挽碧凝眉："一定能做什么才可以留在这里吗？"

裴瑾之点点头。

挽碧想了想，目光很真诚，语气也很诚恳地对裴瑾之道："虽然我不知道我可以做些什么，但是你可以说说看，如果我能做到的，我会去做的。"

竹叶在一旁也帮忙说了几句："公子，挽碧一个人在施府也是闲着，你留她在身边，有些她力所能及的事情，你吩咐她一声便是。"

"而且，"竹叶的声音里有些担心，"与其让她乱跑，还不如放在身边稳妥一些。"

气氛开始僵持。

　　几个眨眼的时间过去后,裴瑾之看向挽碧的目光里面满满的都是怀疑:"她有什么事情是力所能及的?"

　　居然被这么明显地嫌弃了。挽碧努力地抬头挺胸,摆出一副很有底气的模样:"我力所能及的事情有很多啊,看书、写字、磨墨、端茶递水……"

　　裴瑾之无奈,这些是值得骄傲的事情吗?

　　不再理她,裴瑾之看向竹叶,说:"你去忙吧。"

　　竹叶点头:"是。那挽碧她怎么办?"

　　裴瑾之看了一眼某个一脸不甘心、正在盯着他看的人,心里无声地轻叹:"罢了,她迟点儿随我一起回去便是。"

　　竹叶走后,裴瑾之把手里的茶盏递过去。

　　挽碧先是有些疑惑地看着他,后来不知道想到了些什么,她笑着把茶盏接了过来。

　　十指娇嫩,纤纤如葱。

　　她一手托着茶托,一手推开茶盖,微微一低头,露出修长的后颈,与此同时,她那粉色的唇瓣印在杯沿,一白一粉,看起来相得益彰,赏心悦目。

　　那情景本是美好,奈何裴瑾之的脸色突然之间不大好了。

　　茶盏中的茶已经凉透,味道更添苦涩。

　　挽碧喝完那一口茶,茶水在口里转了一圈。她不喜那味道,本想吐出来,可是裴瑾之皱着眉头看她,那目光好像还带着几分隐忍和不满。

　　她心一惊,喉咙不由自主地松开,那口茶便顺理成章地滑进肚子里去了。

　　待喉咙里的那股苦涩的味道散去后,挽碧有些嫌弃地看了一眼茶盏,评论道:"这茶不好喝。

　　"大人,我不喜欢喝这样的茶,有没有茶是不苦的?

　　"大人?大人?大人你怎么不理我?"

　　"那是我的茶!"他的声音里带着被压抑的怒意。

　　"啊?"

　　裴瑾之俊秀的眉眼间像是结了一层冰霜:"我是让你去换茶!这不是你说的力所能及的事情吗?"

　　"啊?哦。"

　　意识到误会了,挽碧脸颊微微发烫,她低着头:"我、我、我这就去。"

　　裴瑾之看了一眼她窘迫的模样,道:"你去吧。"

挽碧抬起头，认真地问道："大人，去哪里换茶？"

裴瑾之不禁头疼起来，这就是她说的力所能及？

裴瑾之有些挫败地轻舒一口气："算了，茶盏给我，我自己来。"

她显然有些不好意思："大人，我真的可以的。"

"不必。"他干脆利落地打断了她的话。

只见她怔了怔，然后低下头，裴瑾之瞬间觉得有些头疼。

她总是摆出这副有些可怜的模样，好像他欺负了她一般，可明明就是她一直在把事情办砸。

更加怪异的是，每每看到她这样的表情，他的心里竟然有些不忍。

四周黑漆漆的，只有裴瑾之手里的那一盏灯笼散发着朦朦胧胧的光芒。

挽碧走到裴瑾之的身边，时不时探头看向四周。虽然夜色已深，她其实也看不到什么，相对于一味低头走路，能随时东张西望一下，也算是一种难得的乐趣。

现在她正和裴瑾之走在去施府的路上。在他们的前后，还有几个侍卫。

那几个侍卫手里也拿着灯笼，前前后后地照着，所以地上的路也还算亮堂。

挽碧走着走着，突然想起了今天发生的一件事情，便对裴瑾之说："大人，我今天发现了一件事情，你想不想听我说说？"

裴瑾之低头看了她一眼，看到她眼里的笑意："什么事情？"

挽碧的脸上浮现出一抹小激动，声音略大了些："施府里的那个小姐，你认识她吗？她喜欢你！"

裴瑾之收回视线，语调毫无起伏："有些话是不能乱说的。"

挽碧使劲摇头："我没有乱说，是真的。今天她们还到你住的院子外面看了看，可惜你不在那里。"

"她们？"

"嗯，就是那个小姐和她的丫鬟。她们说话时，我正好在院子里闲逛，然后就听到了。"

裴瑾之的神情淡淡的："此话到此为止，你不要再和别人说。"

"为什么？连竹叶也不可以说吗？"

"施家小姐尚未出阁，你这样随随便便就给人家乱点鸳鸯谱，会影响她的清誉。"

记得裴瑾之对她说过，清誉对女子来说是很重要的，尤其是对尚未出阁

的女子。

挽碧后知后觉，有点儿懊恼地道："很严重吗？"

裴瑾之"嗯"了一声。

挽碧有些急了："那、那、那怎么办？"

"以后不许再说。今天听到这些话的人，我会嘱咐他们不要说出去。"

挽碧乖乖地点了点头，心里有些庆幸。

走了一段路后，挽碧扯了扯裴瑾之的衣袖："大人。"

裴瑾之的眉心隐隐约约地皱了皱："何事？"

挽碧现在是一脸欢快，先前的懊恼慌张一扫而空："大人，其实我觉得我刚刚说的那些话，好像也没有太大的问题。"

"怎么说？"

"那个施府小姐喜欢你。别人若是知道了，不向她提亲，她就可以嫁给你了。我这算是间接地促成了一件美事，对不对？"挽碧越想越高兴，一高兴脚步便快了起来，转眼间便走到裴瑾之的前面去了。

她又想到了什么，正要回过身对裴瑾之说，没看脚下，踩到了几块小石子，脚下一滑，整个人身子一歪，便一头扑到裴瑾之的怀里去了。

不过是微怔一瞬，裴瑾之干脆利落地将她一把拧开，冷了声音："好好走路。"

挽碧耷拉着头："我不是故意的，刚刚不小心踩到了小石头。"

裴瑾之没有接话，把手里的灯笼往她的方向移了移，然后继续往前走。

第二十章
她的秘密

到了施府不远处,挽碧惊讶地发现,那府门前竟然聚集了一大堆人。

"怎么会有那么多的人在府门前啊?他们都在等你?"挽碧看了看府门前,不由自主地扯了扯裴瑾之的衣袖。

裴瑾之没有说话,把手里的灯笼往挽碧手里一塞,然后大步地往前走。

挽碧怔怔地看了一眼手里的灯笼,不明白裴瑾之是什么意思。

看到裴瑾之已经大步走远了,她也赶紧拎着裙摆小跑着跟上去。

当她气喘吁吁地赶到府门前的时候,裴瑾之已和站在府门前迎接他的人寒暄完毕,一行人正要往里走。

挽碧的视线在人群里一一掠过,然后发现了三张女子的面孔,一张略微苍老一些,另外两张则显得很年轻。如果她没有猜错,那应该是施大人的夫人,另外那两位则是施家的小姐和那个丫鬟。

本来在院子里听到她们的声音,便想看看施家小姐到底长什么模样,现在看来,倒也是美人一个。

挽碧不知道该怎么形容一个女子的面貌,但是在看到施家小姐的时候,便觉得她是好看的。

但是这个施家小姐的身形看起来很纤细,每走一步,她身旁的那个丫鬟都会搀着她,这情景看来,倒有些奇怪。

挽碧正兀自琢磨着这些,竹叶走过来接过了她手里的灯笼:"发什么呆呢?我们进去吧。"

挽碧回过神来,正想和竹叶说自己的新发现,又想起在路上裴瑾之对她说过的话,她便缄口沉默了。

竹叶有些奇怪地看了她一眼,问道:"你怎么了?"

挽碧摇摇头:"没事没事。"

裴瑾之今天刚到凉州,便直接去了城中。现在才回到施府,那施大人便说要为他接风洗尘。是以,裴瑾之到施府后,并没有直接回院子,而是被引导到了设宴的地方。挽碧和竹叶也跟着过去了。

本来要在一座水榭庭楼处设宴,因为裴瑾之回来得晚,只好把宴席设在了屋内。

施大人一家和裴瑾之都在席上坐着。挽碧、竹叶和施府的一些下人则在旁边不远处站着,方便随时替自家主人添酒。

裴瑾之大概是不喜喝酒的,宴席进行了较长的一段时间后,相对于施大人的再三添酒,裴瑾之只不过添了一次而已,而那酒是竹叶添的。挽碧在一旁,则成为一个名副其实的摆设。

无聊间,她打量四周,然后惊讶地发现,那施家小姐和她的丫鬟也时不时地把视线落在她的身上。挽碧正奇怪着,又看到那施家小姐突然低头羞涩地一笑,心里瞬间恍然大悟。

原来这施家小姐和丫鬟,并不是在看她,而是在看她前面的裴瑾之。

不知道裴瑾之对她们的视线有没有回应,从头到尾,挽碧只听到他用低缓的声音,和坐在他旁边的施大人一直说着城中的相关事宜。

时间一点点地过去,挽碧有些站不住了。站得太久,脚累、腰痛,她轻皱着眉头,看向竹叶,小声地说道:"竹叶,我好累。"

竹叶明白她的情况,眼下若是突然退席,可能会给施府的人留下不好的印象,于是便只好说:"宴席很快就要结束了,你再忍一忍。"

挽碧长长地吁出一口气,回答:"是。"

挽碧不知道宴席还有多久才会结束,但是她看到那施大人一直在敬裴瑾之酒,还净说一些好听的话,她便渐渐地有些不耐烦起来。

说来说去都是那几句类似的话,那个施大人就不觉得烦琐吗?再有那施家小姐那含羞带怯的目光,还有她那微红的脸颊,挽碧也是越看越不顺眼。

一定是因为那施家小姐是坐着的,才能摆出如此的神情。若是她也是从头到尾都是站着的,脚累着、腰疼着,也许她就摆不出如此表情了吧。

挽碧在心里默默地想着,突然听到施大人放大了声音说:"不若让小女舒愿来献琴音一曲?"

裴瑾之还没有说话,那原本坐着的施家小姐已经自觉地从座位上站了起来,低着头微微一笑说:"那小女子便献丑了。"

施家小姐身边的那个丫鬟很快拿来了一把琴。

施舒愿纤细的五指往琴弦上拨了拨，便弹起来。琴声幽幽，夹杂着某种绵绵的感觉。

挽碧听了一段，觉得自己不大感兴趣，便观察起眼前众人的表情。

从她的位置看去，她能够看得到在场所有人的神情，除了裴瑾之的。

施大人很认真地听着琴，时不时还看一眼裴瑾之，脸上带着笑容和骄傲。

施夫人也看着施舒愿弹琴，偶尔也会和施大人对视一眼，似乎在用眼神交流着什么信息。

而弹琴的施家小姐，今天穿的是一身白色的衣裙，映着烛火，那双水亮亮的眼睛，掠过众人时，独在某处稍有停顿，好像在无声地诉说些什么。

她的眼角眉梢之间，都带着一种……挽碧感觉自己有些词穷。

她不知道怎么形容，但是，那施家小姐表现出来的那种举止神态，好像自有一种风情，一种能够把众人的目光牢牢吸引住的风情。

挽碧又去看身旁的竹叶，发现他也是呆愣愣地在看着。她悄悄地轻咳了一声，竹叶也没有反应过来，看来，都已经看呆了。

挽碧突然感觉到有些失落。竹叶这样，那裴瑾之也是这样的神情吗？

她突然很想知道裴瑾之是怎样的表情，可惜她看不到。

施舒愿一曲弹毕，众人都鼓起掌来。挽碧看到竹叶鼓掌了。虽然裴瑾之的表情她看不到，但是她可以看到他的动作——裴瑾之也鼓掌了。

施大人想要拉着裴瑾之多喝几杯，但是裴瑾之以夜深为由拒绝了。施大人见再三挽留没有用，便不再挽留。

挽碧松了一口气：终于不用再当摆设了。

跟随着裴瑾之回到院子里，挽碧正要回房间，却被竹叶喊住："挽碧，过来吃点儿东西。"

竹叶站在院子里，院子里有一套石桌石凳，此时竹叶就站在石桌的旁边，挽碧还看到石桌上放着几碟吃食。

挽碧摇摇头。站了那么久，她现在并不想吃什么东西，她只想好好地在床上躺一躺，歇息歇息。

竹叶并不赞同："多少都吃一点儿吧。万一你半夜起来饿了，那时候可没有东西吃。"

挽碧继续摇头。

竹叶没有办法，视线往旁边偏移了一些："公子，你说说她吧。"

裴瑾之正要进房间，听到竹叶的话便停了下来。

他看向挽碧，目光落在她略显疲惫的小脸上，微微停顿，然后说："你拿一碟糕点进房间，饿了再吃。"

挽碧端了一碟淮山红豆糕回了房间。自从在月儿那里吃过了几块后，她便喜欢上了这样的糕点。但是她累了，眼下也没有心情去吃什么糕点。她只是随手把糕点放在桌面上，便爬上床去歇息了。

她闭上眼睛，睡了一觉，依旧无梦。醒来的时候，月上中天。

喝了几口水，她拿起碟子里的淮山红豆糕咬了一口，没有想到那糕点入口即化，甜度适宜，她有些惊喜地睁大了眼睛，暗道这里的淮山红豆糕比月儿做的要好吃很多。她吃了一个，看到窗外月光正好，心念一动，便端着水瓶和那碟糕点上了屋顶。

屋顶上，挽碧心满意足地啃着手里的淮山红豆糕，看着天际那圆圆的月亮，嘴角忍不住上扬。

她也不知道自己为什么会笑，莫名其妙地，她就是感觉很开心。

她脖子上挂着的玉佩在微微发热，有凉丝丝的灵气在体内流转循环，那感觉让人神清气爽。

挽碧托着腮，呆呆地看着那月亮，想着自己什么时候才能飞升成仙。

她摸了一下自己的脸。虽然她现在是可以幻化成人形了，其实有一个秘密，只有她自己知道。

她照镜子的时候，里面的人像是模糊的。她从来都看不清楚自己是什么样子的。记得在安府的时候，湄箱曾经说她长得很好看，可是直到现在，她依旧看不清楚镜子里自己的模样。

每天起来的时候，她也会照镜子，终究是看不清楚。

大概是因为她的灵力还不够，所以才不能看清楚自己的模样吧。

她看不清楚自己的模样这件事情，也没有引起他人的怀疑。

即使她看不清楚，由于包子髻好梳理，手法熟练了，她不用看镜子，也可以梳起来。

那个施家小姐长得挺好看的。

挽碧摸摸自己的脸，轻叹了一声，真想知道自己长什么模样。

想要知道自己长什么模样，唯有努力修炼。

挽碧握着小拳头给自己打了打气，打算修炼。

没有想到在盘腿的过程中，她一不小心把什么东西给弄翻了。

直到听到寂静的夜里突然响起了一声水瓶乍破的声音，她才察觉在无意之间把旁边的水瓶给碰倒了。

耳边突然有风声骤然掠过，一把冰凉的扁状东西搁在了脖子上。

挽碧眨了眨眼睛，然后冷得缩了缩脖子。抬眸看去，她被吓了一跳，五六个不知道从哪里冒出来的侍卫正站在她的四周，一脸警惕地看着她。

她结结巴巴地道："你们、你们想干什么？"

"废话少说，你是何人？竟然夜半出现在屋顶，可是想要行刺左相大人？"一个侍卫粗声粗气地问道。

挽碧摇头，却感觉脖子上微微一阵刺痛。然后好像有什么温热的东西流了下来。

脖子上架的是利器，大概是一把长剑。挽碧心有戚戚，她刚刚还摇头，有刺痛传来，应该是把自己的脖子给割伤了吧。

那侍卫也没有想到会发生这样的事情，当下一愣，揪着挽碧的衣领，把她从屋顶上带了下来。

两个人才刚落地，院子里的两间房间的房门同时打开了。

裴瑾之和竹叶几乎同时走了出来。看见院子里的情景，再看看被压制得动弹不得的挽碧，裴瑾之眸子一凛，沉了声音："发生了什么事情？"

院子里一片寂静。半晌后，一个大胆的侍卫往前走了一步："回禀左相大人，我们在屋顶上发现了一个鬼鬼祟祟的人，她似乎想要行刺您，但是她身手笨拙，踢落了瓦片，被我们察觉，最终被一举擒获。"

竹叶走上前："你们误会了，这是我家大人的婢女挽碧。"

侍卫的脸色顿时一窘："什么？"他们居然抓错人了？

"你没看到她身穿婢女服吗？"

"可是，若是刺客的伪装也不足为奇。"

裴瑾之的脸色也不大好看："先把她放开。"

压制着挽碧的两个侍卫闻言，迅速地松了手。

那侍卫此刻也知道闹了一个大乌龙，当下便有些尴尬："左相大人，误会了，我们并非故意的。"

裴瑾之挥手制止了他的话语："你们是施大人府里的，这样的事情，发

生一次已经算多了。"

"是是是,我们保证以后不会再犯。"

"守夜是一件辛苦的差事,你们辛苦了。此事我就不追究了,你们下去吧。"

"是是是,谢谢左相大人。"

院子里转眼间剩下三个人。挽碧看着院子里地面上那稍稍深色的一片,那应该是那被打碎的水瓶残骸的所在之处。

她走过去,打算要把地面上的碎瓷片捡起,弯腰低头的时候,不小心牵扯到了脖子处的伤口,她倒吸了一口气,好疼。

竹叶走过来:"我来收拾吧。"

当看到挽碧脖子上的暗色时,竹叶有些惊讶:"你的脖子怎么了?"

挽碧伸手摸了摸,刚碰一下,指尖微润,她又迅速地收回手来:"好像是不小心划伤了。"

"什么利器划的?剑?"竹叶突然想起那侍卫搁置在挽碧脖子上的剑。

挽碧点点头。

"你先到房间里去,这里我来收拾就好了,不,我还是先到房间里给你拿药吧。"竹叶说完,便匆匆地往房间里去了。

挽碧低着头,把地上的碎片捡到自己的手里,视线里,突然出现了一抹衣摆。她抬头,又牵扯到脖子上的伤口。倒吸一口气后,她低着头说:"大人,谢谢你替我解围。"

裴瑾之在一旁的石凳上坐下:"你怎么会被那些侍卫误认为是刺客的?"

裴瑾之坐下来后,挽碧在不扯疼脖子上伤口的前提下,终于能看清楚裴瑾之的脸了。

她微微仰头:"我在屋顶上晒月光,然后不小心把水瓶拂下来了。"

"大半夜的不睡觉,跑上屋顶晒什么月光?"裴瑾之皱眉。

挽碧把地上的碎片用手帕包好:"大人你忘记了?我要修炼啊。"

裴瑾之一怔。

自从那日同乘一车,他再也没有看到过她在月光里打坐修炼的模样。她跟在竹叶身旁读书认字,会吃会喝,会笑会恼,还会上街去闲逛,和凡间的女子并无两样。他几乎都要忘记她本身是一个妖怪,忘记她要修仙了。

竹叶从房间里拿了药过来,挽碧把手里的被手帕包裹好的碎片递过去,然后把竹叶手里的药接了过来。

"谢谢竹叶。"她笑容舒展，用一种甜甜的声音道谢。

竹叶手里托着碎片，有些腼腆："不用谢。"

"你的伤口上还有血，回到房间后，要先把血迹擦干净了，再对着镜子把药涂上。"竹叶有些不放心地叮嘱。

挽碧乖巧地点头："我知道了。"

竹叶接着把目光转向裴瑾之："公子，夜深了，早点儿休息吧。"

裴瑾之看了一眼挽碧的脖子，那脖子白白净净的，像上好的羊脂玉，映衬着月光，上面似乎还有一层润泽的光芒，而且并无伤口。伤口应该在脖子的另一侧。他看着她手里攥着药瓶的模样，想着她平日里的笨拙，薄唇微动，本来是想要说些什么的，最终什么都没有说，转身往房间走去。

竹叶也回了自己的房间。

挽碧回到房间后，看到房间里果然有一盆备用的水，旁边还搭着一块干净的巾帕。她先是把巾帕浸湿，轻轻地往自己脖子上伤口所在的地方抹，水才碰到伤口，便疼得她想立刻将手里的巾帕扔掉。

可是伤口上的血迹又不能留着。挽碧只好继续忍痛把自己的伤口清理干净。当手里的巾帕从脖子上拿下来再无血迹的时候，她轻舒一口气，知道自己已经把伤口清理干净了。

接下来该上药了。她拿着药瓶，走到镜子前，想对着镜子上药的时候，可看到镜子中模糊的那一片，蒙了蒙。

她根本就看不到伤口在哪里。要怎么上药呢？

裴瑾之喝了一口水，正要吹熄房间内的蜡烛歇下的时候，房门突然被敲响了。他看向房门，意料之中听到了某个小心翼翼的声音："大人，你睡着了吗？"

他走向房门，并没有立即开门："何事？"

"我自己没有办法上药，你可以帮一下我吗？"挽碧心里有些忐忑。

房门内没有声响。挽碧稍等一会儿，想着裴瑾之既然不作声，那应该是拒绝的意思，于是她说："那我不打扰大人休息了，我去找竹叶吧。"

奇怪的是，她的话音刚落，房门就打开了。

裴瑾之一身睡袍，逆着房间内的烛光，她有些看不清楚他脸上是什么神情。

他既然开门了，那便说明他是愿意帮助她的。想到这里，挽碧高兴地走进了房间里。在凳子上坐下，等裴瑾之走过来后，挽碧顺手把手里的瓶子递了过去:"大人,药在这里。"

裴瑾之没接,在她的面前站了一会儿,慢慢地俯下身来。

他的气息骤然接近,清冽而陌生,带着强烈的存在感,挽碧有些不适应地往旁边偏了偏。

她能够感觉到裴瑾之的视线落在自己的脖子上,不知怎么的,她开始有些莫名地紧张起来,脖子上的皮肤像是被什么烫着一般,有些发热。

她的身子开始逐渐绷紧,不敢动,就连呼吸也在渐渐地放缓。

心头瞬间掠过某个念头,她恨不得自己的呼吸是没有声音的。

脖子上突然落下了一点儿冰凉,霎时,她的身子紧绷得如同一根被拉到最大限度的弦。她忍不住想要往旁边让,却被裴瑾之一手压住了肩膀。

"你的脖子上有血迹。"裴瑾之看着指尖上的那一小抹凝固了的殷红,"把药瓶给我。"

挽碧赶紧把药瓶递了过去。

药瓶里的药是粉末状的,挽碧感觉到轻轻的、碎碎的末状东西落在自己的脖子上,不过是清凉一瞬,然后,便有些火辣辣地疼。

她不安地动了动,想要伸手去碰,被裴瑾之中途挡住:"不要动。"

那种火辣辣的刺疼蔓延开来,挽碧有些难受,连呼吸都比先前急了些。

她耐不住,想要伸手去碰,被裴瑾之直接扣住了手腕:"说了不许动。"

挽碧微微皱着眉头:"可是,很痛,还有些痒。"她的语气可怜巴巴的,虽然很小声,但是在这夜深人静的时候,还是很清晰的。

裴瑾之淡淡地看了她一眼:"忍着。"

挽碧忍不住道:"我能不能用手碰一下?我不会挠的,我就碰一下,缓解一下痒。"

裴瑾之扣着她的力度没有松懈半分:"不可以。"

挽碧咬了一下唇瓣,看着被他扣住的右手,左手动了动,想趁裴瑾之不注意的时候,用左手去挠,还没有来得及出手,便被裴瑾之眼疾手快地扣住了。

裴瑾之眼神平静地道:"挠了会留疤的。很难看。"

挽碧一僵,几乎想要哭出来:"可是,好痒,还痛。"

"一会儿就不痛不痒了。"

"真的?"

"真的。"

"那你先松开我的手好不好？"挽碧看了一眼裴瑾之紧扣在自己手腕上的双手，软着声音问道。

他的力度用得有些大，她感觉手腕有些疼。

裴瑾之依言松了手，在她旁边的凳子上坐了下来。

沉默须臾。

"你，为什么会来找我帮忙？"裴瑾之的声音难得地带了些许迟疑。

她不是比较喜欢黏着竹叶的吗，为什么这次上药会来找他帮忙呢？

因为脖子上的痒痛，挽碧正处于一种备受煎熬的状态。

可是在裴瑾之面前，她又不能用手去挠，并且，就像他说的，假若用手挠了，会留下很难看的疤。

女子都爱美，挽碧虽然还看不清楚自己的样貌，但是也希望自己长得好看一些。于是她努力地克制着自己，不让自己去挠。

注意力大多数集中在控制自己上，是以，裴瑾之说的话，她也就听得不大清楚了。

她看着他："你刚刚说什么？可以再说一次吗？我没听清楚。"

裴瑾之并没有重复的意向，看到她一脸认真地盯着他看，他一个恍惚，便控制不住地重复了："你为什么会来找我帮忙？竹叶呢？"

她看起来有些不大好意思："我本来也不打算麻烦大人你的，但是竹叶房间里的灯熄了，而大人房间里的还亮着，所以我才过来了。"

原来是为了不打扰竹叶吗？裴瑾之的眸色深了深。

"大人，你会画画吗？画人物会不会？"不知道想到了什么，她突然兴致勃勃地道。

裴瑾之看了一眼她脖子上的情况："会。"

那阵痒痛应该已经过去了吧，她现在看起来完全没有受到影响。

"那你可不可以……"

"不可以。回去睡觉吧。"

"可是，大人，你都没有听我说完我的问题。"

"你说完了也是不可以。"

挽碧一时间不知道该怎么才能继续说下去。

裴瑾之打开房门，看着那坐在凳子上丝毫未动的人，脸色微黑："过来。"

挽碧慢吞吞地挪了过去："大人，你能不能帮我一个忙？"

第十九章·她的秘密

"不能。"

挽碧的脚步顿住，盯着裴瑾之看了半晌，语气幽幽地道："大人若是不愿意帮我，我就不出去了。"

裴瑾之有些无语。她这是耍无赖？谁教的她？

僵持了半晌，裴瑾之轻叹一声："你说。"

挽碧高兴起来，脸上露出一个灿烂的笑容："大人大人，你可以帮我画一幅画吗？"

裴瑾之的眼眸中带上了几分不动声色的探究："你需要什么画？用来做什么？"

挽碧几个蹦跳跳到了裴瑾之的面前，一脸兴高采烈："大人，画我画我，我想知道自己的样子。"

裴瑾之的脸色顿时冷了下来："你在捉弄我？"

她想要知道自己的样子，去照一下镜子不就知道了，为何要让他画出来？

挽碧一怔，用力地摆摆手："大人，你误会了。"

可裴瑾之的脸色没有丝毫好转。挽碧耷拉着头，细细地解释："大人，我的灵力不够，看不清楚镜子里的样子。就是因为看不清楚，连上药都没有办法上。"

裴瑾之的眉头稍松。他看着她头顶上的两个小包子，心里对她说的话虽然说不全信，但是看到她的神情，觉得她说的也不像是假话。

如果他拒绝了她，她会去找竹叶给她画画吗？

"大人，"挽碧抬起头来，"如果大人不愿意帮我的忙，那我可以另找别人帮忙的。"

裴瑾之抿了抿唇："找谁？竹叶吗？"

挽碧点点头："他应该会画画吧？"

"会。"裴瑾之微微冷笑，"可是他最近都很忙，不会有时间给你画画。"

"这样啊。"挽碧的声音拖长，里面的失落不用认真听都能听出来，"那算了吧。"

裴瑾之的手动了动。

挽碧不过是消沉了几个眨眼的时间，便恢复了正常状态。她往后退了一步，又摆出了往常那乖巧的笑容："大人，我先回房间，不打扰你休息了。"

裴瑾之觉得有些地方不对劲，还没来得及问，挽碧已经小跑出去了。他看着空空的门外，脑海里闪过她的笑容，闭了闭眼睛，把房门关上了。

第二天，挽碧是跟裴瑾之和竹叶一起出门的。他们依旧到了昨天晚上的棚屋里。裴瑾之听着手下的人传送回来的各种消息，然后做出决策。

挽碧在棚屋里发呆，回过神来的时候，若是看到裴瑾之的茶盏空了，便帮他满上，或是他的茶盏里的茶凉了，便帮他换上暖的。

竹叶有事要忙，时常不见人影，就算出现了，也不过是匆匆地来往。

挽碧想找他说句话，往往她还没来得及说出口，他早已走远了。

一个人待着太无聊了，她要找点儿事情做。

好不容易处理完一拨人反馈的问题，裴瑾之揉了揉隐隐发痛的太阳穴。

用手端起旁边的茶盏喝了一口，他环视了一眼棚屋，没有看到那抹绿色的身影。

他放下茶盏，问站在棚屋左右两边守着的侍卫："挽碧呢？"

两个侍卫面面相觑，不知道该作如何应答。

他们一直在左右两边站岗，但是并没有看到挽碧是怎么走出去的。

难道她又偷溜出去了？裴瑾之皱起眉头："你们两个去找挽碧，往人比较多的地方去找。找到后，一个人回来向我通报。"

"若是找到了，需要带回来吗？"一个侍卫小心翼翼地问。

"不用，跟着她就好。还有，不要让她发现。"

"是。"

挽碧一路走过那些棚屋，到达一个岔路口的时候，发现右手边的那个方向的人特别多，走近了才发现，那些难民排成了好几行。

队伍的最前方热气腾腾的，有人在施粥和发馒头。她看着那些衣衫褴褛的难民，随着队伍的移动慢吞吞地往前一步一停，好不容易领到分发的粥和馒头，才一步一回头地离开，那样子，让人看了莫名有些心酸。

她不忍再看，想要转身离开，耳边却听到一些声音，仔细一听，原来在不知不觉中，那些百姓已经悄然讨论起她来。

"你看那个丫头，想必是某个大人家里的吧。我们食不果腹，衣不蔽体，她却绫罗绸缎，锦衣玉食，想必她的主人是一个贪官，专门搜刮民脂民膏。"

"哎哟，老李啊，你这成语用得好，什么时候会用那么多成语了？"

"说的什么屁话，我老李本来就会用，只是平常不说。"

"听说我们凉州这一次洪灾，朝廷可是拨了好几万两银子下来，只是不

第十九章 · 她的秘密

知道，这钱，经过那些官员发下来，真正到我们手里的，又有多少？"

"哎，你说这些做什么？真正到我们手里的，能有多少，大家不都是心知肚明的吗？我们无权无势的，小人物一个，就不要讨论这些东西了，省得被官兵抓走，去吃牢饭。"

"对对对，还是不说比较好。"

"快看快看，那小姑娘一直站在原地没动呢，该不会在偷听我们的讲话，打算回去告诉她们家大人吧？怎么办，怎么办？"

"要不，我们过去求求那个姑娘？让她别说？"

"还是别去吧，那些衣着华贵的人，大多数用鼻子看人，你过去说了，万一她趁机损你一顿呢？"

"可是……"

议论声悄悄地低下去，又没了。挽碧回过头来，看到先前那几个议论她议论得十分起劲的男子，瞬间齐齐闭了嘴，一脸警惕地盯着她看。她往前走了一步，看到他们居然齐刷刷地往后退了一大步。

挽碧有些尴尬地停住步子。

"你们不用担心，我不会把你们刚刚说过的话告诉我家大人的。"

此言一出，那些人本来一脸警惕，现在还带了些害怕。

挽碧抿着唇，斟酌着言辞："我家大人是个好官。他这次来凉州，便是为了让你们的生活好起来的。我希望你们对他不要有任何误会。"

"你、你、你们家大人是谁啊？"一个人壮着胆子问。

挽碧笑了笑："从国都城来的左相大人啊。"

挽碧参与赈灾，却反遭隔离，出来后的她对待裴瑾之一反常态，让裴瑾之十分在意。在这微妙的气氛中，他居然……表白了？更多精彩，敬请期待《我的左相大人②》。

意林精品图书推荐

《我不成仙 一 断尘绝念》
简介：不想成仙却毅然修仙，她见愁只想有朝一日对那人说："纵你成仙，亦不可逃！"
定价：28.80元

《我不成仙 二 杀红小界》
简介：血衣作战袍，刻骨为利刃。她的通天坦途，便是他的穷途末路！
定价：28.80元

《我不成仙 三 流星赶月》
简介：敏锐与直觉，无一欠缺，缜密与果决，兼而有之。力敌群雄者，舍她其谁！
定价：28.80元

《我不成仙 四 鏖战空海》
简介：为成大道，葬痴情、斩尘缘者有之，可若寻仙问道是这般模样，她宁愿永不成仙！
定价：28.80元

《我不成仙 五 舍我其谁》
简介：见愁者，无限潜力，无限战力！斩断过去，分割今昔。她的世界，只有未来！
定价：28.80元

《禁域①墓地神婴》
简介：皇者重现世间，只为触底反击，再创传奇！踏破乾坤纵横时空，禁域绝密即将揭晓！
定价：28.80元

《禁域②宗门斗者》
简介：扶桑谷内迷雾重重，时间长河、神秘女子……时空彼端，究竟有着怎样的秘密？
定价：28.80元

《禁域③王者遗风》
简介：阳魄界，一个神奇的虚拟世界，浮生为赤钻来到这里，却发现了更惊人的秘密！
定价：28.80元

《符神传说①斩焰少年行》
简介：接通元灵符界，交易、对战、派单……现实与虚拟之间，体味什么叫酣畅淋漓！
定价：28.80元

《符神传说②东川起风云》
简介：逆转鬼煞岭、人蛮荒探迷城，跨越空间界限，开启奇幻热血征程！
定价：28.80元

《符神传说③刀芒惊天下》
简介：巧进黑狱筑识海，烈焱龙雀惊天下。勇探天符浩土，领略异闻传奇！
定价：28.80元

《符神传说④地下悬赏令》
简介：识妖族斗南洲，符驱四方见奇谋。游历异界空间，探索奥妙人生！
定价：28.80元

《雪鹰领主1》
简介：我吃西红柿全新力作！少年骑士惊世崛起，铸就为人类荣誉而战的英雄传说！
定价：29.80元

《雪鹰领主2》
简介：圣级超凡，初露峥嵘，打造超血沸腾的传奇武侠世界！
定价：29.80元

《决战星座学院1》
简介：为00后读者量身定制的校园星座魔法书，超反转、超疯狂的校园大作战，开始！
定价：29.80元

《浮玉仙魔》（全一册）
简介：跨越六界的情仇离合，仙家养成，爆笑开演！看一代魔尊，如何搅翻浮玉仙山！
定价：29.80元

《倾世萌狐》（全三册）
简介：任他天道严酷，你始终是我无法断的"情"，难以绝的"爱"。
定价：29.80元

《我的画风不太对》（全二册）
简介：一不小心成了外星玩家的目标对象！千回百转的拼图游戏，谁是最终赢家？
定价：29.80元

《灵犀》（全二册）
简介：取《山海经》之精髓，谱一曲荡气回肠、龙狐相随的深情恋歌！
定价：29.80元

《仙萌奇缘》（全二册）
简介：迷糊弟子"约架"冷傲少主，无厘头话本奇袭玄天剑宗，非正统仙侠大戏反转上演！
定价：29.80元

意林精品图书推荐

《那个神秘的宣愉小姐》
简介：心理分析小说，一次亲情伤痛造成的人格分裂，一场治愈并守护爱情的计划……
定价：32.80元

《对方正在输入中》
简介：你是否能从他涨红的脸颊看到他比阿尔斯山还强大的内心，让他的病只为你发作。
定价：29.80元

《你是年少的欢喜，喜欢的少年是你》
简介：古风作家吾玉打造都市清风之作，告诉你，如何学着去爱一个人。
定价：29.80元

《余生请对我好一点》
简介：时光回望，今日的纠葛，竟好似还了往日的债。
定价：32.80元

《比心》
简介：暗恋被冷酷拒绝，离开却突然收到女孩的短信，只有一行字，却让他笑了……
定价：32.80元

《从此晚安我自己》
简介：95后作家何家豪青春成人礼童话，将16个故事，说给长成大人的你！
定价：29.80元

《我不愿让你一个人走过青春的荒芜》
简介：写给你深情的告白书，15篇故事，有作者的亲身经历，也有勾勒的世间温暖。
定价：29.80元

《你是久爱，亦是心欢》
简介：青春与梦想，爱和守护的故事，孤冷少女与霸道阔少相爱相杀深情开演。
定价：32.80元

《胭脂将》
简介：魔幻江湖的纷乱，胭脂女将的传奇！
定价：32.80元

《一两江湖之望星记》
简介：古风作家一两打造全新江湖，一醉江湖三十春，尽在《望星记》！
定价：29.80元

《一两江湖之琵琶误》
简介：家仇国恨，爱上不该爱的敌国先锋，如何面对这生死纠缠的爱情？
定价：29.80元

《月光蒲苇①·夜阑时》
简介：阴谋、友情、爱情，上古四神的恩怨，今生能否化解？
定价：32.80元

《世界的另一个你》
简介：18岁少女的奇幻冒险，唯美魔幻的童话世界，寻找世界的另一个你！
定价：32.80元

《绯色黎明》
简介：人类并不孤单，在黑暗种族的环伺下，被掩盖的真相等着你去探寻。
定价：32.80元

《这一杯，我敬的是年少无知》
简介：悬疑作家何慕精心打造的都市心理悬疑成长小说集。
定价：32.80元

《我的人生无须证明给你看》
简介：是选择梦想，还是安于现状？马叔用这些故事告诉你答案。
定价：32.80元

多味之恋
简介：七彩青春，多味之恋，寻找身边错过的小美好。
定价：29.80元/册

十八而志
简介：十八岁之前的远大志向，决定了十八岁之后的梦想人生。
定价：29.80元/册

深夜暖心
简介：青春絮语，灯下最好的陪伴，马叔、张芸欣、冷亦蓝深夜暖心之作。
定价：29.80元/册

初心讲义
简介：初心故事讲给你听，拥有一个又一个的小温暖。
定价：29.80元/册